Un franc le volume
NOUVELLE COLLECTION MICHEL LÉVY
1 FR. 25 C. PAR LA POSTE

EDGAR POE

TRADUCTION CHARLES BAUDELAIRE

AVENTURES
D'ARTHUR GORDON PYM

NOUVELLE ÉDITION

CALMANN LÉVY, ÉDITEUR
ANCIENNE MAISON MICHEL LÉVY FRÈRES
RUE AUBER, 3, ET BOULEVARD DES ITALIENS, 15
A LA LIBRAIRIE NOUVELLE

COLLECTION MICHEL LÉVY

AVENTURES

D'ARTHUR GORDON PYM

DE NANTUCKET

COMPRENANT LES DÉTAILS D'UNE RÉVOLTE ET D'UN AFFREUX MASSACRE
A BORD DU BRICK AMÉRICAIN LE *Grampus*,
FAISANT ROUTE VERS LES MERS DU SUD,
EN JUIN 1827 :

PLUS, L'HISTOIRE DE LA REPRISE DU NAVIRE PAR LES SURVIVANTS;
LEUR NAUFRAGE ET LEURS HORRIBLES SOUFFRANCES PAR SUITE DE LA FAMINE,
LEUR DÉLIVRANCE PAR LA GOÉLETTE ANGLAISE LA *Jane Guy*;
COURTE EXPLORATION DE CE NAVIRE DANS L'OCÉAN ANTARCTIQUE;
PRISE DE LA GOÉLETTE ET MASSACRE DE L'ÉQUIPAGE
DANS UN GROUPE D'ILES

AU QUATRE-VINGT-QUATRIÈME PARALLÈLE DE LATITUDE SUD

CONJOINTEMENT, LES INCROYABLES AVENTURES ET DÉCOUVERTES

DANS L'EXTRÊME SUD

DONT CE DÉPLORABLE DÉSASTRE A ÉTÉ L'ORIGINE

LIBRAIRIES DE MICHEL LÉVY FRÈRES, ÉDITEURS

ŒUVRES

D'EDGAR POE

TRADUCTION DE CHARLES BAUDELAIRE

D. Thiéry et Cie. — Imprimerie de Lagny

AVENTURES
D'ARTHUR GORDON PYM

PAR

EDGAR POE

TRADUCTION DE

CHARLES BAUDELAIRE

NOUVELLE ÉDITION

PARIS
MICHEL LÉVY FRÈRES, ÉDITEURS
RUE AUBER, 3, PLACE DE L'OPÉRA

LIBRAIRIE NOUVELLE

BOULEVARD DES ITALIENS, 15, AU COIN DE LA RUE DE GRAMMONT

1875

PRÉFACE

Lors de mon retour aux États-Unis, il y a quelques mois, après l'extraordinaire série d'aventures dans les mers du Sud et ailleurs, dont je donne le récit dans les pages suivantes, le hasard me fit faire la connaissance de plusieurs gentlemen de Richmond (Virginie), qui, prenant un profond intérêt à tout ce qui se rattache aux parages que j'avais visités, me pressaient incessamment et me faisaient un devoir de livrer ma relation au public. J'avais, toutefois, plusieurs raisons pour refuser d'agir ainsi : les unes, d'une nature tout à fait personnelle et ne concernant que moi, les autres, il est vrai, un peu différentes. Une considération qui particulièrement me faisait reculer était que, n'ayant pas tenu de journal durant la plus grande partie de mon absence, je craignais de ne pouvoir rédiger de pure mémoire un compte-rendu assez minutieux, assez lié pour avoir toute la physionomie de la vérité, — dont il serait cependant l'expres-

sion réelle, — ne portant avec lui que l'exagération
naturelle, inévitable, à laquelle nous sommes tous portés
quand nous relatons des événements dont l'influence a
été puissante et active sur les facultés de l'imagination.
Une autre raison, c'était que les incidents à raconter
se trouvaient d'une nature si positivement merveilleuse,
que mes assertions n'ayant nécessairement d'autre support qu'elles-mêmes (je ne parle pas du témoignage
d'un seul individu, et celui-là à moitié Indien), je ne
pouvais espérer de créance que dans ma famille et chez
ceux de mes amis qui, dans le cours de la vie, avaient eu
occasion de se louer de ma véracité ; — mais, selon
toute probabilité, le grand public regarderait mes assertions comme un impudent et ingénieux mensonge. Je
dois dire aussi que ma défiance de mes talents d'écrivain
était une des causes principales qui m'empêchaient de
céder aux suggestions de mes conseillers.

Parmi ces gentlemen de la Virginie que ma relation inté-
ressait si vivement, particulièrement toute la partie ayant
trait à l'océan Antarctique, se trouvait M. Poe, naguère
éditeur du *Southern Literary Messenger*, revue mensuelle
publiée à Richmond par M. Thomas W. White [1]. Il m'engagea fortement, lui entre autres, à rédiger tout de suite un

[1] Edgar Poe fut le premier éditeur, pour ainsi dire le fondateur
du *Southern Literary Messenger* Il était alors très-jeune. Voir la
préface du premier volume des *Histoires extraordinaires*. — C. B.

récit complet de tout ce que j'avais vu et enduré, et à me fier à la sagacité et au sens commun du public, affirmant, non sans raison, que, si grossièrement venu que fût mon livre au point de vue littéraire, son étrangeté même, si toutefois il y en avait, serait pour lui la meilleure chance d'être accepté comme vérité.

Malgré cet avis, je ne pus me résoudre à obéir à ses conseils. Il me proposa ensuite, voyant que je n'en voulais pas démordre, de lui permettre de rédiger à sa manière un récit de la première partie de mes aventures, d'après les faits rapportés par moi, et de la publier *sous le manteau de la fiction* dans le *Messager du Sud*. Je ne vis pas d'objection à faire à cela, j'y consentis et je stipulai seulement que mon nom véritable serait conservé. Deux morceaux de la prétendue fiction parurent conséquemment dans le *Messager* (numéros de janvier et février 1837), et, dans le but de bien établir que c'était une pure fiction, le nom de M. Poe fut placé en regard des articles à la table des matières du *Magazine*.

La façon dont cette supercherie fut accueillie m'induisit enfin à entreprendre une compilation régulière et une publication des dites aventures; car je vis qu'en dépit de l'air de fable dont avait été si ingénieusement revêtue cette partie de mon récit imprimée dans le *Messager* (où d'ailleurs pas un seul fait n'avait été altéré ou défiguré), le public n'était pas du tout disposé à l'accepter comme

une pure fable, et plusieurs lettres furent adressées à
M. Poe, qui témoignaient d'une conviction tout à fait contraire. J'en conclus que les faits de ma relation étaient
de telle nature qu'ils portaient avec eux la preuve suffisante de leur authenticité, et que je n'avais conséquemment pas grand'chose à redouter du côté de l'incrédulité
populaire.

Après cet exposé, on verra tout d'abord ce qui m'appartient, ce qui est bien de ma main dans le récit qui
suit, et l'on comprendra aussi qu'aucun fait n'a été tra-
vesti dans les quelques pages écrites par M. Poe. Même
pour les lecteurs qui n'ont point vu les numéros du
Messager, il serait superflu de marquer où finit sa part
et où la mienne commence; la différence du style se
fera bien sentir.

A. G. PYM.

New-York, juillet 1838.

AVENTURES

D'ARTHUR GORDON PYM

I

AVENTURIERS PRÉCOCES.

Mon nom est Arthur Gordon Pym. Mon père était un
respectable commerçant dans les fournitures de la marine, à Nantucket, où je suis né. Mon aïeul maternel
était attorney, avec une belle clientèle. Il avait de la
chance en toutes choses, et il fit plusieurs spéculations
très-heureuses sur les fonds de l'*Edgarton New Bank*,
lors de sa création. Par ces moyens et par d'autres, il
réussit à se faire une fortune assez passable. Il avait
plus d'affection pour moi, je crois, que pour toute
autre personne au monde, et j'avais lieu d'espérer la
plus grosse part de cette fortune à sa mort. Il m'envoya, à l'âge de six ans, à l'école du vieux M. Ric-
ketts, brave gentleman qui n'avait qu'un bras, et
de manières assez excentriques; — il est bien connu
de presque toutes les personnes qui ont visité New

Bedford. Je restai à son école jusqu'à l'âge de seize
ans, et je la quittai alors pour l'académie de M. E. Ro-
nald, sur la montagne. Là je me liai intimement avec
le fils de M. Barnard, capitaine de navire, qui voyageait
ordinairement pour la maison Lloyd et Vredenburg ; —
M. Barnard est bien connu aussi à New-Bedford, et il a,
j'en suis sûr, plusieurs parents à Edgarton. Son fils
s'appelait Auguste, et il était plus âgé que moi de deux
ans à peu près. Il avait fait un voyage avec son père
sur le baleinier le *John Donaldson*, et il me parlait sans
cesse de ses aventures dans l'océan Pacifique du Sud.
J'allais fréquemment avec lui dans sa famille, j'y passais la journée et quelquefois toute la nuit. Nous cou-
chions dans le même lit, et il était bien sûr de me tenir
éveillé presque jusqu'au jour en me racontant une foule
d'histoires sur les naturels de l'île de Tinian, et autres
lieux qu'il avait visités dans ses voyages. Je finis par
prendre un intérêt particulier à tout ce qu'il me disait,
et peu à peu je conçus le plus violent désir d'aller sur
mer. Je possédais un canot à voiles qui s'appelait l'*Ariel,*
et qui valait bien soixante-quinze dollars environ. Il avait
un pont coupé, avec un coqueron, et il était gréé en sloop;
— j'ai oublié son tonnage, mais il aurait pu tenir dix personnes sans trop de peine. C'était avec ce bateau que
nous avions l'habitude de faire les plus folles équipées du
monde; et maintenant, quand j'y pense, c'est pour moi
le plus parfait des miracles que je sois encore vivant.

Je raconterai l'une de ces aventures, en matière d'in-
troduction à un récit plus long et plus important. Un
soir, il y avait du monde chez M. Barnard, et à la fin de

la soirée, Auguste et moi, nous étions passablement gris.
Comme je faisais d'ordinaire en pareil cas, au lieu de
retourner chez moi, je préférai partager son lit. Il s'endormit fort tranquillement, — je le crus du moins (il était
à peu près une heure du matin quand la société se sépara), — et sans dire un mot sur son sujet favori. Il pouvait bien s'être écoulé une demi-heure depuis que nous
étions au lit, et j'allais justement m'assoupir, quand il
se réveilla soudainement et jura, avec un terrible juron,
qu'il ne consentirait pas à dormir, pour tous les Arthur
Pym de la chrétienté, quand soufflait une si belle brise
du sud-ouest. Jamais de ma vie je ne fus si étonné, ne
sachant pas ce qu'il voulait dire, et pensant que les vins
et les liqueurs qu'il avait absorbés l'avaient mis absolument hors de lui. Il se mit néanmoins à causer très-tran-
quillement, disant qu'il savait bien que je le croyais
ivre, mais qu'au contraire il n'avait jamais de sa vie été
plus calme. Il était seulement fatigué, ajouta-t-il, de rester
au lit comme un chien par une nuit aussi belle, et il
était résolu à se lever, à s'habiller, et à faire une partie
en canot. Je ne saurais dire ce qui s'empara de moi ;
mais à peine ces mots étaient-ils sortis de sa bouche, que
je sentis le frisson de l'excitation, la plus grande ardeur
au plaisir, et je trouvai que sa folle idée était une des
plus délicieuses et des plus raisonnables choses du
monde. La brise qui soufflait était presque une tempête,
et le temps était très-froid ; — nous étions déjà assez
avant en octobre. Je sautai du lit, toutefois, dans une
espèce de démence, et je lui dis que j'étais aussi brave que
lui, aussi fatigué que lui de rester au lit comme un chien,

et aussi prêt à faire toutes les parties de plaisir du monde
que tous les Auguste Barnard de Nantucket.

Nous mîmes nos habits en toute hâte, et nous nous
précipitâmes vers le canot. Il était amarré au vieux quai
ruiné près du chantier de construction de Pankey et Compagnie, battant affreusement de son bordage les solives
raboteuses. Auguste entra dedans et se mit à le vider, car
il était à moitié plein d'eau. Ceci fait, nous hissâmes le
foc et la grande voile, nous portâmes plein, et nous
nous élançâmes avec audace vers le large.

Le vent, comme je l'ai dit, soufflait frais du sud-ouest.
La nuit était claire et froide. Auguste avait pris la barre,
et je m'étais installé près du mât sur le pont de la cabine.
Nous filions tout droit avec une grande vitesse, et nous
n'avions ni l'un ni l'autre soufflé un mot depuis que nous
avions détaché le canot du quai. Je demandai alors à mon
camarade quelle route il prétendait tenir, et à quel moment il croyait que nous reviendrions à terre. Il siffla pendant quelques minutes, et puis dit d'un ton hargneux :

— *Moi*, je vais en mer ; — quant à *vous*, vous pouvez
bien aller à la maison si vous le jugez à propos !

Tournant mes yeux vers lui, je m'aperçus tout de suite
que, malgré son insouciance affectée, il était en proie à
une forte agitation. Je pouvais le voir distinctement à la
clarté de la lune : son visage était plus pâle que du
marbre, et sa main tremblait si fort qu'à peine pouvait-
elle retenir la barre. Je vis qu'il était arrivé quelque
chose de grave, et je devins sérieusement inquiet. A
cette époque, je n'étais pas très-fort sur la manœuvre,
et je me trouvais complétement à la merci de la science

nautique de mon ami. Le vent venait aussi de fraîchir
tout à coup, car nous étions vigoureusement poussés loin
de la côte; cependant j'étais honteux de laisser voir
la moindre crainte, et pendant près d'une heure je
gardai résolûment le silence. Toutefois, je ne pus pas
supporter cette situation plus longtemps, et je parlai à
Auguste de la nécessité de revenir à terre. Comme précédemment, il resta près d'une minute sans me répondre
et sans faire attention à mon conseil.

— Tout à l'heure, — dit-il enfin, — .... nous avons le
temps... chez nous... tout à l'heure.

Je m'attendais bien à une réponse de ce genre, mais il
y avait dans l'accent de ses paroles quelque chose qui me
remplit d'une sensation de crainte inexprimable. Je le
considérai de nouveau attentivement. Ses lèvres étaient
absolument livides, et ses genoux tremblaient si fort l'un
contre l'autre qu'il semblait ne pouvoir qu'à peine se
tenir debout.

— Pour l'amour de Dieu ! Auguste, — criai-je, complétement effrayé cette fois, — qu'avez-vous ? — qu'y a-
t-il ? — que décidez-vous ?

— Qu'y a-t-il ! — balbutia Auguste avec toute l'apparence d'un grand étonnement, lâchant en même temps la
barre du gouvernail et se laissant tomber en avant dans le
fond du canot, — qu'y a-t-il ! mais rien,..... rien du
tout... à la maison... nous y allons, que diable !... ne le
voyez-vous pas ?

Alors toute la vérité m'apparut. Je m'élançai vers lui
et le relevai. Il était ivre, bestialement ivre; — il ne
pouvait plus ni se tenir, ni parler, ni voir. Ses yeux

1

étaient absolument vitreux. Dans l'excès de mon désespoir, je le lâchai, et il roula comme une bûche dans l'eau du fond du canot d'où je l'avais tiré. Il était évident que, pendant la soirée, il avait bu beaucoup plus que je n'avais soupçonné, et que sa conduite au lit était le résultat d'une de ces ivresses profondément concentrées, qui, comme la folie, donnent souvent à la victime la faculté d'imiter l'allure des gens en parfaite possession de leurs sens. L'atmosphère froide de la nuit avait produit bientôt son effet accoutumé ; l'énergie spirituelle avait cédé à son influence, et la perception confuse que sans aucun doute il avait eue alors de notre périlleuse situation n'avait servi qu'à hâter la catastrophe. Maintenant il était absolument inerte, et il n'y avait aucune probabilité pour qu'il fût autrement avant quelques heures.

Il n'est guère possible de se figurer toute l'étendue de mon effroi. Les fumées du vin s'étaient évaporées, et me laissaient doublement timide et irrésolu. Je savais que j'étais absolument incapable de manœuvrer le bateau et qu'une brise furieuse avec un fort reflux nous précipitait vers la mort. Une tempête s'amassait évidemment derrière nous; nous n'avions ni boussole ni provisions, et il était clair que, si nous tenions notre route actuelle, nous perdrions la terre de vue avant le point du jour. Ces pensées et une foule d'autres, également terribles, traversèrent mon esprit avec une éblouissante rapidité, et pendant quelques instants elles me paralysèrent au point de m'ôter la possibilité de faire le moindre effort. Le canot fuyait en plein devant le vent; — il piquait dans l'eau et filait avec une terrible vitesse,

— sans un ris dans le foc ni dans la grande voile, — et plongeant complétement son avant dans l'écume. C'était le miracle des miracles qu'il ne masquât pas, Auguste ayant lâché la barre, comme je l'ai dit, — et j'étais, quant à moi, trop agité pour penser à m'en emparer. Mais, par bonheur, le canot se tint devant le vent, et peu à peu je recouvrai en partie ma présence d'esprit. Le vent augmentait toujours d'une manière furieuse, et quand, après avoir plongé de l'avant, nous nous relevions, la lame retombait, écrasante, sur notre arrière, et nous inondait d'eau. Et puis j'étais si absolument glacé dans tous mes membres que je n'avais presque pas conscience de mes sensations. Enfin j'invoquai la résolution du désespoir, et, me précipitant sur la grande voile, je larguai tout. Comme je pouvais m'y attendre, elle fila par-dessus l'avant, et, submergée par l'eau, elle emporta net le mât par-dessus le bord. Ce fut ce dernier accident qui me sauva d'une destruction imminente. Avec le foc seulement, je pouvais maintenant fuir devant le vent, embarquant de temps à autre de gros paquets de mer par l'arrière, mais soulagé de la terreur d'une mort immédiate. Je me saisis de la barre, et je respirai avec un peu plus de liberté, voyant qu'il nous restait encore une dernière chance de salut. Auguste gisait toujours anéanti dans le fond du canot; et comme il était en danger imminent d'être noyé (il y avait presque un pied d'eau à l'endroit où il était tombé), je m'ingéniai à le soulever un peu, et, pour le maintenir dans la position d'un homme assis, je lui passai autour de la taille une corde que j'attachai à un anneau sur le pont de la cabine. Ayant

ainsi arrangé toutes choses du mieux que je pouvais,
glacé et agité comme je l'étais, je me recommandai à
Dieu, et je me résolus à supporter tout ce qui m'arri-
verait avec toute la bravoure dont j'étais capable.

A peine m'étais-je affermi dans ma résolution, que soudainement un grand, long cri, un hurlement, comme
jaillissant des gosiers de mille démons, sembla courir à
travers l'espace et passer par-dessus notre bateau. Jamais,
tant que je vivrai, je n'oublierai l'intense agonie de terreur que j'éprouvai en ce moment. Mes cheveux se dressèrent roides sur ma tête, — je sentis mon sang se con-
geler dans mes veines, — mon cœur cessa entièrement
de battre, et, sans même lever une fois les yeux pour voir
la cause de ma terreur, je tombai, la tête la première,
comme un poids inerte, sur le corps de mon camarade.

Je me trouvai, quand je revins à moi, dans la chambre d'un grand navire baleinier, *le Pingouin*, à destination de Nantucket. Quelques individus se penchaient sur
moi, et Auguste, plus pâle que la mort, s'ingéniait activement à me frictionner les mains. Quand il me vit ouvrir les yeux, ses exclamations de gratitude et de joie
excitèrent alternativement le rire et les larmes parmi les
hommes au rude visage qui nous entouraient. Le mystère
de notre conservation me fut bientôt expliqué.

Nous avions été coulés par le baleinier, qui gouvernait
au plus près et louvoyait vers Nantucket avec toute la
toile qu'il pouvait risquer par un pareil temps; conséquemment, il courait sur nous presque à angle droit.
Quelques hommes étaient de vigie à l'avant; mais ils
n'aperçurent notre bateau que quand il était impossible

d'éviter la rencontre : leurs cris d'alarme étaient ce qui
m'avait tellement terrifié. Le vaste navire, me dit-on, avait
passé sur nous avec autant de facilité que notre petit bateau aurait glissé sur une plume, et sans le moindre dérangement dans sa marche. Pas un cri ne s'éleva du pont
du canot martyrisé ; — il y eut seulement un léger bruit,
comme d'un déchirement, qui se mêla au mugissement
du vent et de l'eau, quand la barque fragile, déjà engloutie, fut rabotée par la quille de son bourreau, — mais
ce fut tout. Pensant que notre bateau (démâté, on se le
rappelle) n'était qu'une épave de rebut, le capitaine
(capitaine E. T. V. Block, de New-London) allait continuer sa route sans s'inquiéter autrement de l'aventure. Par bonheur, deux des hommes qui étaient en vigie
soir jurèrent positivement qu'ils avaient aperçu quelqu'un
à la barre et dirent qu'il était encore possible de le sauver. Une discussion s'ensuivit ; mais Block se mit en colère et dit au bout d'un instant que « ce n'était pas son
métier de veiller éternellement à toutes les coquilles
d'œuf ; que le navire ne virerait certainement pas de bord
pour une pareille bêtise, et que s'il y avait un homme
englouti, c'était bien sa faute ; qu'il ne s'en prît qu'à lui-
même ; qu'il pouvait bien se noyer et s'en aller au diable ! » ou quelque autre discours dans le même sens.
Henderson, le second, reprit la question, justement in-
digné, comme tout l'équipage d'ailleurs, d'un discours
qui trahissait une telle cruauté, une telle absence
de cœur. Il parla fort nettement, se sentant soutenu
par les matelots, — dit au capitaine qu'il le considérait
comme un sujet digne du gibet, et que, pour lui, il

désobéirait à ses ordres, quand même il devrait être
pendu pour cela au moment où il toucherait terre. Il courut à l'arrière en bousculant Block (qui devint très-pâle
et ne répondit pas un mot), et, s'emparant de la barre,
cria d'une voix ferme : *La barre toute sous le vent!* Les
hommes coururent à leurs postes, et le navire vira rondement. Tout cela avait pris à peu près cinq minutes, et
il paraissait à peine possible maintenant de sauver l'individu qu'on croyait avoir vu à bord du canot. Cependant,
comme le lecteur le sait, Auguste et moi nous avions été
repêchés, et notre salut semblait être le résultat d'un de
ces merveilleux bonheurs que les gens sages et pieux at-
tribuent à l'intervention spéciale de la Providence.

Pendant que le navire était toujours en panne, le second fit amener le canot et sauta dedans, je crois, avec
les deux hommes qui prétendaient m'avoir vu à la barre.
Ils venaient justement de quitter le bord de dessous le vent
(la lune était toujours très-claire), quand le navire donna
un fort et long coup de roulis du côté du vent, et Henderson, au même instant, se dressant sur son banc, cria
à ses hommes de *nager à culer*. Il ne disait pas autre
chose, criant toujours avec impatience : Nagez à culer !
nagez à culer ! Ils nageaient aussi vivement que possible ;
mais pendant ce temps le navire avait tourné, et commençait à aller de l'avant, bien que tous les bras à bord
s'employassent à diminuer la toile. Malgré le danger de la
tentative, le second se cramponna aux grands porte-haubans, aussitôt qu'ils furent à sa portée. Une nouvelle
grosse embardée jeta alors le côté de tribord hors de l'eau
presque jusqu'à la quille, et enfin la cause de son anxiété

devint visible. Le corps d'un homme apparaissait, attaché de la manière la plus singulière au fond poli et brillant (*le Pingouin* était doublé et chevillé en cuivre), et
battait violemment contre le navire à chaque mouvement
de la coque. Après quelques efforts inefficaces, renouvelés
à chaque embardée du navire, au risque d'écraser le canot,
je fus enfin dégagé de ma périlleuse situation et hissé à
bord, — car ce corps, c'était moi. Il paraît que l'une des
chevilles de la charpente, qui était ressortie et s'était frayé
une voie à travers le cuivre, m'avait arrêté pendant que
je passais sous le navire, et m'avait ainsi de la manière la
plus singulière attaché au fond. La tête de la cheville
avait percé le collet de ma veste de gros drap et la partie
postérieure de mon cou et s'était enfoncée entre deux
tendons, juste sous l'oreille droite. On m'avait mis immédiatement au lit, — bien que la vie parût tout à fait
éteinte en moi. Il n'y avait pas de médecin à bord. Le capitaine néanmoins me traita avec toute sorte d'attentions,
— sans doute pour faire amende aux yeux de son équipage de son atroce conduite dans la première partie de
l'aventure.

Cependant, Henderson s'était de nouveau éloigné du
navire, bien que le vent alors tournât presque à l'ouragan. Au bout de quelques minutes, il tomba sur quelques
débris de notre bateau, et peu après l'un de ses hommes
lui affirma qu'il distinguait de temps en temps un cri à
travers le mugissement de la tempête. Cela poussa les
courageux matelots à persévérer dans leurs recherches plus
d'une demi-heure, malgré les signaux répétés du capitaine Block qui leur enjoignait de revenir, et bien que

chaque minute dans cette frêle embarcation fût pour eux
un danger mortel et imminent. Il est vraiment difficile
de concevoir comment leur petit canot a pu échapper à la
destruction seulement une minute. Il était d'ailleurs
construit pour le service de la pêche à la baleine et muni,
comme j'ai pu le vérifier depuis lors, de cavités à air, à
l'instar de quelques canots de sauvetage sur la côte du
pays de Galles.

Après qu'ils eurent vainement cherché pendant tout le
temps que j'ai dit, ils se déterminèrent à retourner à bord.
Ils avaient à peine pris cette résolution, qu'un faible cri s'é-
leva d'un objet noir qui passait rapidement auprès d'eux.
Ils se mirent à la poursuite de la chose et l'attrapèrent.
C'était le pont de l'*Ariel* et sa cabine. Auguste se débattait
auprès, comme dans sa suprême agonie. En s'emparant
de lui, on vit qu'il était attaché par une corde à la charpente flottante. Cette corde, on se le rappelle, c'était
moi qui la lui avais passée autour de la taille et l'avais fixée
à un anneau, pour le maintenir dans une bonne position;
et, en faisant ainsi, j'avais finalement, à ce qu'il paraît,
pourvu au moyen de lui sauver la vie. L'*Ariel* était légèrement construit, et toute sa charpente, en plongeant,
s'était brisée; le pont de la cabine, tout naturellement,
fut soulevé par la force de l'eau qui s'y précipitait, se détacha complétement de la membrure et se mit à flotter,
avec d'autres fragments sans doute, à la surface; Auguste
flottait avec, et avait ainsi échappé à une mort terrible.

Ce ne fut que plus d'une heure après avoir été déposé
à bord du *Pingouin* qu'il put donner signe de vie et comprendre la nature de l'accident qui était survenu à notre

bateau. A la longue, il se réveilla complétement et parla longuement de ses sensations quand il était dans l'eau. A peine avait-il repris un peu conscience de lui-même qu'il s'était trouvé au-dessous du niveau de l'eau, tournant, tournant avec une inconcevable rapidité, et se sentant une corde étroitement serrée et roulée deux ou trois fois autour du cou. Un instant après, il s'était senti remonter rapidement, quand, sa tête heurtant violemment contre une matière dure, il était retombé dans son insensibilité. En revenant à lui de nouveau, il s'était senti plus maître de sa raison; — cependant elle était encore singulièrement confuse et obscurcie. Il comprit alors qu'il était arrivé quelque accident et qu'il était dans l'eau, bien que sa bouche fût au-dessus de la surface et qu'il pût respirer avec quelque liberté. Peut-être en ce moment la cabine filait rapidement devant le vent et l'entraînait ainsi, lui flottant et couché sur le dos. Aussi longtemps qu'il aurait pu garder cette position, il eût été presque impossible qu'il fût noyé. Un coup de lame le jeta alors tout à fait en travers du pont ; il s'efforça de garder cette position nouvelle, criant par intervalles : Au secours! Juste avant d'être enfin découvert par M. Henderson, il avait été obligé de lâcher prise par suite de son épuisement, et, retombant dans la mer, il s'était cru perdu. Pendant tout le temps qu'avait duré cette lutte, il ne lui était pas revenu le plus léger souvenir de l'*Ariel* ni d'aucune chose ayant rapport à l'origine de la catastrophe. Un vague sentiment de terreur et de désespoir avait pris possession de toutes ses facultés. Quand finalement il fut repêché, toute sa raison l'avait abandonné ; et, comme je l'ai déjà dit, ce ne fut

guère qu'une heure après avoir été pris à bord du *Pingouin* qu'il eut pleinement conscience de sa situation. En
ce qui me concerne, je fus tiré d'un état très-voisin de la
mort (et seulement après trois heures et demie, pendant
lesquelles tous les moyens furent employés) par de vigou-
reuses frictions de flanelle trempée dans l'huile chaude,
— procédé qui fut suggéré par Auguste. La blessure de
mon cou, quoique d'une assez affreuse apparence, n'a-
vait pas une grande gravité, et j'en guéris bien vite.

Le *Pingouin* entra au port à neuf heures du matin, après
avoir eu à lutter contre une des brises les plus carabinées
qui aient jamais soufflé au large de Nantucket. Auguste
et moi, nous nous arrangeâmes pour paraître chez M. Barnard à l'heure du déjeuner, — qui, heureusement, se
trouvait un peu retardée à cause de la soirée précédente.
Je suppose que toutes les personnes présentes à table
étaient trop fatiguées elles-mêmes pour remarquer notre
physionomie harassée, — car il n'eût pas fallu une bien
grande attention pour s'en apercevoir. D'ailleurs les éco-
liers sont capables d'accomplir des miracles en fait de
tromperie, et je ne crois pas qu'il soit venu à l'esprit d'un
seul de nos amis de Nantucket que la terrible histoire que
racontèrent en ville quelques marins : — qu'ils avaient
coulé un navire en mer et noyé trente ou quarante pauvres diables, — pût avoir trait à l'*Ariel*, à mon camarade
ou à moi. Lui et moi, nous avons depuis lors causé plus
d'une fois de l'aventure, — mais jamais sans un frisson.
Dans une de nos conversations, Auguste me confessa fran-
chement que de toute sa vie il n'avait jamais éprouvé une
si atroce sensation d'effroi que quand, sur notre petit ba-

teau, il avait tout d'un coup découvert toute l'étendue de
son ivresse, et qu'il s'était senti écraser par elle.

II

LA CACHETTE.

En toute histoire de simple dommage ou danger, nous
ne pouvons tirer de conclusions certaines, pour ou
contre, même des données les plus simples. On supposera peut-être qu'une catastrophe comme celle que je
viens de raconter devait refroidir efficacement ma passion naissante pour la mer. Tout au contraire, je n'éprouvai jamais un si ardent désir de connaître les étranges
aventures qui accidentent la vie d'un navigateur qu'une
semaine après notre miraculeuse délivrance. Ce court espace de temps suffit amplement pour effacer de ma mémoire les parties ténébreuses, et pour amener en pleine
lumière toutes les touches de couleur délicieusement
excitantes, tout le côté pittoresque de notre périlleux accident. Mes conversations avec Auguste devenaient de jour
en jour plus fréquentes et d'un intérêt toujours croissant.
Il avait une manière de raconter ses histoires de mer (je
soupçonne maintenant que c'étaient, pour la moitié au
moins, de pures imaginations) bien faite pour agir sur un
tempérament enthousiaste comme le mien, sur une imagination quelque peu sombre, mais toujours ardente. Ce qui
n'est pas moins étrange, c'est que c'était surtout en me
peignant les plus terribles moments de souffrance et de

désespoir de la vie du marin, qu'il réussissait à enrôler
toutes mes facultés et tous mes sentiments au service de
cette romanesque profession. Pour le côté brillant de la
peinture, je n'avais qu'une sympathie fort limitée. Toutes
mes visions étaient de naufrage et de famine, de mort ou
de captivité parmi des tribus barbares, d'une existence
de douleurs et de larmes, traînée sur quelque rocher grisâtre et désolé, dans un océan inaccessible et inconnu.
De telles rêveries, de tels désirs, — car cela montait
jusqu'au désir, — sont fort communs, on me l'a affirmé
depuis, parmi la très-nombreuse classe des hommes mélancoliques ; — mais, à l'époque dont je parle, je les re-
gardais comme des échappées prophétiques d'une destinée à laquelle je me sentais, pour ainsi dire, voué. Auguste
entrait parfaitement dans la situation de mon esprit. Véritablement il est probable que notre intimité avait eu
pour résultat un échange d'une partie de nos caractères.

Huit mois environ après le désastre de l'*Ariel*, la maison
Lloyd et Vredenburg (maison liée jusqu'à un certain point
avec celle de MM. Enderby, de Liverpool, je crois) imagina
de réparer et d'équiper le brick *le Grampus* pour une pêche à la baleine. C'était une vieille carcasse à peine en état
de tenir la mer, même après qu'on eut tout fait pour la
réparer. Pourquoi fut-il choisi de préférence à d'autres
bons navires appartenant aux mêmes propriétaires, je ne
sais trop, — mais enfin cela fut ainsi. M. Barnard fut
chargé du commandement, et Auguste devait partir avec
lui. Pendant qu'on équipait le brick, il me pressait souvent avec instance de profiter de l'excellente occasion qui
s'offrait pour satisfaire mon désir de voyager. Il me trou-

vait certes fort disposé à l'écouter ; mais la chose n'était
pas si facile à arranger. Mon père ne s'y opposait pas directement, mais ma mère tombait dans des attaques de nerfs
sitôt qu'il était question du projet ; et, pire que tout,
mon grand-père, de qui j'attendais beaucoup, jura qu'il
ne me laisserait pas un shilling si j'osais désormais entamer ce sujet avec lui. Mais ces difficultés, loin d'abattre mon désir, furent comme de l'huile sur le feu. Je résolus de partir à tout hasard ; et, quand j'eus fait part de
mon intention à Auguste, nous nous ingéniâmes à trouver un plan pour la mettre à exécution. Cependant je me
gardai bien de souffler désormais un mot du voyage à
aucun de mes parents ; et, comme je m'occupais osten-
siblement de mes études ordinaires, on supposa que j'a-
vais abandonné le projet. Souvent, depuis lors, j'ai examiné ma conduite dans cette occasion avec autant de surprise que de déplaisir. Cette profonde hypocrisie dont
j'usai pour l'accomplissement de mon projet, — hypocrisie dont, pendant un si long espace de temps, furent
pénétrées toutes mes paroles et mes actions, — je n'avais
pu me la rendre supportable à moi-même que grâce à
l'ardente et étrange espérance avec laquelle je contem-
plais la réalisation de mes rêves de voyage si longuement
caressés.

Pour l'accomplissement de mon stratagème, j'étais nécessairement obligé d'abandonner beaucoup de choses
à Auguste, employé la plus grande partie de la journée à
bord du *Grampus* et s'occupant de divers arrangements
pour son père dans la cabine et dans la cale ; mais le soir
nous étions sûrs de nous retrouver, et nous causions de

nos espérances. Après un mois environ passé de cette façon, sans avoir pu rencontrer un plan d'une réussite vrai-
semblable, il me dit enfin qu'il avait pourvu à tout.

J'avais un parent qui vivait à New-Bedford, un M. Ross,
chez qui j'avais l'habitude de passer quelquefois deux ou
trois semaines. Le brick devait mettre à la voile vers le
milieu de juin (juin 1827), et il fut convenu qu'un jour
ou deux avant qu'il prit la mer, mon père recevrait,
comme d'habitude, un billet de M. Ross, le priant de
m'envoyer vers lui pour passer une quinzaine avec Ro-
bert et Emmet, ses fils. Auguste se chargea de rédiger ce
billet et de le faire parvenir. Ayant donc feint de partir
pour New-Bedford, je devais rejoindre mon camarade,
qui me préparerait une cachette à bord du *Grampus*.
Cette cachette, m'assura-t-il, serait installée d'une manière assez confortable pour y pouvoir rester quelques
jours, durant lesquels je devais ne pas me montrer. Quand
le brick aurait fait suffisamment de route pour qu'il ne
pût pas être question de retour, alors, dit-il, je serais for-
mellement installé dans toutes les jouissances de la cabine; et quant à son père, il rirait de bon cœur de ce
joli tour. Nous rencontrerions bien assez de navires par
lesquels je pourrais faire parvenir une lettre à mes parents pour leur expliquer l'aventure.

Enfin, la mi-juin arriva, et tout était suffisamment
mûri. Le billet fut écrit et envoyé, et un lundi au matin
je quittai la maison, feignant de me rendre au paquebot
de New-Bedford. Cependant j'allai tout droit à Auguste,
qui m'attendait au coin d'une rue. Il entrait dans notre
plan primitif que je me tiendrais caché jusqu'à la brune,

et qu'alors je me glisserais à bord du brick ; mais comme
nous avions en notre faveur un brouillard épais, il fut
convenu que je ne perdrais pas de temps à me cacher.
Auguste prit le chemin de l'embarcadère, et je le suivis à
quelque distance, enveloppé dans un gros caban de matelot qu'il avait apporté avec lui, pour rendre ma personne
difficilement reconnaissable. Juste comme nous tournions
au second coin, après avoir passé le puits de M. Edmund,
— qui apparut, se tenant droit devant moi et me regardant en plein visage ? mon grand-père lui-même, le vieux
M. Peterson !

— Eh bien ! eh bien ! — dit-il, après une longue
pause, — Gordon ! Dieu me pardonne ! A qui ce paletot
crasseux que vous avez sur le dos ?

— Monsieur ! — répliquai-je, prenant, aussi bien que
je le pouvais, pour les besoins de la circonstance, un air
de surprise offensée, et parlant sur le ton le plus rude
qu'on puisse imaginer, — monsieur ! vous faites erreur,
que je crois ; mon nom, avant tout, n'a rien de commun
avec Goddin, et je désire pour vous que vous y voyiez un
peu plus clair, et que vous ne traitiez pas mon caban
neuf de paletot crasseux, — drôle !

Je ne sais comment je me retins d'éclater de rire en
voyant la manière bizarre dont le vieux gentleman reçut
cette belle rebuffade. Il sauta en arrière de deux ou trois
pas, devint d'abord très-pâle, et puis excessivement
rouge, releva ses lunettes, puis, les rabaissant, fondit sur
moi à toute bride, en levant son parapluie. Cependant,
il s'arrêta tout court dans sa carrière, comme frappé
soudainement d'un souvenir ; et alors il se détourna et

s'en alla clopinant tout le long de la rue, frémissant toujours de rage et marmottant entre ses dents : — Ça ne va pas ! — des lunettes neuves ! — j'aurais juré que c'était Gordon ; — maudit propre à rien de matelot du diable !

Après l'avoir échappé belle, nous continuâmes notre route avec plus de prudence, et nous arrivâmes heureusement à notre destination. Il n'y avait qu'un ou deux hommes à bord, et ils étaient occupés à je ne sais quoi sur le gaillard d'avant. Le capitaine Barnard, nous le savions, avait affaire chez Lloyd et Vredenburg, et il y devait rester fort avant dans la soirée ; nous n'avions donc pas grand'chose à craindre de son côté. Auguste monta le premier à bord du navire, et je l'y suivis bien vite, sans avoir été remarqué par les hommes qui travaillaient. Nous entrâmes tout de suite dans la chambre, et nous n'y trouvâmes personne. Elle était installée de la manière la plus confortable, chose assez insolite à bord d'un baleinier. Il y avait quatre excellentes cabines d'officier avec des cadres larges et commodes. Je remarquai aussi un vaste poêle et un tapis très-beau et très-épais qui recouvrait le plancher de la chambre et des cabines d'officier. Le plafond était bien à une hauteur de 7 pieds, et tout était d'une apparence plus vaste et plus agréable que je ne l'avais espéré. Auguste, toutefois, n'accorda que peu de temps à ma curiosité et insista sur la nécessité de me cacher le plus promptement possible. Il me conduisit dans sa propre cabine, qui était à tribord et tout près de la cloison étanche. En entrant, il tira la porte et la ferma au verrou. Il me sembla que je n'avais jamais vu

une plus jolie petite chambre que celle où je me trouvai
alors. Elle était longue de 10 pieds environ, et n'avait
qu'un seul cadre, qui, comme je l'ai déjà dit, était large
et commode. Dans la partie de la cabine contiguë à la
cloison étanche, il y avait un espace de 4 pieds carrés,
contenant une table, une chaise, et une rangée de
rayons chargés de livres, principalement de livres de
voyages et de navigation. Je vis dans cette chambre une
foule d'autres petites commodités, parmi lesquelles je ne
dois pas oublier une espèce de garde-manger ou d'ar-
moire aux rafraîchissements, dans laquelle Auguste
me montra une collection choisie de friandises et de liqueurs.

Il pressa avec ses doigts sur un certain endroit du
tapis, dans un coin de l'espace dont j'ai parlé, me faisant
voir qu'une portion du parquet, de seize pouces carrés
environ, avait été soigneusement détachée et rajustée.
Sous la pression, cette partie s'éleva suffisamment d'un
côté pour livrer en dessous passage à son doigt. De cette
manière il agrandit l'ouverture de la trappe (à laquelle
le tapis restait fixé par des pointes), et je vis qu'elle conduisait dans la cale d'arrière. Il alluma immédiatement
une petite bougie à l'aide d'une allumette phosphorique,
et, plaçant la lumière dans une lanterne sourde, il descendit à travers l'ouverture, me priant de le suivre. Je fis
comme il disait, et alors il ramena la porte sur le trou
au moyen d'un clou planté sur la face inférieure ; le tapis
reprenait ainsi sa position primitive sur le plancher de
la cabine, et toutes les traces de l'ouverture se trouvaient
dissimulées.

2

La bougie jetait un rayon si faible que ce n'était qu'à grand'peine que je pouvais trouver ma route à travers l'amas confus d'objets dont j'étais entouré. Cependant mes yeux s'accoutumèrent par degrés à l'obscurité, et je m'avançai avec moins d'embarras, me tenant accroché aux basques de l'habit de mon camarade. Il me conduisit enfin, après avoir rampé et tourné à travers d'innombrables et étroits passages, à une caisse cerclée de fer semblable à celle dont on se sert quelquefois pour emballer la faïence de prix. Elle était haute d'environ quatre pieds et longue de six bons pieds, mais excessivement étroite. Deux vastes barriques d'huile vides étaient posées au-dessus, et par-dessus celles-ci une énorme quantité de paillassons empilés jusqu'au plafond. Tout autour et dans tous les sens, était arrimé, aussi serré que possible et jusqu'au plafond, un véritable chaos de provisions de bord, avec un mélange hétérogène de cages, de paniers, de barils et de balles, au point que c'était pour moi comme un miracle que nous eussions pu nous frayer un chemin jusqu'à la caisse en question. J'appris ensuite qu'Auguste avait disposé à dessein tout l'arrimage dans la cale, dans le but de me préparer une excellente cachette, sans avoir eu d'autre aide dans ce travail qu'un seul homme qui ne partait pas avec le brick.

Mon camarade me montra alors que l'une des parois de la caisse pouvait s'enlever à volonté. Il la fit glisser de côté et me montra l'intérieur, dont je me divertis beaucoup. Un matelas enlevé à l'un des cadres de la chambre recouvrait tout le fond, et elle contenait tous les genres de confort qui avaient pu être accumulés dans un si petit espace, me laissant toutefois une place suffisante pour me tenir à ma guise, soit sur mon séant, soit couché tout de mon long. Il y avait, entre autres choses, quelques livres, des plumes, de l'encre et du papier, trois couvertures, une grosse cruche pleine d'eau, un petit baril de biscuits, trois ou quatre énormes saucissons de Bologne, un vaste jambon, une cuisse froide de mouton rôti, et une demi-douzaine de cordiaux et de liqueurs. Je pris tout de suite possession de mon petit appartement avec un sentiment de satisfaction plus vaste, j'en suis certain, que jamais monarque n'en éprouva en entrant dans un nouveau palais. Auguste m'indiqua alors le moyen de fixer le côté mobile de la caisse ; puis, rapprochant la bougie tout contre le pont, il me montra un bout de corde noire qui y était attaché. Cette corde, me dit-il, partait de ma cachette, serpentait à travers tout l'arrimage, et aboutissait à un clou fixé dans le pont, juste au-dessous de la trappe qui conduisait dans sa cabine. Au moyen de cette corde, je pouvais facilement retrouver mon chemin sans qu'il me servît de guide, au cas où quelque accident imprévu rendrait ce voyage nécessaire. Il prit alors congé de moi, me laissant la lanterne, avec une bonne provision de bougies et de phosphore, et me promettant de me rendre visite aussi souvent qu'il le pourrait faire sans attirer l'attention. Nous étions alors au 17 juin.

Je restai dans ma cachette trois jours et trois nuits (autant, du moins, que je pus le deviner) sans en sortir, excepté deux fois, pour étirer mes membres à mon aise en me tenant debout entre deux cages, juste en face de l'ouverture. Durant tout ce temps, je n'eus aucunes nouvelles d'Auguste ; mais cela ne me causa pas grande inquiétude, car je savais que le brick allait prendre la mer d'un moment à l'autre, et, dans toute cette agitation, mon ami ne devait pas trouver facilement l'occasion de descendre me voir. Enfin j'entendis la trappe s'ouvrir et se fermer, et il m'appela alors d'une voix sourde, me demandant si tout allait bien pour moi, et si j'avais besoin de quelque chose.

— De rien, — répondis-je ; — je suis aussi bien que je puis être. Quand le brick met-il à la voile ?

— Il lèvera l'ancre dans moins d'une demi-heure, — me répondit-il ; — j'étais venu pour vous le faire savoir, et je craignais que vous ne fussiez inquiet de mon absence. Je n'aurai pas la chance de redescendre avant quelque temps, — peut-être bien avant trois ou quatre bons jours. Tout va bien là-haut. Après que je serai remonté et que j'aurai fermé la trappe, glissez-vous en suivant le filin jusqu'à l'endroit du clou. Vous y trouverez ma montre ; — elle peut vous être utile, car vous n'avez pas la lumière du jour pour apprécier le temps. Je parie que vous ne pourriez pas dire depuis combien de temps vous êtes enterré ici : — il n'y a que trois jours ; nous sommes aujourd'hui le vingt du mois. Je porterais bien la montre jusqu'à votre caisse ; mais je crains qu'on n'ait besoin de moi.

Et puis il remonta.

Une heure environ après son départ, je sentis distinctement le brick se mettre en marche, et je me félicitai de commencer un voyage pour de bon. Tout plein de

cette idée, je résolus de me tenir en joie et d'attendre
tranquillement la suite des événements, jusqu'à ce qu'il
me fût permis d'échanger mon étroite caisse pour les
commodités plus vastes, mais à peine plus recherchées,
de la cabine. Mon premier soin fut d'aller chercher la
montre. Je laissai la bougie allumée, et je m'avançai à
tâtons dans les ténèbres, tout en suivant la corde à travers
ses détours, tellement compliqués que je m'apercevais
quelquefois que, malgré tout mon travail et tout le chemin parcouru, j'étais ramené à un ou deux pieds d'une
position précédente. A la longue cependant, j'atteignis le
clou, et, m'assurant de l'objet d'un si long voyage, je
m'en revins heureusement. J'examinai alors les livres
dont Auguste m'avait pourvu avec une si charmante
sollicitude, et je choisis l'*Expédition de Lewis et Clarke à
l'embouchure de la Columbia.* Je m'en amusai pendant
quelque temps, et puis, sentant mes yeux s'assoupir,
j'éteignis soigneusement la bougie, et je tombai bientôt
dans un profond sommeil.

En m'éveillant, je me sentis l'esprit singulièrement
brouillé, et il s'écoula quelque temps avant que je pusse
me rappeler les diverses circonstances de ma situation.
Peu à peu, toutefois, je me souvins de tout. Je fis de la
lumière, et je regardai la montre; mais elle s'était arrêtée;
je n'avais donc aucun moyen d'apprécier combien de
temps avait duré mon sommeil. Mes membres étaient bri-
sés par des crampes, et je fus obligé, pour les soulager,
de me tenir debout entre les cages. Comme je me sentis
alors pris d'une faim presque dévorante, je pensai au
mouton froid dont j'avais mangé un morceau avant de

2.

m'endormir, et que j'avais trouvé excellent. Mais quel fut
mon étonnement en découvrant qu'il était dans un état
de complète putréfaction ! Cette circonstance me causa
une grande inquiétude ; car, rapprochant ceci du désordre d'esprit que j'avais senti en m'éveillant, je commençai
à croire que j'avais dû dormir pendant une période de
temps tout à fait insolite. L'atmosphère épaisse de la
cale y était peut-être bien pour quelque chose, et pouvait,
à la longue, amener les plus déplorables résultats. Ma
tête me faisait excessivement souffrir; il me semblait que
je ne pouvais tirer ma respiration qu'avec difficulté, et
enfin j'étais comme oppressé par une foule de sensations
mélancoliques. Cependant je n'osais pas me hasarder à
ouvrir la trappe, ou à tenter quelque autre moyen qui
aurait pu causer du trouble, et, ayant simplement remonté la montre, je fis mon possible pour me résigner.

Pendant le long espace de vingt-quatre insupportables
heures, personne ne vint à mon secours, et je ne pouvais
m'empêcher d'accuser Auguste de la plus grossière in-
différence Ce qui m'alarmait principalement, c'était que
l'eau de ma cruche était réduite à presque une demi-pinte,
et que je souffrais beaucoup de la soif, ayant copieuse-
ment mangé du saucisson de Bologne après la perte de
mon mouton. Je devins excessivement inquiet, et je ne pris
plus aucun intérêt à mes livres. J'étais dominé aussi par
un désir étonnant de sommeil, et je tremblais à l'idée de
m'y abandonner, de peur qu'il n'existât dans l'air renfermé
de la cale quelque influence pernicieuse, comme celle du
charbon en ignition. Cependant le roulis du brick me

prouvait que nous étions en plein océan, et un bruit
sourd, un ronflement, qui arrivait à mes oreilles comme
d'une immense distance, me convainquait que la brise
qui soufflait n'était pas une brise ordinaire. Je ne pouvais imaginer aucune raison pour expliquer l'absence
d'Auguste. Nous étions certainement assez avancés dans
la route pour me permettre de monter sur le pont. Il pouvait lui être arrivé quelque accident; — mais je n'en con-
jecturais aucun qui m'expliquât comment il me laissait
si longtemps prisonnier, sauf qu'il fût mort subitement
ou qu'il fût tombé par-dessus bord; et m'appesantir sur
une pareille idée, quelques secondes seulement, était pour
moi chose insupportable. Il était encore possible que
nous eussions été battus par des vents de bout, et que
nous fussions encore à proximité de Nantucket. Mais je fus
bientôt obligé de renoncer à cette idée; car, si tel eût été
le cas, le brick aurait souvent viré de bord, et j'étais parfaitement convaincu, d'après son inclinaison continuelle
sur bâbord, qu'il avait fait route tout le temps avec une
brise faite à tribord. D'ailleurs, en accordant que nous
fussions toujours dans le voisinage de l'île, Auguste n'au-
rait-il pas dû me rendre visite et m'informer de la situation ?

Tout en réfléchissant ainsi sur les embarras de ma situation déplorable et solitaire, je résolus d'attendre encore vingt-quatre autres heures, après lesquelles, si je ne
recevais pas de secours, je me dirigerais vers la trappe
et je m'efforcerais, soit d'obtenir une entrevue avec mon
ami, soit du moins de respirer un peu d'air frais à travers l'ouverture et d'emporter de sa cabine une nouvelle

provision d'eau. Pendant que je m'occupais de cette idée,
je tombai, malgré toute ma résistance, dans un profond
sommeil ou plutôt dans une espèce de torpeur. Mes
rêves étaient de la nature la plus terrible. Tous les genres
de calamité et d'horreur s'abattirent sur moi. Entre autres
misères, je me sentais étouffé jusqu'à la mort, sous d'é-
normes oreillers, par des démons de l'aspect le plus sinistre et le plus féroce. D'immenses serpents me tenaient
dans leurs étreintes et me regardaient ardemment au visage avec des yeux affreusement brillants. Et puis des
déserts sans limite et du caractère le plus désespéré, le
plus chargé d'effroi, se projetaient devant moi. De gigantesques troncs d'arbres grisâtres, sans feuilles, se
dressaient, comme une procession sans fin, aussi loin que
mon œil pouvait atteindre. Leurs racines étaient noyées
dans d'immenses marécages dont les eaux s'étalaient au
loin, affreusement noires, sinistres et terribles dans leur
immobilité. Et les étranges arbres semblaient doués d'une
vitalité humaine, et, agitant çà et là leurs bras de sque-
lette, demandaient grâce aux eaux silencieuses et criaient
miséricorde avec l'accent vibrant, perçant, du désespoir
et de l'agonie la plus aiguë. Et puis la scène changeait,
et je me trouvais debout, nu et seul, dans les sables brûlants
du Sahara. A mes pieds gisait, blotti et ramassé, un lion
féroce des tropiques. Soudainement ses yeux effarés s'ouvraient et tombaient sur moi. D'un bond convulsif il se
dressait sur ses pieds et il découvrait l'horrible rangée de
ses dents. Aussitôt, de son rouge gosier jaillissait un ru-
gissement semblable au tonnerre du firmament, et je me
jetais impétueusement à terre. Suffoqué par le paroxysme

de la terreur, je me sentis enfin éveillé à moitié. Et mon rêve n'était pas tout à fait un rêve. Maintenant, au moins, j'étais en possession de mes sens. Les pattes de quelque énorme et véritable monstre s'appuyaient lourdement sur ma poitrine, — sa chaude haleine soufflait dans mon oreille, — et ses crocs blancs et sinistres brillaient sur moi à travers l'obscurité.

Quand, pour sauver mille fois ma vie, je n'aurais eu qu'à remuer un membre ou qu'à prononcer une syllabe, je n'aurais pu ni bouger ni parler. La bête, quelle qu'elle fût, gardait toujours sa position, sans tenter aucune attaque immédiate, et moi je restais couché au-dessous d'elle dans un état complet d'impuissance, que je croyais tout proche de la mort. Je sentais que mes facultés physiques et spirituelles m'abandonnaient rapidement, — en un mot, que je me mourais, et que je me mourais de pure terreur. Ma cervelle flottait, — la mortelle nausée du vertige m'envahissait, — mes yeux me trahissaient, et les globes étincelants dardés sur moi semblaient eux-mêmes s'obscurcir. Faisant un suprême et violent effort, je lançai enfin vers Dieu une faible prière, et je me résignai à mourir. Le son de ma voix sembla réveiller toute la furie latente de l'animal ; il se précipita tout de son long sur mon corps. Mais quelle fut ma stupéfaction quand, poussant un long et sourd gémissement, il commença à lécher mon visage et mes mains avec la plus grande pétulance et les plus extravagantes démonstrations d'affection et de joie ! J'étais comme étourdi, perdu d'étonnement, — mais je ne pouvais pas avoir oublié le geignement particulier de Tigre, mon terre-neuve, et je connais-

sais bien la manière bizarre de ses caresses. C'était lui.
Je sentis comme un torrent de sang se ruer vers mes
tempes, — comme une sensation vertigineuse, écrasante, de délivrance et de ressuscitation. Je me dressai
précipitamment sur le matelas de mon agonie, et, me jetant au cou de mon fidèle compagnon et ami, je soula-
geai la longue oppression de mon cœur par un flot de
larmes des plus passionnées.

Comme dans une circonstance précédente, mon cerveau, quand j'eus quitté mon matelas, se trouvait dans
une singulière confusion, dans un parfait désordre.
Pendant assez longtemps, il me sembla presque impossible de lier deux idées; mais, lentement et graduellement, la faculté de penser me revint, et je me
rappelai enfin les différentes circonstances de ma situation. Quant à la présence de Tigre, je m'efforçai
en vain de me l'expliquer, et, après m'être perdu en
mille conjectures diverses à son sujet, je me réjouis simplement, et sans plus de recherches, de ce qu'il était
venu partager ma lugubre solitude et me réconforter de
ses caresses. Bien des gens aiment leurs chiens; mais
moi, j'avais pour Tigre une affection de beaucoup plus
ardente que l'affection commune, et jamais sans doute
aucune créature ne la mérita mieux. Pendant sept ans
il avait été mon inséparable compagnon, et, dans une
multitude de cas, il m'avait donné la preuve de toutes les nobles qualités qui nous font estimer l'animal. Je
l'avais arraché, quand il était tout petit, des griffes d'un
méchant polisson de Nantucket qui le traînait à l'eau avec
une corde au cou; et le chien, devenu grand, m'avait

payé sa dette, trois ans plus tard à peu près, en me sau-
vant du gourdin d'un voleur de rue.

Je pris alors la montre et je m'aperçus, en l'appliquant
à mon oreille, qu'elle s'était arrêtée de nouveau ; mais je
n'en fus nullement étonné, étant convaincu, d'après l'état
particulier de mes sens, que j'avais dormi, comme cela
m'était déjà arrivé, pendant une très-longue période de
temps. Combien de temps ? c'est ce qu'il m'était impossible de dire. J'étais consumé par la fièvre, et ma
soif était presque intolérable. Je cherchai à tâtons à
travers ma caisse le peu qui devait me rester de ma
provision d'eau ; car je n'avais pas de lumière, la bougie ayant brûlé jusqu'au ras du chandelier de la lanterne, et je ne pouvais pas mettre pour le moment
la main sur le briquet. Enfin, trouvant la cruche, je
m'aperçus qu'elle était vide ; — Tigre, sans nul doute,
n'avait pas résisté au désir de boire, aussi bien que de
dévorer tout le restant du mouton dont l'os se promenait,
admirablement nettoyé, à l'entrée de ma caisse. Je pouvais faire bon marché de la viande gâtée, mais je sentais
le cœur me manquer, rien qu'à l'idée de l'eau. J'étais
excessivement faible, si bien qu'au moindre mouvement,
au plus léger effort, je tremblais de tout mon corps,
comme dans un violent accès de fièvre. Pour ajouter à
mes embarras, le brick tanguait et roulait avec une
grande violence, et les barriques d'huile placées au-dessus de ma caisse menaçaient à chaque instant de dégringoler, et de boucher ainsi l'unique issue de ma cachette.
J'éprouvais aussi d'horribles souffrances par suite du
mal de mer. Toutes ces considérations me déterminèrent

à me diriger à tout hasard vers la trappe et à chercher
immédiatement du secours, avant que j'en fusse devenu
tout à fait incapable. Cette résolution prise, je cherchai
de nouveau à tâtons le phosphore et les bougies. Je découvris le briquet phosphorique, non sans quelque
peine ; mais, ne trouvant pas les bougies aussi vite que
je l'espérais (car je me rappelais à peu près l'endroit où
je les avais placées), j'abandonnai cette recherche pour
le moment, et, recommandant à Tigre de se tenir tranquille, je commençai décidément mon voyage vers la
trappe.

Dans cette tentative, mon extrême faiblesse devint
encore plus manifeste. Ce n'était qu'avec la plus grande
difficulté que je pouvais me traîner, et très-souvent mes
membres se dérobaient soudainement sous moi ; puis,
tombant prosterné sur le visage, je restais pendant quelques minutes dans un état voisin de l'insensibilité. Cependant, je luttais toujours et j'avançais lentement, tremblant à tout moment de m'évanouir dans le labyrinthe
étroit et compliqué de l'arrimage, auquel cas je n'avais
d'autre denoûment à attendre que la mort. A la longue,
faisant une poussée en avant avec toute l'énergie dont je
pouvais disposer, je donnai violemment du front contre
l'angle aigu d'une caisse bordée de fer. L'accident ne me
causa qu'un étourdissement de quelques instants ; mais
je découvris avec un inexprimable chagrin que le roulis
sec et violent du navire avait jeté la caisse juste en travers de mon chemin, de manière à barricader complètement le passage. En y mettant toute ma force, je ne
pus pas la déranger seulement d'un pouce, car elle était

très-solidement calée entre les caisses environnantes et tous les équipements de bord. Il me fallait donc, faible comme je l'étais, ou lâcher le filin conducteur et chercher un autre passage, ou grimper par-dessus l'obstacle et reprendre ma route de l'autre côté. Le premier parti présentait trop de difficultés et de dangers ; je n'y pouvais penser sans un frisson. Épuisé de corps et d'esprit, je devais infailliblement me perdre, si je tentais une pareille imprudence, et périr misérablement dans ce lugubre et dégoûtant labyrinthe de la cale. Je commençai donc, sans hésitation, à rassembler tout ce qui me restait de force et de courage pour tâcher, si faire se pouvait, de grimper par-dessus la caisse.

Comme je me relevais dans ce but, je m'aperçus que l'entreprise dépassait mes prévisions et impliquait une besogne encore plus sérieuse que je ne l'avais imaginé. De chaque côté de l'étroit passage, se dressait un véritable mur fait d'une foule de matériaux des plus lourds ; la moindre bévue de ma part pouvait les faire dégringoler sur ma tête ; ou, si j'échappais à ce malheur, le retour pouvait m'être absolument fermé par la masse écroulée, et je me trouvais ainsi en face d'un nouvel obstacle. Quant à la caisse, elle était très-haute et très-massive, et le pied n'y pouvait trouver aucune prise. En vain j'essayai, par tous les moyens possibles, d'attraper le haut, espérant pouvoir me soulever ainsi à la force des bras. Si j'avais réussi à l'atteindre, il est certain que ma force eût été tout à fait insuffisante pour me soulever, et, somme toute, il valait mieux que je n'y eusse pas réussi. A la longue, comme

3

je faisais un effort désespéré pour déranger la caisse de
sa place, je sentis comme une vibration sensible du côté
qui me faisait face. Je glissai vivement ma main sur les
interstices des planches, et je m'aperçus que l'une d'elles,
une très-large, branlait. Avec mon couteau , que j'avais
sur moi par bonheur, je réussis, mais non sans peine, à
la détacher entièrement; et, passant à travers l'ouverture, je découvris, à ma grande joie, qu'il n'y avait pas
de planches du côté opposé, — en d'autres termes, que
le couvercle manquait, et que c'était à travers le fond
que je m'étais frayé une voie. Dès lors, je suivis ma
ligne sans trop de difficultés, jusqu'à ce qu'enfin j'atteignis le clou. Je me redressai avec un battement de cœur, et
je poussai doucement la porte de la trappe. Elle ne s'é-
leva pas avec autant de promptitude que je l'avais espéré,
et je la poussai avec un peu plus de décision, craignant
toujours que quelque autre personne qu'Auguste ne se
trouvât en ce moment dans sa cabine. Cependant, la porte,
à mon grand étonnement, resta ferme, et je devins passablement inquiet, car je savais que primitivement elle
cédait sans effort et à la moindre pression. Je la poussai
vigoureusement,—elle ne bougea pas; de toute ma force,
—elle ne voulut pas céder ; avec rage, avec furie, avec désespoir, — elle défia tous mes efforts ; et il était évident,
à en juger par l'inflexibilité de la résistance, que le trou
avait été découvert et solidement condamné, ou bien
que quelque énorme poids avait été placé dessus, qu'il
ne fallait pas songer à soulever.

Ce que j'éprouvai fut une sensation extrême d'horreur et d'effroi. J'essayai en vain de raisonner sur la

cause probable qui me murait ainsi dans ma tombe.
Je ne pouvais attraper aucune chaîne logique de réflexions ; je me laissai tomber sur le plancher, et je m'a-
bandonnai sans résistance aux imaginations les plus
noires, parmi lesquelles se dressaient principalement,
écrasants et terribles, la mort par la soif, la mort par la
faim, l'asphyxie et l'enterrement prématuré. A la longue
cependant, une partie de ma présence d'esprit me revint.
Je me relevai, et je cherchai avec mes doigts les joints et
les fissures de la trappe. Les ayant trouvés, je les
examinai scrupuleusement, pour vérifier s'ils laissaient
filtrer quelque lumière de la cabine ; mais il n'y avait
aucune lueur appréciable. J'introduisis alors la lame à
tailler les plumes à travers les fentes, jusqu'à ce que
j'eusse rencontré un obstacle dur. En raclant, je découvris que c'était une masse énorme de fer, et, à la
sensation particulière d'ondulation que me rendit ma
lame en frôlant tout le long, je conclus que ce devait
être une chaîne. Le seul parti qui me restât à suivre
maintenant était de reprendre ma route vers ma caisse,
et là de me résigner à mon triste destin, ou de m'appli-
quer à pacifier mon esprit pour le rendre capable de
combiner quelque plan de salut. J'entrepris immédiatement la chose, et je réussis, après d'innombrables difficultés, à effectuer mon retour. Comme je me laissais
tomber, entièrement épuisé, sur mon matelas, Tigre s'é-
tendit tout de son long à mon côté, comme désirant, par
ses caresses, me consoler de toutes mes peines et m'ex-
horter à les supporter avec courage.

A la longue, la singularité de sa conduite arrêta forte-

ment mon attention. Après avoir léché mon visage et
mes mains pendant quelques minutes, il s'arrêtait tout à
coup et poussait un sourd gémissement. Quand j'éten-
dais ma main vers lui, je le trouvais invariablement
couché sur le dos, avec ses pattes en l'air. Cette conduite,
si fréquemment répétée, me paraissait étrange, et je ne
pouvais en aucune façon m'en rendre compte. Comme
le pauvre chien semblait désolé, je conclus qu'il avait
reçu quelque coup ; et, prenant ses pattes dans mes mains,
je les tâtai une à une, mais je n'y trouvai aucun symptôme de mal. Je supposai alors qu'il avait faim, et je lui
donnai un gros morceau de jambon qu'il dévora avide-
ment, — et puis il recommença son extraordinaire manœuvre. J'imaginai alors qu'il souffrait, comme moi, les
tortures de la soif, et j'allais adopter cette conclusion
comme la seule vraie, quand l'idée me vint que je n'avais
jusqu'alors examiné que ses pattes, et qu'il pouvait bien
avoir une blessure en quelque endroit du corps ou de
la tête. Je tâtai soigneusement la tête, mais je n'y trouvai
rien. Mais en passant ma main le long du dos, je sentis
comme une légère érection du poil qui le traversait dans
toute sa largeur. En sondant le poil avec mon doigt, je
découvris une ficelle que je suivis et qui passait tout autour du corps. Grâce à un examen plus soigneux, je ren-
contrai une petite bande qui me causa la sensation du
papier à lettre ; la ficelle traversait cette bande et avait
été assujettie de façon à la fixer juste sous l'épaule gauche
de l'animal.

III

TIGRE ENRAGÉ.

L'idée me vint tout de suite que ce papier était un
billet d'Auguste, et que, quelque accident inconcevable
l'ayant empêché de venir me tirer de ma prison, il avait
avisé ce moyen pour me mettre au courant du véritable
état des choses. Tout palpitant d'impatience, je me mis
de nouveau à la recherche de mes allumettes phosphoriques et de mes bougies. J'avais comme un souvenir
confus de les avoir soigneusement serrées quelque part,
juste avant de m'assoupir, et je crois bien qu'avant ma
dernière expédition vers la trappe j'étais parfaitement
capable de me rappeler l'endroit précis où je les avais
déposées. Mais maintenant c'était en vain que je m'efforçais de me le rappeler, et je perdis bien une bonne
heure dans une recherche inutile et irritante de ces
maudits objets ; jamais, certainement, je ne me trouvai
dans un état plus douloureux d'anxiété et d'incertitude.
Enfin, comme je tâtais partout, ma tête appuyée presque
contre le lest, près de l'ouverture de ma caisse et un peu
en dehors, j'entrevis comme une faible lueur dans la direction du poste. Très-étonné, je m'efforçai de me diriger
vers cette lueur, qui me semblait n'être qu'à quelques
pieds de moi. A peine avais-je commencé à me remuer
dans ce but, que je l'avais entièrement perdue de vue ;
et, pour l'apercevoir de nouveau, je fus obligé de tâtonner
le long de ma caisse jusqu'à ce que j'eusse exactement

retrouvé ma position première. Alors, tâtonnant pru-
demment avec ma tête, deçà et delà, je découvris qu'en
m'avançant lentement, avec la plus grande précaution,
dans un sens opposé à celui que j'avais adopté d'abord,
je pourrais arriver auprès de la lumière sans la perdre
de vue. Enfin donc j'y parvins, non sans avoir suivi une
route péniblement brisée par une foule de détours, et je
découvris que cette lumière provenait de quelques fragments de mes allumettes éparpillées dans un baril vide et
couché sur le côté. Je m'étonnais fort de les retrouver en
pareil lieu, quand ma main tomba sur deux ou trois
morceaux de cire qui avaient été évidemment mâchonnés
par le chien. J'en conclus tout de suite qu'il avait dévoré
toute ma provision de bougies, et je désespérai de pouvoir jamais lire le billet d'Auguste. Les bribes de cire
étaient si bien amalgamées avec d'autres débris dans le
baril, que je renonçai à en tirer le moindre secours, et je
les laissai où elles étaient. Quant au phosphore, dont il
restait encore une ou deux miettes lumineuses, je le ré-
coltai du mieux que je pus, et je retournai avec beaucoup
de peine jusqu'à ma caisse, où Tigre était resté pendant
tout ce temps.

Je ne savais, en vérité, que faire maintenant. La cale
était si profondément sombre que je ne pouvais pas voir
ma main, même en l'approchant tout près de mon visage.
Quant à la bande blanche de papier, je pouvais à peine
la distinguer, et encore ce n'était pas en la regardant directement, mais en tournant vers elle la partie extérieure
de la rétine, c'est-à-dire en l'observant un peu de travers,
que je parvenais à la rendre légèrement sensible à mon

œil. On peut ainsi se figurer combien était noire la nuit de
ma prison, et le billet de mon ami, si toutefois c'était un
billet de lui, semblait ne devoir servir qu'à augmenter
mon trouble, en tourmentant sans utilité mon pauvre esprit déjà si agité et si affaibli. En vain je roulais dans
mon cerveau une foule d'expédients absurdes pour me
procurer de la lumière, — des expédients analogues à
ceux qu'imaginerait, pour un but semblable, un homme
enveloppé du sommeil troublant de l'opium ; chacun apparaissant tour à tour au songeur comme la plus raisonnable et la plus absurde des inventions, selon que les
lueurs de la raison ou celles de l'imagination dominent
dans son esprit vacillant. A la fin, une idée se présenta
à moi, qui me parut rationnelle, et je ne m'étonnai que
d'une chose, c'était de ne pas l'avoir trouvée tout de suite.
Je plaçai la bande de papier sur le dos d'un livre, et, ramassant les débris d'allumettes chimiques que j'avais rapportés du baril, je les mis tous ensemble sur le papier ;
puis avec la paume de ma main, je frottai le tout vivement, mais solidement. Une lumière claire se répandit
immédiatement à la surface, et s'il y avait eu quelque
chose d'écrit dessus, je suis sûr que je n'aurais pas eu la
moindre difficulté à le lire. Il n'y avait pas une syllabe,
rien qu'une triste et désolante blancheur; la clarté s'étei-
gnit en quelques secondes, et je sentis mon cœur s'évanouir avec elle.

J'ai déjà dit que, pendant une période précédente, mon
esprit s'était trouvé dans un état voisin de l'imbécillité. Il
y eut, il est vrai, quelques intervalles de parfaite lucidité
et même, de temps à autre, d'énergie ; mais ils avaient

été peu nombreux. On doit se rappeler que je respirais,
depuis plusieurs jours certainement, l'atmosphère presque pestilentielle d'un étroit cachot dans un navire baleinier, et, pendant une bonne partie de ce temps, je n'a-
vais joui que d'une quantité d'eau très-insuffisante. Pendant les dernières quatorze ou quinze heures, j'en avais
été totalement privé, — aussi bien que de sommeil. Des
provisions salées de la nature la plus irritante avaient été
ma principale et même, depuis la perte de mon mouton,
mon unique nourriture, à l'exception du biscuit de mer ;
et encore ce dernier m'était devenu d'un usage tout à
fait impossible, beaucoup trop sec et trop dur pour que
ma gorge pût l'avaler, enflée et desséchée comme elle
l'était. J'avais alors une fièvre très-intense, et j'étais à tous
égards excessivement mal. Cela expliquera comment de
longues misérables heures d'abattement aient pu s'écouler
depuis l'aventure du phosphore, avant que l'idée me
vînt que je n'avais encore examiné qu'un des côtés du
papier. Je n'essayerai pas de décrire toutes mes sensations
de rage (car je crois que la colère dominait toutes les
autres), quand le remarquable oubli que j'avais commis
éclata soudainement dans mon esprit. Cette bévue n'aurait pas été très-grave en elle-même, si ma folie et ma pétulance ne l'eussent pas rendue telle ; — dans mon désappointement de ne pas trouver quelques mots sur la bande
de papier, je l'avais puérilement déchirée, et j'en avais
jeté les morceaux ; — où ? il m'était impossible de le savoir.

Je fus, pour la partie la plus ardue du problème, tiré
d'affaire par la sagacité de Tigre. Ayant trouvé, après
une longue recherche, un petit morceau de billet, je le

mis sous le nez du chien, m'efforçant de lui faire comprendre qu'il fallait m'apporter le reste. A mon grand
étonnement (car je ne lui avais enseigné aucun des tours
habituels qui font la renommée de ses pareils), il sembla entrer tout de suite dans ma pensée, et farfouillant
pendant quelques moments, il en trouva bien vite un autre morceau assez important. Il me l'apporta, fit une
petite pause, et frottant son nez contre ma main,
parut attendre que j'approuvasse ce qu'il avait fait.
Je lui donnai une petite tape sur la tête, et il repartit immédiatement pour sa besogne. Quelques minutes s'écoulè-
rent avant qu'il revînt,—mais enfin il rapporta une grande
bande qui complétait tout le papier perdu ; — je ne l'a-
vais lacéré, à ce qu'il paraît, qu'en trois morceaux. Très-
heureusement, je n'eus pas grand'peine à retrouver le peu
qui restait de phosphore, guidé par la lueur indistincte
qu'émettaient toujours un ou deux petits fragments.
Mes mésaventures m'avaient appris la nécessité de la prudence, et je pris alors le temps de réfléchir sur ce que
j'allais faire. Très-probablement, pensai-je, quelques
mots avaient été écrits sur le côté du papier que je n'a-
vais pas examiné ; — mais quel était ce côté ? L'assemblage des morceaux ne me donnait aucun renseignement
à cet égard et me garantissait simplement que je trouve-
rais tous les mots (si toutefois il y avait quelque chose) du
même côté, et se suivant logiquement comme ils avaient
été écrits. Vérifier le point en question et d'une manière
indubitable était une chose de la plus absolue nécessité ;
car les débris de phosphore eussent été tout à fait insuffi-
sants pour une troisième épreuve, si j'échouais par mal-

heur dans celle que j'allais tenter. Je plaçai, comme j'avais déjà fait, le papier sur un livre, et je m'assis pendant quelques minutes, mûrissant soigneusement la question dans mon esprit. A la fin, je pensai qu'il n'était pas tout à fait impossible que le côté écrit fût marqué de quelque inégalité à sa surface, inégalité qu'une vérification délicate par le toucher pouvait me révéler. Je résolus de faire l'expérience, et je passai soigneusement mon doigt sur le côté qui se présentait le premier ; — je ne sentis absolument rien, et je retournai le papier, le rajustant sur le livre. Je promenai de nouveau mon index tout le long et avec une grande précaution, quand je découvris une lueur excessivement faible, mais cependant sensible, qui accompagnait mon doigt. Ceci ne pouvait évidemment provenir que de quelques petites molécules du phosphore dont j'avais frotté le papier dans ma première tentative. L'autre côté, le verso, était donc celui où était l'écriture, si toutefois je devais enfin trouver quelque chose d'écrit. Je retournai donc encore le billet et je me mis à l'œuvre, comme j'avais fait précédemment. Je frottai le phosphore ; une lumière en résulta de nouveau, — mais cette fois quelques lignes d'une grosse écriture, et qui semblaient tracées avec de l'encre rouge, devinrent très-distinctement visibles. La clarté, quoique suffisamment brillante, ne fut que momentanée. Cependant, si je n'avais pas été trop fortement agité, j'aurais eu amplement le temps de déchiffrer les trois phrases entières placées sous mes yeux ; — car je vis qu'il y en avait trois. Mais, dans mon impatience de tout lire d'un seul coup, je ne réussis qu'à attraper les sept mots de la fin qui étaient : ... *sang, — restez caché, votre vie en dépend.*

Quand même j'aurais pu vérifier le contenu entier du billet, — le sens complet de l'avertissement que mon ami avait ainsi essayé de me donner, — cet avertissement, m'eût-il révélé l'histoire d'un désastre affreux, ineffable, n'aurait pas, j'en suis fermement convaincu, pénétré mon esprit d'un dixième de la maîtrisante et indéfinissable horreur que m'inspira ce lambeau d'avis reçu de cette façon. Et ce mot, — *sang*, — ce mot suprême, ce roi des mots, — toujours si riche de mystère, de souffrance et de terreur, — comme il m'apparut alors trois fois plus gros de signifiance! — Comme cette syllabe vague, — détachée de la série des mots précédents qui la qualifiaient et la rendaient distincte, — tombait, pesante et glacée, parmi les profondes ténèbres de ma prison, dans les régions les plus intimes de mon âme!

Auguste avait indubitablement de bonnes raisons pour désirer que je restasse caché, et je formai mille conjectures sur ce qu'elles pouvaient être; — mais je ne pus rien trouver qui me donnât une solution satisfaisante du mystère. Quand j'étais revenu de mon dernier voyage à la trappe, et avant que mon attention eût été attirée par la singulière conduite de Tigre, j'avais pris la résolution de me faire entendre à tout hasard par les hommes du bord, ou, si je n'y pouvais pas réussir, d'essayer de me frayer une voie à travers le faux pont. La presque certitude que j'avais d'être capable d'accomplir, à la dernière extrémité, d'une de ces deux entreprises, m'avait donné le courage (que je n'aurais pas eu autrement) d'endurer les couleurs de ma situation. Et voilà que les quelques mots que je venais

de lire me coupaient ces deux ressources finales! Alors,
pour la première fois, je sentis toute la misère de ma destinée. Dans un paroxysme de désespoir, je me rejetai sur
le matelas, où je restai étendu, durant tout un jour et une
nuit environ, dans une espèce de stupeur que traversaient
par instants quelques lueurs de raison et de mémoire.

A la longue, je me levai une fois encore, et je m'occu-
pai à réfléchir sur les horreurs qui m'environnaient. Il
m'était bien difficile de vivre encore vingt-quatre heures
sans eau ; — au delà, c'était chose impossible. Durant la
première période de ma réclusion, j'avais librement usé
des liqueurs dont Auguste m'avait pourvu, mais elles n'a-
vaient servi qu'à exciter ma fièvre, sans apaiser ma soif
le moins du monde. Il ne me restait plus maintenant que
le quart d'une pinte, et c'était une espèce de forte liqueur
de noyau qui me faisait lever le cœur. Les saucissons
étaient entièrement consommés ; du jambon il ne restait
qu'un petit morceau de la peau ; et, sauf quelques débris
d'un seul biscuit, tout le reste avait été dévoré par Tigre. Pour ajouter à mes angoisses, je sentais que mon
mal de tête augmentait à chaque instant, toujours accompagné de cette espèce de délire qui m'avait plus ou moins
tourmenté depuis mon premier assoupissement. Depuis
plusieurs heures déjà, je ne pouvais plus respirer qu'avec
la plus grande difficulté, et maintenant chaque effort de
respiration était suivi d'un mouvement spasmodique de
la poitrine des plus alarmants. Mais j'avais encore une
autre raison d'inquiétude, d'un genre tout à fait différent,
et c'étaient les fatigantes terreurs qui en résultaient qui
m'avaient surtout arraché à ma torpeur et m'avaient con-

traint à me relever sur mon matelas. Cette inquiétude
me venait de la conduite du chien.

J'avais déjà observé une altération dans sa manière d'être,
pendant que je frottais le phosphore sur le papier lors de
ma dernière expérience. Juste comme je frottais, il avait
fourré son nez contre ma main avec un léger grognement ;
mais j'étais, en ce moment, trop fortement agité pour
faire grande attention à cette circonstance. Peu de temps
après, on se le rappelle, je m'étais jeté sur le matelas, et
j'étais tombé dans une espèce de léthargie. Je m'aperçus
alors d'un singulier sifflement tout contre mon oreille, et
je découvris que ce bruit provenait de Tigre, qui haletait
et soufflait, comme s'il était en proie à la plus grande
excitation, les globes de ses yeux étincelant furieusement
à travers l'obscurité. Je lui adressai la parole, et il me répondit par un sourd grondement ; et puis il se tint tranquille. Je retombai alors dans ma torpeur, et j'en fus de
nouveau tiré de la même manière. Cela se répéta trois ou
quatre fois ; enfin sa conduite m'inspira une telle frayeur
que je me sentis tout à fait éveillé. Il était alors couché
tout contre l'ouverture de la caisse, grognant terriblement,
quoique dans une espèce de ton bas et sourd, et grinçant
des dents comme s'il était tourmenté par de fortes convulsions.

Je ne doutais pas que la privation d'eau et l'atmosphère renfermée de la cale ne l'eussent rendu enragé, et
je ne savais absolument quel parti prendre. Je ne pouvais
pas supporter la pensée de le tuer, et cependant cela me
semblait absolument nécessaire pour mon propre salut.
Je distinguais parfaitement ses yeux fixés sur moi avec

une expression d'animosité mortelle, et je croyais à chaque
instant qu'il allait m'attaquer. A la fin, je sentis que je ne
pouvais pas endurer plus longtemps cette terrible situation, et je résolus de sortir de ma caisse à tout hasard et
d'en finir avec lui, si une opposition de sa part rendait
cette extrémité nécessaire. Il me fallait, pour fuir, passer
directement sur son corps, et l'on eût dit qu'il pressentait
déjà mon dessein; — il se dressa sur ses pattes de devant, — ce que je devinai au changement de position
de ses yeux, — et déploya la rangée blanche de ses crocs
que je pouvais distinguer sans peine. Je pris les restes de
la peau du jambon et la bouteille qui contenait la liqueur,
et je les assurai bien contre moi, ainsi qu'un grand couteau de table qu'Auguste m'avait laissé ; — puis, m'enve-
loppant de mon paletot, serré autant que possible, je fis
un mouvement vers l'ouverture de la caisse. A peine avais-
je bougé, que le chien, avec un fort hurlement, s'élança
à ma gorge. L'énorme poids de son corps me frappa à
l'épaule droite, et je tombai violemment à gauche, pendant que l'animal enragé passait tout entier par-dessus
moi. J'étais tombé sur mes genoux, ma tête ensevelie dans
les couvertures, ce qui me protégeait contre les dangers
d'une seconde attaque également furieuse; car je sentais
les dents aiguës qui serraient vigoureusement la laine dont
mon cou se trouvait enveloppé, et qui par grand bonheur
se trouvaient impuissantes à en pénétrer tous les plis.
J'étais alors placé sous l'animal, et en peu d'instants je
devais me trouver complétement en son pouvoir. Le désespoir me donna de la vigueur; je me relevai violemment,
repoussant le chien loin de moi par la simple énergie de

mon mouvement, et tirant avec moi les couvertures de
dessus le matelas. Je les jetai alors sur lui, et, avant qu'il
eût pu s'en débarrasser, j'avais franchi la porte et l'avais
heureusement fermée en cas de poursuite. Mais dans cette
bataille, j'avais été forcé de lâcher le morceau de peau
de jambon, et je me trouvai dès lors réduit à mon quart
de pinte de liqueur pour toutes provisions. Quand cette
réflexion traversa mon esprit, je me sentis emporté par
un de ces accès de perversité[1] semblables au mouvement d'un enfant gâté dans un cas analogue, et, portant
le flacon à mes lèvres, je le vidai jusqu'à la dernière
goutte, et puis je le brisai avec fureur à mes pieds.

A peine l'écho du verre fracassé s'était-il évanoui, que
j'entendis mon nom prononcé d'une voix inquiète, mais
étouffée, dans la direction du logement de l'équipage.
Un incident de cette nature était pour moi chose inattendue, et l'émotion qu'il me causa était si intense, que ce
fut en vain que je m'efforçai de répondre. J'avais complétement perdu la faculté de parler, et, torturé par la
crainte que mon ami n'en conclût que j'étais mort et ne
s'en retournât sans essayer de me trouver, je me tenais
debout entre les cages, près de la porte de la caisse,
tremblant convulsivement, la bouche béante, et luttant
pour retrouver la parole. Quand même un millier de
mondes auraient dépendu d'une syllabe, je n'aurais pas
pu la proférer. J'entendis alors comme un léger mouvement à travers l'arrimage, quelque part en avant de la

[1] Voir, pour saisir toute l'étendue du terme, *le Démon de la perversité* et *le Chat noir*, dans le 2ᵉ vol. des *Histoires Extraordinaires*.
— C. B. *

position que j'occupais. Et puis le son devint moins dis-
tinct,—et puis encore moins,—enfin il allait toujours s'af-
faiblissant. Oublierai-je jamais mes sensations d'alors? Il
s'en allait, — lui, mon ami, mon compagnon, de qui j'a-
vais le droit de tant attendre! — il s'en allait, — il voulait m'abandonner, — il était parti! Il voulait donc me
laisser périr misérablement, expirer dans la plus horrible et la plus dégoûtante des prisons; — et un mot,
une seule petite syllabe pouvait me sauver! — et cette
syllabe unique, je ne pouvais pas la proférer! J'éprouvai, j'en suis sûr, plus de dix mille fois les tortures de la
mort. La tête me tourna, et je tombai, pris d'une faiblesse mortelle, contre l'extrémité de la caisse.

Comme je tombais, le couteau de table sortit de la
ceinture de mon pantalon et coula sur le plancher avec
le bruit sec du fer. Non, jamais musique délicieuse n'émut
si doucement mon oreille! Avec la plus ardente inquiétude j'écoutai, — pour constater l'effet du bruit sur Auguste; car je savais que la personne qui prononçait mon
nom ne pouvait être que lui. Tout resta silencieux pendant quelques instants. A la longue, j'entendis de nouveau le mot *Arthur!* répété à plusieurs reprises, d'un ton
bas, et une fois plein d'hésitation. L'espérance renaissante délivra tout d'un coup ma parole enchaînée, et je
criai de ma voix la plus forte:

— Auguste! oh! Auguste!

— Chut! pour l'amour de Dieu! taisez-vous! — répli-
qua-t-il d'une voix palpitante d'agitation; — je vais être
à vous tout de suite, — aussitôt que je me serai frayé un
chemin à travers la cale.

Pendant longtemps je l'entendis remuer parmi l'arrimage, et chaque instant me semblait un siècle. Enfin je
sentis sa main sur mon épaule, et il porta en même
temps une bouteille d'eau à mes lèvres. Ceux-là seulement qui ont été soudainement arrachés des mâchoires
de la mort, ou qui ont connu les insupportables tortures
de la soif dans des circonstances aussi compliquées que
celles qui m'assiégeaient dans ma lugubre prison, peuvent
se faire une idée des ineffables délices que me causa ce
bon coup, aspiré longuement, tout d'une haleine, —
cette boisson exquise, — cette volupté, la plus parfaite
de toutes !

Quand j'eus apaisé à peu près ma soif, Auguste tira
de sa poche trois ou quatre pommes de terre bouillies et
froides, que je dévorai avec la plus grande avidité. Il
avait apporté de la lumière dans une lanterne sourde, et
les délicieux rayons ne me causaient pas moins de jouis-
sance que la nourriture et le liquide. Mais j'étais impa-
tient d'apprendre la cause de son absence prolongée, et
il commença à me raconter ce qui était arrivé à bord durant mon incarcération.

IV

RÉVOLTE ET MASSACRE.

Le brick avait pris la mer, ainsi que j'avais deviné, une
heure environ après qu'Auguste m'eut laissé sa montre.
C'était alors le 20 juin. On se rappelle que j'étais déjà
dans la cale depuis trois jours ; et, pendant tout ce temps,

il y avait eu à bord un si constant remue-ménage, tant
d'allées et venues, particulièrement dans la chambre et
les cabines d'officier, qu'il ne pouvait guère venir me
voir sans courir le risque de livrer le secret de la trappe.
Lorsque enfin il descendit, je lui affirmai que j'étais aussi
bien que possible; pendant les deux jours qui suivirent, il
n'éprouva donc pas une bien grande inquiétude à mon
endroit; cependant il guettait toujours l'occasion de descendre. *Ce ne fut que le quatrième jour* qu'il la trouva
enfin. Plusieurs fois durant cet intervalle, il avait pris
la résolution d'avouer l'aventure à son père et de me faire
décidément monter; mais nous étions toujours à proximité de Nantucket, et il était à craindre, à en juger par
quelques mots qui avaient échappé au capitaine Barnard,
qu'il ne revînt immédiatement sur son chemin, s'il découvrait que j'étais à bord. D'ailleurs, en pesant bien les
choses, Auguste, à ce qu'il me dit, ne pouvait pas imaginer que je souffrisse de quelque besoin urgent, ou que
j'hésitasse, en pareil cas, à donner de mes nouvelles par
la trappe. Donc, tout bien considéré, il conclut à me laisser attendre jusqu'à ce qu'il pût trouver l'occasion de
me venir voir sans être observé. Ceci, comme je l'ai dit,
n'eut lieu que le quatrième jour après qu'il m'eut apporté la montre, et le septième depuis mon installation
dans la cale. Il descendit donc sans apporter avec lui d'eau
ni de provisions, n'ayant d'abord en vue que d'attirer mon
attention et de me faire venir de la caisse jusqu'à la trappe,
puis alors de remonter dans sa chambre, et de là de me
faire passer ce dont j'avais besoin. Quand il descendit
dans ce but, il s'aperçut que je dormais; car il paraît que

je ronflais très-haut. D'après toutes les conjectures que
j'ai pu faire sur ce sujet, ce devait être ce malheureux
assoupissement dans lequel je tombai juste après être revenu de la trappe avec la montre, sommeil qui a dû,
conséquemment, durer *plus de trois nuits et trois jours
entiers* pour le moins. Tout récemment, j'avais appris à
connaître, par ma propre expérience et par le témoignage des autres, les puissants effets soporifiques de l'o-
deur de la vieille huile de poisson quand elle est étroitement renfermée ; et quand je pense à l'état de la cale
dans laquelle j'étais emprisonné et au long espace de
temps durant lequel le brick avait servi comme baleinier,
je suis bien plus porté à m'étonner d'avoir pu me réveiller, une fois tombé dans ce dangereux sommeil, que
d'avoir dormi sans interruption pendant tout le temps
en question.

Auguste m'appela d'abord à voix basse et sans fermer
la trappe, — mais je ne fis aucune réponse. Il ferma alors
la trappe, et me parla sur un ton plus élevé, et enfin sur un
diapason très-haut, — mais je continuais toujours à ron-
fler. Il lui fallait quelque temps pour traverser tout le
pêle-mêle de la cale et arriver jusqu'à ma guérite, et pendant ce temps-là son absence pouvait être remarquée
par le capitaine Barnard, qui avait besoin de ses services
à chaque minute pour mettre en ordre et transcrire des
papiers relatifs au but du voyage. Il résolut donc, toute
réflexion faite, de remonter et d'attendre une autre occasion pour me rendre visite. Il fut d'autant plus incliné à
prendre ce parti, que mon sommeil semblait être du caractère le plus paisible, et il ne pouvait pas supposer que

j'eusse éprouvé la moindre incommodité de mon emprisonnement. Il venait justement de faire toutes ces réflexions, quand son attention fut attirée par un tumulte
tout à fait insolite, qui semblait partir de la cabine. Il s'é-
lança par la trappe aussi vivement que possible, la ferma,
et ouvrit la porte de sa chambre. A peine avait-il mis le
pied sur le seuil, qu'un coup de pistolet lui partait au visage, et qu'il était terrassé au même instant par un coup
d'anspect.

Une main vigoureuse le maintenait couché sur le plancher de la chambre et le serrait étroitement à la gorge;
cependant il pouvait voir ce qui se passait autour de lui.
Son père, lié par les mains et les pieds, était étendu le
long des marches du capot-d'échelle, la tête en bas, avec
une profonde blessure dans le front, d'où le sang coulait
incessamment comme un ruisseau. Il ne disait pas un
mot et avait l'air expirant. Sur lui se penchait le second,
le regardant au visage avec une expression de moquerie
diabolique, et lui fouillant tranquillement les poches,
d'où il tirait en ce moment même un gros portefeuille et
un chronomètre. Sept hommes de l'équipage (dont était
le coq, — un nègre) fouillaient dans les cabines de bâbord pour y prendre des armes, et ils furent bien vite
tous munis de fusils et de poudre. Sans compter Auguste
et le capitaine Barnard, il y avait en tout neuf hommes
dans la chambre, — les plus insignes coquins de tout l'é-
quipage. Les bandits montèrent alors sur le pont, emme-
nant mon ami avec eux, après lui avoir lié les mains derrière le dos. Ils allèrent droit au gaillard d'avant, qui était
fermé, — deux des mutins se tenant à côté avec des ha-

ches, — deux autres auprès du grand panneau. Le second
cria à haute voix :

— Entendez-vous, vous autres, en bas ? allons, haut sur
le pont! — un à un, entendez-vous bien! — et qu'on
ne bougonne pas !

Il s'écoula quelques minutes avant qu'un seul osât se
montrer ; à la fin, un Anglais, qui s'était embarqué
comme novice, grimpa en pleurant pitoyablement, et sup-
pliant le second, de la manière la plus humble, de vouloir bien épargner sa vie. La seule réponse à sa prière fut
un bon coup de hache sur le front. Le pauvre garçon
roula sur le pont sans pousser un gémissement, et le coq
noir l'enleva dans ses bras, comme il aurait fait d'un
enfant, et le lança tranquillement à la mer. Après avoir entendu le coup et la chute du corps, les hommes d'en bas
refusèrent absolument de se hasarder sur le pont ; pro-
messes et menaces, tout fut inutile ; lorsque enfin quelqu'un proposa de les enfumer là dedans. Ce fut alors un
élan général, et l'on put croire un instant que le brick
allait être reconquis. A la fin, cependant, les mutins par-
vinrent à refermer solidement le gaillard d'avant, et six
de leurs adversaires seulement purent se jeter sur le pont.
Ces six, se trouvant en forces si inégales et complètement privés d'armes, se soumirent après une lutte très-
courte. Le second leur donna de belles paroles, — sans
aucun doute pour amener ceux d'en bas à se soumettre ;
car ils pouvaient entendre sans peine tout ce qui se disait
sur le pont. Le résultat prouva sa sagacité, aussi bien
que sa scélératesse diabolique. Tous les hommes empri-
sonnés dans le gaillard d'avant manifestèrent alors l'in-

tention de se soumettre ; et, montant un à un, ils furent
garrottés et jetés sur le dos avec les six premiers, — en
tout vingt-sept hommes d'équipage qui n'avaient pas pris
part à la révolte.

Une épouvantable boucherie s'ensuivit. Les matelots
garrottés furent traînés vers le passavant. Là le coq se
tenait avec une hache, frappant chaque victime à la tête
au moment où les autres bandits la lui poussaient par-
dessus le bord. Vingt-deux périrent de cette manière, et
Auguste se considérait lui-même comme perdu, se figurant à chaque instant que son tour allait venir. Mais il
paraît que les misérables étaient ou trop fatigués ou
peut-être un peu dégoûtés de leur sanglante besogne;
car les quatre derniers prisonniers, avec mon ami qui
avait été jeté sur le pont comme les autres, furent épar-
gnés pour le présent, pendant que le second envoyait en
bas chercher du rhum, et toute la bande assassine commença une fête d'ivrognes qui dura jusqu'au coucher
du soleil. Ils se mirent alors à se disputer relativement
au sort des survivants, qui étaient couchés à quatre pas
d'eux tout au plus, et qui ne pouvaient pas perdre un
seul mot de la discussion. Sur quelques-uns des mutins
la liqueur semblait avoir produit un effet adoucissant;
car quelques voix s'élevèrent pour relâcher complètement les prisonniers, à la condition qu'ils se joindraient
à la révolte et qu'ils accepteraient leur part des profits.
Cependant le coq nègre (qui, à tous égards, était un parfait démon, et qui semblait exercer autant d'influence,
si ce n'est plus, que le second lui-même) ne voulait
entendre à aucune proposition de cette espèce et se

levait à chaque instant pour aller reprendre son office
de bourreau au passavant. Très-heureusement il était
tellement affaibli par l'ivresse, qu'il put être aisément
contenu par les moins sanguinaires de la bande, parmi
lesquels était un maître-cordier, connu sous le nom
de Dirk Peters. Cet homme était le fils d'une Indien-
ne, de la tribu des Upsarokas, qui occupe les forte-
resses naturelles des Montagnes Noires, près de la
source du Missouri. Son père était un marchand de
pelleteries, je crois, ou au moins avait des relations
quelconques avec les stations de commerce des Indiens
sur la rivière Lewis. Quant à ce Peters, c'était un des
hommes de l'aspect le plus féroce que j'aie jamais vus.
Il était de petite taille et n'avait pas plus de quatre pieds
huit pouces de haut, mais ses membres étaient coulés dans
un moule herculéen. Ses mains surtout étaient si mons-
trueusement épaisses et larges qu'elles avaient à peine
conservé une forme humaine. Ses bras, comme ses jambes, étaient arqués de la façon la plus singulière et ne
semblaient doués d'aucune flexibilité. Sa tête était également difforme, d'une grosseur prodigieuse, avec une
dentelure au sommet, comme chez beaucoup de nègres,
et entièrement chauve. Pour déguiser ce dernier défaut,
il portait habituellement une perruque faite avec la première fourrure venue, — quelquefois la peau d'un épa-
gneul ou d'un ours gris d'Amérique. A l'époque dont je
parle, il portait un lambeau d'une de ces peaux d'ours,
et cela ajoutait passablement à la férocité naturelle de sa
physionomie, qui avait gardé le type de l'Upsaroka. La
bouche s'étendait presque d'une oreille à l'autre ; les lè-

vres étaient minces et semblaient, comme d'autres parties de sa personne, tout à fait dépourvues d'élasticité,
de sorte que leur expression dominante n'était jamais
altérée par l'influence d'une émotion quelconque. Cette
expression habituelle se devinera, si l'on se figure
des dents excessivement longues et proéminentes que
les lèvres ne recouvraient jamais, même partiellement.
En ne jetant sur l'homme qu'un coup d'œil négligent,
on aurait pu le croire convulsé par le rire ; mais un meilleur examen faisait reconnaître en frissonnant que, si
cette expression était le symptôme de la gaieté, cette
gaieté ne pouvait être que celle d'un démon. Une foule
d'anecdotes couraient sur cet être singulier parmi les marins de Nantucket. Toutes ces anecdotes tendaient à prou-
ver sa force prodigieuse quand il était en proie à une
excitation quelconque, et quelques-unes faisaient soupçonner que sa raison n'était pas parfaitement saine. Mais
à bord du *Grampus* il était, à ce qu'il paraît, au moment
de la révolte, considéré plutôt comme un objet de déri-
sion qu'autrement. Si je me suis un peu étendu sur le
compte de Dirk Peters, c'est parce que, malgré toute sa
férocité apparente, il devint le principal instrument de
salut d'Auguste, et que j'aurai de fréquentes occasions
de parler de lui dans le cours de mon récit ; — récit qui,
dans sa dernière partie, qu'il me soit permis de le dire,
contiendra des incidents si complétement en dehors du
registre de l'expérience humaine, et dépassant naturellement les bornes de la crédulité des hommes, que je
ne le continue qu'avec le désespoir de jamais obtenir
créance pour tout ce que j'ai à raconter, n'ayant pleine

confiance que dans le temps et les progrès de la science
pour vérifier quelques-unes de mes plus importantes et
improbables assertions.

Après beaucoup d'indécision et deux ou trois que-
relles violentes, il fut enfin décidé que tous les prisonniers (à l'exception d'Auguste, que Peters s'obstina,
d'une manière comique, à vouloir garder comme son
secrétaire) seraient abandonnés à la dérive dans une des
plus petites baleinières. Le second descendit dans la
chambre pour voir si le capitaine Barnard vivait encore ;
— car on se rappelle que, quand les révoltés étaient
montés sur le pont, ils l'avaient laissé en bas. Ils reparu-
rent bientôt tous les deux, le capitaine pâle comme la
mort, mais un peu remis des effets de sa blessure. Il
parla aux hommes d'une voix à peine intelligible, les
supplia de ne pas l'abandonner à la dérive, mais de
rentrer dans le devoir, leur promettant de les débarquer
n'importe où ils voudraient, et de ne faire aucune démarche pour les livrer à la justice. Il aurait aussi bien fait
de parlementer avec le vent. Deux des gredins l'empoi-
gnèrent par les bras et le jetèrent par-dessus le bord
dans l'embarcation, qui avait été amenée pendant que
le second descendait dans la chambre. Les quatre
hommes qui étaient couchés sur le pont furent alors dé-
barrassés de leurs liens et reçurent l'ordre de descendre,
ce qu'ils firent sans essayer la moindre résistance, —
Auguste restant toujours dans sa douloureuse position, bien
qu'il s'agitât et implorât la pauvre consolation de faire à
son père ses derniers adieux. Une poignée de biscuits et
une cruche d'eau furent alors passées aux malheureux,—

4

mais point de mât, point de voile, point d'avirons, point
de boussole. Puis l'embarcation fut remorquée à l'arrière
pour quelques minutes, pendant lesquelles les révoltés
tinrent de nouveau conseil ; — enfin ils lâchèrent le
canot à la dérive. Pendant ce temps, la nuit était venue,
— on ne voyait ni lune ni étoiles, — et la mer devenait
courte et mauvaise, bien qu'il n'y eût pas une forte brise.
Le canot se trouva tout de suite hors de vue, et il ne
fallut conserver que bien peu d'espoir pour les infortunés qu'il portait. Cet événement, toutefois, se passait
au 35° 30' de latitude nord et 61° 20' de longitude
ouest, conséquemment à une distance assez médiocre des
Bermudes. Auguste s'efforça donc de se consoler en pensant que le canot réussirait peut-être à atteindre la terre,
ou qu'il s'en rapprocherait suffisamment pour rencontrer
quelqu'un des bâtiments de la côte.

On mit alors toutes voiles dehors, et le brick continua
sa route vers le sud-ouest, — les mutins ayant en vue
quelque expédition de piraterie ; il s'agissait, autant
qu'Auguste avait pu comprendre, de surprendre et d'arrêter un navire qui devait faire route des Iles du Cap
Vert à Porto-Rico. On ne fit aucune attention à Auguste,
qui fut délié et put aller librement partout en avant de
l'échelle de la cabine. Dirk Peters le traitait avec une
certaine bonté, et dans une circonstance il le sauva de la
brutalité du coq. Sa position était toujours des plus
tristes et des plus difficiles, car les hommes étaient continuellement ivres, et il ne fallait pas faire grand fonds sur
leur bonne humeur présente et leur insouciance relativement à lui. Cependant il me parla de son inquiétude à

mon égard comme du résultat le plus douloureux de sa
situation, et je n'avais vraiment aucune raison de douter
de la sincérité de son amitié. Plus d'une fois il avait
résolu de révéler aux mutins le secret de ma présence
à bord; mais il avait été retenu en partie par le souvenir
des atrocités dont il avait été témoin, et en partie par
l'espérance de pouvoir bientôt me porter secours. Pour
y arriver, il était constamment aux aguets; mais, en
dépit de la plus opiniâtre vigilance, trois jours s'écoulè-
rent, depuis qu'on avait abandonné le canot à la dérive,
avant qu'une bonne chance se présentât. Enfin, le soir du
troisième jour, un fort grain arriva de l'est et tous les
hommes furent occupés à serrer la toile. Grâce à la confusion qui s'ensuivit, il put descendre sans être vu et
entrer dans sa chambre. Quels furent son chagrin et son
effroi en découvrant qu'on en avait fait un lieu de dépôt
pour des provisions et une partie du matériel de bord, et
que plusieurs brasses de vieilles chaînes, qui étaient primitivement arrimées sous l'échelle de la chambre, en
avaient été retirées pour faire place à une caisse, et se
trouvaient maintenant juste sur la trappe! Les retirer
sans être découvert était chose impossible; il était donc
remonté sur le pont aussi vite qu'il avait pu. Comme il
arrivait, le second le saisit à la gorge, lui demanda ce
qu'il était allé faire dans la cabine, et il était au moment
de le jeter par-dessus le mur de bâbord, quand Dirk Peters intervint, qui lui sauva encore une fois la vie. On
lui mit alors les menottes (il y en avait plusieurs paires
à bord), et on lui attacha étroitement les pieds. Puis on
le porta dans la chambre de l'équipage et on le jeta dans

un des cadres inférieurs tout contre la cloison étanche du
gaillard d'avant, en lui affirmant qu'il ne remettrait
les pieds sur le pont que *quand le brick ne serait plus un
brick*. Telle fut l'expression du coq, qui le jeta dans le
cadre ; — quel sens précis il attachait à cette phrase, il
est impossible de le dire. Cependant l'aventure avait finalement tourné à mon avantage et à mon soulagement,
comme on le verra tout à l'heure.

V

LA LETTRE DE SANG.

Après que le coq eut quitté le gaillard d'avant, Auguste
s'abandonna pendant quelques minutes au désespoir,
ne croyant pas sortir jamais vivant de son cadre. Il prit
alors le parti d'informer de ma situation le premier
homme qui descendrait, pensant qu'il valait mieux me
laisser courir la chance de me tirer d'affaire avec les
révoltés que de mourir de soif dans la cale ; — car il y
avait dix jours maintenant que j'y étais emprisonné, et
ma cruche d'eau ne représentait pas une provision bien
abondante, même pour quatre jours. Comme il réflé-
chissait à cela, l'idée lui vint tout à coup qu'il pourrait
peut-être bien communiquer avec moi par la grande
cale. Dans toute autre circonstance, la difficulté et les
hasards de l'entreprise l'auraient empêché de la tenter ;
mais actuellement il n'avait, en somme, que peu d'espé-

rance de vivre et conséquemment peu de chose à perdre; — il appliqua donc tout son esprit à cette nouvelle
tentative.

Ses menottes étaient la première question à résoudre.
D'abord il ne découvrit aucun moyen de s'en débarrasser
et craignit de se trouver ainsi arrêté dès le début; mais,
à un examen plus attentif, il découvrit qu'il pouvait simplement, en comprimant ses mains, les faire glisser à
son gré hors des fers, sans trop d'effort ni d'inconvénient, — cette espèce de menottes étant tout à fait insuffisante pour garrotter les membres d'un tout jeune
homme, dont les os plus menus cèdent facilement à la
pression. Il délia alors ses pieds, et, laissant la corde de
telle façon qu'il pût la rajuster aisément, au cas où un
homme descendrait, il se mit à examiner la cloison dans
l'endroit où elle confinait au cadre. La séparation était
formée d'une planche de sapin tendre, et il vit qu'il n'aurait pas grand mal à se frayer un chemin au travers. Une
voix se fit alors entendre en haut de l'échelle du gaillard d'avant; il n'eut que tout juste le temps de fourrer
sa main droite dans sa menotte (la gauche n'était pas
encore débarrassée de la sienne), et de serrer la corde
en un nœud coulant autour de sa cheville; c'était Dirk
Peters qui descendait, suivi de Tigre, qui sauta immédiatement dans le cadre et s'y coucha. Le chien avait
été mené à bord par Auguste, qui connaissait mon atta-
chement pour l'animal, et qui avait pensé qu'il me serait
agréable de l'avoir auprès de moi tout le temps du
voyage. Il était venu le chercher à la maison de mon père
immédiatement après m'avoir conduit dans la cale, mais

4.

il n'avait pas pensé à me faire part de cette circonstance
en m'apportant la montre.

Depuis la révolte, Auguste le voyait pour la première
fois, faisant son apparition avec Dirk Peters, et il
croyait l'animal perdu, supposant qu'il avait été jeté par-
dessus bord par un des méchants drôles qui faisaient
partie de la bande du second. Il se trouva qu'il s'était
traîné dans un trou sous une baleinière, d'où il ne pouvait plus se dégager, n'ayant pas suffisamment de place
pour se retourner. Enfin Peters le délivra, et, avec une
espèce de bon sentiment que mon ami sut apprécier, il
le lui amenait dans le gaillard d'avant pour lui tenir compagnie, lui laissant en même temps une petite réserve de
viande salée et des pommes de terre, avec un pot d'eau;
puis il remonta sur le pont, promettant de descendre encore le lendemain, avec quelque chose à manger.

Quand il fut parti, Auguste délivra ses deux mains de
ses menottes et délia ses pieds; puis il rabattit le haut du
matelas sur lequel il était couché, et, avec son canif
(car les brigands avaient jugé superflu de le fouiller), il
commença à entamer vigoureusement l'une des planches
de la cloison, aussi près que possible du plancher qui
faisait le fond du cadre. Ce fut l'endroit qu'il choisit,
parce que, s'il se trouvait soudainement interrompu, il
pouvait cacher la besogne commencée en laissant simplement retomber le haut du matelas à sa place ordinaire. Mais pendant tout le reste du jour, il ne fut pas
dérangé, et, à la nuit, il avait complétement coupé la
planche. Il faut remarquer qu'aucun des hommes de l'é-
quipage ne se servait du gaillard d'avant comme de lieu

de repos, et que, depuis la révolte, ils vivaient complétement dans la chambre de l'arrière, buvant les vins,
festoyant avec les provisions du capitaine Barnard, et ne
donnant à la manœuvre du bâtiment que l'attention
strictement nécessaire.

Ces circonstances tournèrent à l'avantage d'Auguste et
au mien ; car autrement il lui eût été impossible d'arriver jusqu'à moi. Dans cette conjoncture, il poursuivit
son projet avec confiance. Cependant, le point du jour
arriva qu'il n'avait pas encore achevé la seconde partie
de son travail, c'est-à-dire la fente à un pied environ
au-dessus de la première ; car il s'agissait de faire une
ouverture suffisante pour lui livrer un passage facile
vers le faux pont. Une fois arrivé là, il parvint sans trop
de peine à la grande écoutille inférieure, bien que dans
cette opération il lui fallût grimper par-dessus des rangées
de barriques d'huile empilées presque jusqu'au second
pont, et lui laissant à peine un passage libre pour son corps.
Quand il eut atteint l'écoutille, il s'aperçut que Tigre l'a-
vait suivi en se faufilant entre deux rangées de barriques.
Mais il était alors trop tard pour espérer d'arriver jusqu'à
moi avant le jour, la principale difficulté consistant à passer à travers tout l'arrimage dans la seconde cale.

Il résolut donc de remonter et d'attendre jusqu'à la nuit.
Dans ce but, il commença à lever l'écoutille ; c'était autant de temps économisé pour le moment où il devait revenir. Mais à peine l'eut-il levée que Tigre bondit sur
l'entre-bâillement, flaira avec impatience pendant un instant, et puis poussa un long gémissement, tout en grattant
avec ses pattes, comme s'il voulait arracher la trappe. Il

était évident, d'après sa conduite, qu'il avait conscience
de ma présence dans la cale, et Auguste pensa que la
bête pourrait bien venir jusqu'à moi, s'il la laissait descendre. Il s'avisa alors de l'expédient du billet ; car il
était avant tout à désirer que je ne fisse aucune tentative pour sortir de ma cachette, au moins dans les circonstances présentes, et, en somme, il n'avait aucune
certitude de pouvoir me venir trouver le matin suivant,
comme il en avait l'intention. Les événements qui suivirent prouvèrent combien était heureuse l'idée qui lui
vint alors ; car si je n'avais pas reçu le billet, je me serais indubitablement arrêté à quelque plan désespéré
pour donner l'alarme à l'équipage, et la conséquence
très-probable eût été l'immolation de nos deux exis-
tences.

Ayant donc résolu d'écrire, la difficulté maintenant
était de se procurer les moyens de le faire. Un vieux
cure-dents fut bientôt transformé en plume ; encore
fit-il l'opération au juger, par sentiment ; car l'entre-
pont était aussi noir que de la poix. Le feuillet extérieur
d'une lettre lui fournit suffisamment de papier ; — c'était
un double de la fausse lettre fabriquée pour M. Ross. C'en
était la première ébauche ; mais Auguste, ne trouvant
pas l'écriture convenablement imitée, en avait écrit une
autre, et, par grand bonheur, avait fourré la première dans
la poche de son habit, où il venait de la retrouver très à
propos. Il ne manquait plus que de l'encre, et il en trouva
immédiatement l'équivalent dans une légère incision qu'il
se fit avec son canif au bout du doigt, juste au-dessus de
l'ongle ; — il en jaillit un jet de sang très-suffisant,

comme de toutes les blessures faites en cet endroit. Il
écrivit alors le billet aussi lisiblement qu'il le pouvait
dans les ténèbres et dans une pareille circonstance. Cette
note m'expliquait brièvement qu'une révolte avait eu
lieu ; que le capitaine Barnard avait été abandonné
au large, que je pouvais compter sur un secours immédiat quant aux provisions, mais que je ne devais pas
me hasarder à donner signe de vie. La missive concluait
par ces mots : *Je griffonne ceci avec du sang ; — restez
caché ; — votre vie en dépend.*

La bande de papier une fois attachée au chien, celui-ci
avait été lâché à travers l'écoutille, et Auguste était
retourné comme il avait pu vers le gaillard d'avant, où
il n'avait trouvé aucun indice que quelqu'un de l'équipage fût venu pendant son absence. Pour cacher le trou
dans la cloison, il planta son couteau juste au-dessus et
y suspendit une grosse vareuse qu'il avait trouvée dans
le cadre. Il remit alors ses menottes et rajusta la corde
autour de ses chevilles.

Ces dispositions étaient à peine terminées, que Dirk Peters descendit, très-ivre, mais de très-bonne humeur, et
apportant à mon ami sa pitance pour la journée. Elle
consistait en une douzaine de grosses pommes de terre
d'Irlande grillées et une cruche d'eau. Il s'assit pendant
quelque temps sur une malle, à côté du cadre, et se mit à
parler librement du second et à jaser sur toutes les
affaires du bord. Ses manières étaient extrêmement ca-
pricieuses et même grotesques. A un certain moment,
Auguste se sentit très-alarmé par sa conduite bizarre. A
la fin, toutefois, il remonta sur le pont en marmottant

quelque chose comme une promesse d'apporter le lendemain un bon dîner à son prisonnier.

Pendant la journée, deux hommes de l'équipage, —
des harponneurs, — descendirent accompagnés du coq,
tous les trois à peu près dans le dernier état d'ivresse.
Comme Peters, ils ne se firent aucun scrupule de parler
de leurs projets, sans aucune réticence. Il paraît qu'ils
étaient tous très-divisés d'avis relativement au but final du
voyage, et qu'ils ne s'accordaient en aucun point, excepté
sur l'attaque projetée contre le navire qui arrivait des îles
du Cap Vert et qu'ils s'attendaient à rencontrer d'un moment à l'autre. Autant qu'il en put juger, la révolte n'avait
pas été amenée uniquement par l'amour du butin ; une
pique particulière du second contre le capitaine Barnard
en avait été l'origine principale. Il paraissait qu'il y avait
maintenant à bord deux partis bien tranchés, — l'un
présidé par le second, l'autre mené par le coq. Le premier parti voulait s'emparer du premier navire passable dont on ferait rencontre et l'équiper dans quelqu'une des Antilles pour faire une croisière de pirates.
La deuxième faction, qui était la plus forte et comprenait Dirk Peters parmi ses partisans, inclinait à suivre la route primitivement assignée au brick vers l'océan
Pacifique du Sud, et là, soit à pêcher la baleine, soit à
agir autrement, suivant que les circonstances le com-
manderaient.

Les représentations de Peters, qui avait fréquemment
visité ces parages, avaient apparemment une grande valeur
auprès de ces mutins, oscillant et hésitant entre plusieurs
idées mal conçues de profit et de plaisir. Il insistait sur

tout un monde de nouveauté et d'amusement qu'on
devait trouver dans les innombrables îles du Pacifique,
sur la parfaite sécurité et l'absolue liberté dont on jouirait
là-bas, mais plus particulièrement encore sur les délices
du climat, sur les ressources abondantes pour bien vivre
et sur la voluptueuse beauté des femmes. Jusqu'alors,
rien n'avait encore été absolument décidé ; mais les
peintures du maître-cordier métis mordaient fortement
sur les imaginations ardentes des matelots, et toutes les
probabilités étaient pour la mise à exécution de son
plan.

Les trois hommes s'en allèrent au bout d'une heure
à peu près, et personne n'entra dans le gaillard d'avant de
toute la journée. Auguste se tint coi jusqu'aux approches
de la nuit. Alors il se débarrassa de ses fers et de sa corde,
et se prépara à sa nouvelle tentative. Il trouva une bouteille dans l'un des cadres et la remplit avec l'eau de la
cruche laissée par Peters, puis il fourra dans ses poches
des pommes de terre froides. A sa grande joie, il fit aussi
la découverte d'une lanterne, où se trouvait un petit
bout de chandelle. Il pouvait l'allumer quand bon lui
semblerait, ayant en sa possession une boîte d'allumettes
phosphoriques.

Quand la nuit fut tout à fait venue, il se glissa par le
trou de la cloison, ayant pris la précaution d'arranger les
couvertures de manière à simuler un homme couché.
Quand il eut passé, il suspendit de nouveau la vareuse à
son couteau pour cacher l'ouverture, — manœuvre qu'il
exécuta facilement, n'ayant rajusté le morceau de planche
qu'après. Il se trouva alors dans le faux pont et continua

sa route, comme il avait déjà fait, entre le second pont
et les barriques d'huile, jusqu'à la grande écoutille. Une
fois arrivé là, il alluma son bout de chandelle et descendit à tâtons et avec la plus grande difficulté, à travers
l'arrimage compacte de la cale. Au bout de quelques instants, il fut très-alarmé de l'épaisseur de l'atmosphère
et de son intolérable puanteur. Il ne croyait pas possible que j'eusse survécu à un si long emprisonnement,
contraint de respirer un air aussi étouffant. Il m'appela
par mon nom à différentes reprises; mais je ne fis aucune réponse, et ses appréhensions lui semblèrent ainsi
confirmées. Le brick roulait furieusement, et il y avait
conséquemment un tel vacarme, qu'il était bien inutile de
prêter l'oreille à un bruit aussi faible que celui de ma
respiration ou de mon ronflement. Il ouvrit la lanterne,
et la tint aussi haut que possible à chaque fois qu'il
trouva la place suffisante, dans le but de m'envoyer un
peu de lumière et de me faire comprendre, si toutefois je
vivais encore, que le secours approchait. Cependant aucun bruit ne lui venait de moi, et la supposition de ma
mort commençait à prendre le caractère d'une certitude.
Il résolut cependant de se frayer, s'il était possible, un
passage jusqu'à ma caisse, pour au moins vérifier d'une
manière complète ses terribles craintes. Il poussa quelque
temps en avant dans un déplorable état d'anxiété, lorsque enfin il trouva le chemin complétement barricadé,
et il n'y eut plus moyen pour lui de faire un pas dans la
route où il s'était engagé. Vaincu alors par ses sensations, il se jeta de désespoir sur un amas confus d'objets
et se mit à pleurer comme un enfant. Ce fut dans cet

instant qu'il entendit le fracas de la bouteille que j'avais
jetée à mes pieds. Mille fois heureux, en vérité, fut cet
incident, — car c'est à cet incident, si trivial qu'il pa-
raisse, qu'était attaché le fil de ma destinée. Plusieurs années se sont écoulées, cependant, avant que j'aie eu connaissance du fait. Une honte naturelle et un remords de
sa faiblesse et de son indécision empêchèrent Auguste de
m'avouer tout de suite ce qu'une intimité plus profonde
et sans réserve lui permit plus tard de me révéler. En trouvant sa route à travers la cale empêchée par des obstacles
dont il ne pouvait pas triompher, il avait pris le parti de
renoncer à son entreprise et de remonter décidément sur
le gaillard d'avant. Avant de le condamner entièrement
sur ce chapitre, les circonstances accablantes qui l'entouraient doivent être prises en considération. La nuit avançait rapidement, et son absence du gaillard d'avant pouvait être découverte ; et cela devait nécessairement arriver s'il manquait à retourner à son cadre avant le point
du jour. Sa chandelle allait bientôt mourir dans l'emboî-
ture, et il aurait eu la plus grande peine dans les ténèbres
à retrouver son chemin vers l'écoutille. On accordera
aussi qu'il avait toutes les raisons possibles de me
croire mort , auquel cas il n'y avait aucun profit pour moi
à ce qu'il atteignît ma caisse, et il y avait pour lui une
foule de dangers à affronter très-inutilement. Il m'avait
appelé à plusieurs reprises, et je n'avais fait aucune réponse. J'étais resté onze jours et onze nuits sans autre eau
que celle contenue dans la cruche qu'il m'avait laissée,
— provision que très-probablement je n'avais pas dû
beaucoup ménager au commencement de ma réclusion,

quand j'avais tout lieu d'espérer un prompt élargissement. L'atmosphère de la cale devait lui paraître aussi, à lui sortant de l'air comparativement pur du gaillard d'avant, d'une nature absolument empoisonnée, et bien autrement intolérable qu'elle ne m'avait semblé à moi-même lorsque j'avais pris pour la première fois possession de ma caisse, — les écoutilles étant restées constamment ouvertes depuis plusieurs mois. Ajoutez à ces considérations cette scène d'horreur, cette effusion de sang, dont mon camarade avait été tout récemment témoin ; sa réclusion, ses privations, cette mort toujours suspendue, qu'il avait souvent vue de si près ; sa vie qu'il ne devait qu'à une espèce de pacte aussi fragile qu'équivoque, circonstances toutes si bien faites pour abattre toute énergie morale, — et vous serez facilement amené, comme je le fus moi-même, à considérer son apparente défaillance dans l'amitié et la fidélité avec un sentiment plutôt de tristesse que d'indignation.

Le bris de la bouteille avait été entendu par Auguste, mais il n'était pas sûr que ce bruit provînt de la cale. Le doute cependant était un encouragement suffisant pour persévérer. Il grimpa presque jusqu'au faux pont au moyen de l'arrimage, et alors, profitant d'un temps d'arrêt dans le roulis furieux du navire, il m'appela de toute la force de sa voix, sans se soucier pour l'instant du danger d'être entendu de l'équipage. On se rappelle qu'en ce moment sa voix était arrivée jusqu'à moi, mais que j'étais dominé par une si violente agitation que je me sentis incapable de répondre. Persuadé alors que sa terrible crainte n'était que trop fondée, il des-

cendit dans le but de retourner au gaillard d'avant sans
perdre de temps. Dans sa précipitation, il culbuta avec
lui quelques petites caisses, dont le bruit, on se le rappelle, parvint à mon oreille. Il avait déjà fait passablement de chemin pour s'en retourner, quand la chute de
mon couteau le fit hésiter de nouveau. Il revint immédiatement sur ses pas, et, grimpant une seconde fois par-
dessus l'arrimage, il cria mon nom aussi haut qu'il avait
déjà fait, en profitant d'une accalmie. Cette fois-ci, la
voix m'était enfin revenue. Transporté de joie de voir que
j'étais encore vivant, il résolut de braver toutes les difficultés et tous les dangers pour m'atteindre. Se dégageant
aussi vite que possible de l'affreux labyrinthe dont il était
enveloppé, il tomba enfin sur une espèce de débouché
qui promettait mieux, et finalement, après des efforts
multipliés, il était arrivé à ma caisse dans un état de complet épuisement.

VI

LUEUR D'ESPOIR.

Tant que nous restâmes auprès de la caisse, Auguste
ne me communiqua que les principales circonstances de
ce récit. Ce ne fut que plus tard qu'il entra pleinement
dans tous les détails. Il tremblait qu'on ne se fût aperçu
de son absence, et j'éprouvais une ardente impatience de
quitter mon infâme prison. Nous résolûmes de nous diriger tout de suite vers le trou de la cloison, près duquel
je devais rester pour le présent, pendant qu'il irait en

reconnaissance. Abandonner Tigre dans la caisse était
une pensée que nous ne pouvions supporter ni l'un
ni l'autre. Cependant, pouvions-nous agir autrement? Là
était la question. Celui-ci semblait maintenant parfaitement calme, et, en appliquant notre oreille tout contre la
caisse, nous ne pouvions même pas distinguer le bruit
de sa respiration. J'étais convaincu qu'il était mort, et
je me décidai à ouvrir la porte. Nous le trouvâmes couché tout de son long, comme plongé dans une profonde
torpeur, mais vivant encore. Nous n'avions certainement
pas de temps à perdre, et cependant je ne pouvais pas
me résigner à abandonner, sans faire un effort pour le
sauver, un animal qui avait été deux fois l'instrument de
mon salut. Avec une fatigue et une peine inouïes, nous le
traînâmes donc avec nous; Auguste étant contraint, la
plupart du temps, de grimper par-dessus les obstacles
qui obstruaient notre voie avec l'énorme chien dans ses
bras, — trait de force et d'adresse dont mon affreux épuisement m'aurait rendu complétement incapable. Nous
réussîmes enfin à atteindre le trou, à travers lequel Auguste passa le premier; puis Tigre fut poussé dans le
gaillard d'avant. Tout était pour le mieux, nous étions
sains et saufs, et nous ne manquâmes pas d'adresser à
Dieu des grâces sincères pour nous avoir si merveilleuse-
ment tirés d'un imminent danger. Pour le présent il fut
décidé que je resterais près de l'ouverture, à travers laquelle mon camarade pourrait aisément me faire passer
une partie de sa provision journalière, et où j'aurais l'a-
vantage de respirer une atmosphère plus pure, je veux
dire relativement pure.

Pour l'éclaircissement de quelques parties de ce récit, où j'ai tant parlé de l'arrimage du brick, et qui peuvent paraître obscures à quelques-uns de mes lecteurs qui ont peut-être vu un arrimage régulier et bien fait, je dois établir ici que la manière dont cette très-importante besogne avait été faite à bord du *Grampus* était un honteux exemple de négligence de la part du capitaine Barnard, qui n'était pas un marin aussi soigneux et aussi expérimenté que l'exigeait impérieusement la nature hasardeuse du service dont il était chargé. Un véritable arrimage doit être fait avec la méthode la plus soignée, et les plus désastreux accidents, à ma propre connaissance, sont souvent venus de l'incurie ou de l'ignorance dans cette partie du métier. Les bâtiments côtiers, dans la confusion et le mouvement qui accompagnent le chargement ou le déchargement d'une cargaison, sont les plus exposés à mal par manque d'attention dans l'arrimage. Le grand point est de ne pas laisser au lest ou à la cargaison la possibilité de bouger, même dans les plus violents coups de roulis. A cette fin, on doit faire la plus grande attention non-seulement au chargement en lui-même, mais aussi à la nature du chargement, et si c'est une cargaison complète ou seulement partielle.

Pour la plupart des frets, l'arrimage se prépare au moyen d'un cric à main. Ainsi, s'il s'agit d'une charge de tabac ou de farine, le tout est pressuré si étroitement dans la cale du navire que les barils ou les pièces, quand on les décharge, se trouvent complétement aplatis et sont quelque temps sans reprendre leur forme première. On a recours à cette méthode principalement pour obtenir plus de place dans la cale ; car avec une charge *complète* de marchandises telles que le tabac et la farine, il ne peut pas y avoir de jeu ; il n'y a aucun danger que les pièces bougent, ou du moins il n'en peut résulter aucun inconvénient grave. Il y a eu, à la vérité, des cas où ce procédé de pressurage au cric a amené les plus déplorables conséquences, résultant d'une cause tout à fait distincte du danger des déplacements dans la cargaison. Il est connu, par exemple, qu'une charge de coton, serrée et pressurée dans de certaines conditions, peut, par l'expansion de son volume, opérer des fissures dans un navire et occasionner des voies d'eau. Indubitablement, le même résultat aurait lieu dans le cas du tabac lorsqu'il subit sa fermentation ordinaire, sans les interstices qui se forment naturellement sur la partie arrondie des pièces.

C'est quand on embarque une portion de cargaison que le danger du mouvement est particulièrement à craindre, et qu'il faut prendre toutes les précautions pour se garder d'un tel malheur. Ceux-là seulement qui ont essuyé un violent coup de vent, ou, mieux encore, ceux qui ont subi le roulis d'un navire, quand un calme soudain succède à la tempête, peuvent se faire une idée de la force effroyable des secousses. C'est alors que la nécessité d'un arrimage soigné, dans une cargaison partielle, devient manifeste. Quand un navire est à la cape (surtout avec une petite voile d'avant), si son avant n'est pas parfaitement construit, il est fréquemment jeté sur le côté ; ceci peut arriver toutes les quinze ou vingt minutes, en moyenne, sans qu'il en résulte des conséquences bien sérieuses, *pourvu que l'arrimage soit convenablement fait*. Mais, si on n'y a pas apporté un soin particulier, à la première de ces énormes embardées, toute la cargaison croule du côté du navire qui est appuyé sur l'eau, et, ne pouvant retrouver son équilibre, comme il ferait nécessairement sans cet accident, il est sûr de faire eau en quelques secondes et de sombrer. On peut, sans exagération, affirmer que la moitié des cas où des navires ont coulé bas par de gros temps peut être attribuée à un dérangement dans la cargaison ou dans le lest.

Quand on charge à bord une portion de cargaison de n'importe quelle espèce, le tout, après avoir été arrimé d'une manière aussi compacte que possible, doit être recouvert d'une couche de planches mobiles, s'étendant dans toute la largeur du navire. Sur ces planches il faut dresser de forts étançons provisoires, montant jusqu'à la charpente du pont, qui assujettissent ainsi chaque chose en sa place. Dans les chargements de grains ou de toute autre denrée analogue, il est nécessaire de prendre encore d'autres précautions. Une cale, entièrement pleine de grains en quittant le port, ne se trouvera plus qu'aux trois quarts pleine en arrivant à destination, — et cela, bien que le fret, mesuré boisseau par boisseau par le consignataire, dépasse considérablement (en raison du gonflement du grain) la quantité consignée. Cela résulte du tassement pendant le voyage, — et ce tassement est en raison du plus ou moins de gros temps que le navire peut avoir à subir. Si le grain a été chargé d'une manière lâche, si bien assujetti qu'il soit par les planches mobiles et les étançons, il sera sujet à se déplacer si

considérablement dans une longue traversée qu'il en
peut résulter les plus tristes malheurs. Pour les prévenir,
il faudra, avant de quitter le port, employer tous les
moyens pour tasser la cargaison aussi bien que possible ;
et il y a pour cela plusieurs procédés, parmi lesquels on
peut citer l'usage d'enfoncer des coins dans le grain.
Même après que tout cela sera fait, et qu'on aura pris
des peines infinies pour assujettir les planches mobiles,
tout marin qui sait son affaire ne se sentira pas du tout
rassuré, s'il survient un coup de vent un peu fort, ayant
à son bord un chargement de grains, ou, pis encore,
un chargement incomplet. Cependant nous avons des
centaines de caboteurs, et il y en a encore plus des différents ports d'Europe, qui naviguent journellement avec
des cargaisons partielles, et même de la plus dangereuse
nature, sans prendre aucune espèce de précautions.
C'est miracle que les accidents ne soient pas plus fré-
quents. Un exemple déplorable de cette insouciance,
parvenu à ma connaissance, est celui du capitaine Joël
Rice, commandant la goëlette le *Fire-Fly*, qui faisait
route de Richmond (Virginie) à Madère, avec une cargaison de céréales, en l'année 1825. Le capitaine avait
fait nombre de voyages sans accident sérieux, bien qu'il
eût pour habitude de ne donner aucune attention à son
arrimage, si ce n'est de l'assujettir selon la méthode ordinaire. Il n'avait jamais fait de traversée avec un chargement de grains, et, en cette occasion, le blé avait
été chargé à bord d'une manière assez lâche et ne rem-
plissait guère plus de la moitié du bâtiment. Pendant la
première partie de son voyage, il ne rencontra que de

petites brises ; mais, arrivé à une distance d'une journée
de route de Madère, il fut assailli par un fort coup de vent
du nord-nord-est qui le força à mettre à la cape. Il amena
la goëlette au vent sous une simple misaine, avec deux
ris, et le navire se comporta aussi bien qu'on pouvait le
désirer, n'embarquant pas une goutte d'eau. Vers la nuit,
la tempête se calma un peu, et la goëlette commença à
rouler avec moins de régularité, se comportant toujours
bien, toutefois, quand tout à coup un violent coup de
mer la jeta sur le côté de tribord. On entendit alors tout
le chargement de blé se déplacer en masse ; l'énergie
de la secousse fut telle, qu'elle fit sauter la grande écoutille. Le navire coula comme une balle de plomb. Cela
arriva à portée de voix d'un petit sloop de Madère, qui
repêcha un des hommes de l'équipage (le seul qui fut
sauvé), et qui avait l'air de jouer avec la tempête aussi aisément qu'aurait pu le faire une embarcation habilement
manœuvrée.

L'arrimage à bord du *Grampus* était très-grossière-
ment fait, si toutefois on peut appeler arrimage quelque
chose qui n'était guère qu'un amas confus, un pêle-
mêle de barriques d'huile [1] et de matériel de bord.
J'ai déjà parlé de la disposition des articles dans la cale.
Dans le faux-pont, il y avait, comme je l'ai déjà dit, assez
de place pour mon corps entre le second pont et les barriques d'huile; un espace était resté vide autour de la grande
écoutille, et l'on avait aussi laissé vides plusieurs places

---

[1] Généralement les baleiniers sont fournis de cuves en fer pour
l'huile. Pourquoi le *Grampus* n'en possédait-il pas, c'est ce que je
n'ai jamais pu vérifier. — E. A. P.

assez considérables à travers l'arrimage. Près de l'ouverture pratiquée par Auguste dans la cloison du gaillard d'avant, il y aurait eu assez de place pour une barrique tout entière, et c'est dans cet endroit que je me trouvai pour le moment assez commodément installé.

Pendant le temps que mon camarade avait mis à regagner son cadre et à rajuster ses menottes et sa corde, le jour avait complétement paru. Vraiment, nous l'avions échappé belle ; car à peine avait-il fini tous ses arrangements que le second descendit avec Dirk Peters et le coq. Ils parlèrent quelques minutes du navire faisant voile du cap Vert, et ils semblaient extrêmement impatients de le voir paraître. A la fin, le coq s'avança vers la couchette d'Auguste et s'assit au chevet. Je pouvais tout voir et tout entendre de ma niche, car la planche enlevée n'avait pas été remise à sa place, et je craignais à chaque instant que le nègre ne tombât contre la vareuse suspendue pour cacher l'ouverture, auquel cas tout était découvert, et nous étions tous les deux sacrifiés, indubitablement. Notre bonne étoile cependant l'emporta, et bien qu'il touchât souvent le vêtement dans les coups de roulis, il ne s'y appuya jamais assez pour découvrir la chose. Le bas de la vareuse avait été soigneusement fixé à la cloison, de sorte qu'elle ne pouvait pas osciller et révéler ainsi l'existence du trou. Pendant tout ce temps, Tigre était au pied du lit, et semblait avoir recouvré en partie la santé, car je pouvais le voir de temps en temps ouvrir les yeux et tirer longuement sa respiration.

Au bout de quelques minutes, le second et le coq remontèrent, laissant derrière eux Dirk Peters, qui revint

aussitôt qu'ils furent partis, et s'assit juste à la place oc-
cupée tout à l'heure par le second. Il commença à causer avec Auguste d'une manière tout à fait amicale, et
nous nous aperçûmes alors que son ivresse, — très-ap-
parente pendant que les deux autres étaient avec lui,
— était feinte en grande partie. Il répondit à toutes les
questions de mon camarade avec une parfaite facilité.
Il lui dit qu'il ne doutait pas que son père eût été re-
cueilli, parce que le jour où on l'avait largué en dérive,
juste avant le coucher du soleil, il n'y avait pas moins de
cinq voiles en vue ; enfin il se servit d'un langage qu'il
essayait de rendre consolateur, et qui ne me causa pas
moins de surprise que de plaisir. A dire vrai, je commençais à concevoir l'espérance que Peters pourrait bien
nous servir d'instrument pour reprendre possession du
brick, et je fis part de cette idée à Auguste aussitôt que
j'en trouvai l'occasion. Il pensa comme moi que la chose
était possible, mais il insista sur la nécessité de s'y prendre avec la plus grande prudence, parce que la conduite
du métis ne lui paraissait gouvernée que par le plus arbi-
traire caprice ; et vraiment il était difficile de deviner s'il
avait jamais l'esprit bien sain. Peters remonta sur le
pont au bout d'une heure à peu près et ne redescendit
qu'à midi, apportant alors à Auguste une fort belle portion de bœuf salé et de pudding. Quand nous fûmes
seuls, j'en pris joyeusement ma part, sans me donner la
peine de repasser par le trou. Personne ne descendit dans
le gaillard d'avant de toute la journée, et le soir je me
mis dans le cadre d'Auguste, où je dormis profondément
et délicieusement presque jusqu'au point du jour. Il m'é-

veilla alors brusquement, ayant entendu du mouvement
sur le pont, et je regagnai ma cachette aussi vivement
que possible. Quand il fit grand jour, nous vîmes que
Tigre avait entièrement recouvré ses forces et ne donnait
aucun signe d'hydrophobie; car il but avec une remarquable avidité un peu d'eau qu'Auguste lui présenta.
Pendant la journée il reprit toute sa première vigueur et
tout son appétit. Son étrange folie avait été causée sans
aucun doute par la nature délétère de l'atmosphère de la
cale, et n'avait aucun rapport avec la rage canine. Je ne
pouvais assez me féliciter de m'être obstiné à le ramener avec moi de la caisse. Nous étions alors au 30 juin, et
c'était le treizième jour depuis que le *Grampus* était
parti de Nantucket.

Le 2 juillet, le second descendit, ivre selon son habitude, et tout à fait de bonne humeur. Il vint au cadre
d'Auguste, et, lui donnant une tape sur le dos, lui demanda s'il se conduirait bien désormais, au cas où on le
relâcherait, et s'il voulait promettre de ne plus retourner
dans la chambre. Mon ami, naturellement, répondit
d'une manière affirmative; alors le gredin le mit en liberté, après lui avoir fait boire un coup à un flacon de
rhum qu'il tira de la poche de son paletot. Ils montèrent
ensemble sur le pont, et je ne revis pas Auguste pendant
trois heures à peu près. Il descendit alors, en m'annon-
çant, comme bonnes nouvelles, qu'il avait obtenu la per-
mission d'aller partout où il lui plairait sur le brick, en
avant du grand mât toutefois, et qu'on lui avait donné
l'ordre de coucher, comme d'ordinaire, dans le gaillard
d'avant. Il m'apportait aussi un bon dîner et une bonne

provision d'eau. Le brick croisait toujours pour rencontrer le navire parti du cap Vert, et il y avait maintenant une voile en vue qu'on croyait être le navire en question. Comme les événements des huit jours suivants furent de peu d'importance, et n'ont pas de rapport direct avec les principaux incidents de mon récit, je vais les jeter ici sous forme de journal, parce que je ne veux cependant pas les omettre entièrement.

3 *juillet.* — Auguste me fournit trois couvertures, avec lesquelles je m'arrangeai un lit passable dans ma cachette. Personne ne descendit de la journée, excepté mon camarade. Tigre s'installa dans le cadre, juste à côté de l'ouverture, et dormit pesamment, comme s'il n'était pas encore tout à fait remis des atteintes de sa maladie. Vers le soir, une brise soudaine surprit le brick, avant qu'on eût eu le temps de serrer la toile, et le fit presque capoter. Cependant cette bouffée se calma immédiatement, et nous n'attrapâmes aucune avarie, sauf notre petit hunier qui se déchira par le milieu.

Dirk Peters traita Auguste tout le jour avec une grande bonté, et entra avec lui dans une longue conversation relative à l'océan Pacifique et aux îles qu'il avait visitées dans ces parages. Il lui demanda s'il ne lui plairait pas d'entreprendre, avec l'équipage révolté, un voyage de plaisir et d'exploration dans ces régions, et lui dit que malheureusement les hommes inclinaient peu à peu vers les idées du second. Auguste jugea fort à propos de répondre qu'il serait très-heureux de prendre part à l'expédition, qu'il n'y avait d'ailleurs rien de mieux à faire, et que tout était préférable à la vie de pirate.

4 juillet. — Le navire en vue se trouva être un petit brick venant de Liverpool, et on le laissa poursuivre sa route sans l'inquiéter. Auguste passa la plus grande partie de son temps sur le pont, dans le but de surprendre tous les renseignements possibles sur les intentions des révoltés. Ils avaient entre eux de violentes et fréquentes disputes, et au milieu d'une de ces altercations, un nommé Jim Bonner, un harponneur, fut jeté par-dessus bord. Le parti du second gagnait du terrain. Ce Jim Bonner appartenait à la bande du coq, dont Peters était aussi un partisan.

5 juillet. — Presque au point du jour il nous vint de l'ouest une brise carabinée, qui vers midi se changea en tempête, si bien que toute la toile fut réduite à la voile de senau et à la misaine. En serrant le petit hunier, Simms, un des simples matelots, appartenant aussi à la bande du coq, tomba à la mer; il était très-ivre, et il se noya sans qu'on fît le moindre effort pour le sauver. Le nombre total des hommes à bord fut alors réduit à treize, à savoir : Dirk Peters, — Seymour, le coq noir,... Jones,.. Greely, Hartman Rogers, et William Allen, tous du parti du coq; le second, dont je n'ai jamais su le nom, Absalon Hicks,... Wilson, John Hunt, et Richard Parker, ceux-ci représentant la bande du second, enfin Auguste et moi.

6 juillet. — La tempête a tenu bon toute la journée, entremêlée de grosses rafales et accompagnée de pluie. Le brick a ramassé pas mal d'eau par ses coutures, et l'une des pompes n'a pas cessé de fonctionner, Auguste pompant à son tour comme les autres. Juste à la tombée de la nuit, un grand navire passa tout auprès de nous.

qu'on n'aperçut que quand il fut à portée de voix. On
supposa que ce navire était celui qu'on guettait depuis
longtemps. Le second le héla, mais la réponse se perdit
dans le mugissement de la tempête. A onze heures, nous
embarquâmes par le travers un gros coup de mer, qui
emporta une grande partie de la muraille de bâbord et
nous fit d'autres légères avaries. Vers le matin, le temps se
calma et, au lever du soleil, il ne ventait presque plus.

7 *juillet.* — Nous avons eu à supporter toute la journée une houle énorme, et le brick, étant peu chargé, a
roulé horriblement, et même plusieurs articles dans la
cale se sont détachés, comme je pus l'entendre distinctement de ma cachette. J'ai beaucoup souffert du mal de
mer. Peters a eu, ce jour-là, une longue conversation
avec Auguste, et il lui a dit que deux hommes de son
parti, Greely et Allen, étaient passés du côté du second,
déterminés à se faire pirates. Il a fait à Auguste plusieurs
questions, que celui-ci n'a pas parfaitement comprises.
Pendant une partie de la soirée, on s'est aperçu que le
navire faisait beaucoup plus d'eau, et il n'y avait guère
moyen d'y remédier, car il fatiguait horriblement, et
c'était par les coutures que l'eau s'introduisait. On a
lardé une voile, qui a été fourrée sous l'avant, ce qui
nous a été de quelque secours, de sorte qu'on a commencé à maîtriser la voie d'eau.

8 *juillet.* — Au lever du soleil une brise s'est élevée
de l'est, et le second a fait mettre le cap au sud-ouest
pour attraper quelqu'une des Antilles et mettre à exécution son projet de piraterie. Aucune opposition n'est venue de la part de Peters, non plus que du coq, du moins

à la connaissance d'Auguste. L'idée de s'emparer du navire parti du cap Vert a été complétement abandonnée.
La voie d'eau a été facilement maîtrisée par une seule
pompe fonctionnant d'heure en heure pendant trois quarts
d'heure. On a retiré la voile de dessous l'avant. Hélé deux
petites goëlettes dans la journée.

9 *juillet*. — Beau temps. Tous les hommes employés
à réparer la muraille. Peters a encore eu une longue
conversation avec Auguste et s'est expliqué un peu plus
clairement qu'il n'avait fait jusqu'alors. Il a dit que rien
au monde ne pourrait le contraindre à entrer dans les
idées du second, et même il a laissé entrevoir l'intention
de lui arracher le commandement du brick. Il a demandé
à mon ami s'il pouvait compter sur son aide en pareil cas ;
à quoi Auguste a répondu : Oui, — sans hésitation. Peters lui a dit alors qu'il sonderait à ce sujet les hommes
de son parti, et il l'a quitté. Pendant le reste de la journée, Auguste n'a pas pu trouver l'occasion de lui parler
en particulier.

VII

PLAN DE DÉLIVRANCE.

10 *juillet*. — Hélé un brick venant de Rio, à destination de Norfolk. Temps brumeux avec une légère brise
folle de l'est. Ce jour-là Hartman Rogers est mort ; dès
le 8, il avait été pris de spasmes après avoir bu un verre
de grog. Cet homme appartenait au parti du coq, et
c'en était un sur lequel Peters comptait plus particuliè-

rement. Celui-ci dit à Auguste qu'il croyait que le second l'avait empoisonné, et qu'il craignait fort que son tour ne vînt bientôt, s'il n'avait pas l'œil ouvert. Il n'y avait donc plus de son parti que lui-même, Jones et le coq, et de l'autre côté ils étaient cinq. Il avait parlé à Jones de son projet d'ôter le commandement au second, et l'idée ayant été assez froidement accueillie, il s'était bien gardé d'insister sur la question, ou d'en toucher un seul mot au coq. Bien lui en prit d'avoir été prudent ; car, dans l'après-midi, le coq exprima l'intention de se ranger du parti du second, et finalement il tourna de son côté; cependant que Jones saisissait une occasion de chercher querelle à Peters, et lui faisait entendre qu'il informerait le second du plan qui avait été agité. Il n'y avait évidemment pas de temps à perdre, et Peters exprima sa résolution de tenter à tout hasard de s'emparer du navire, pourvu qu'Auguste lui prêtât main-forte. Mon ami l'assura tout de suite de sa bonne volonté à entrer dans n'importe quel plan conçu dans ce but, et, pensant que l'occasion était favorable, il lui révéla ma présence à bord.

Le métis ne fut pas moins étonné qu'enchanté ; car il ne pouvait plus en aucune façon compter sur Jones, qu'il considérait déjà comme vendu au parti du second. Ils descendirent immédiatement ; Auguste m'appela par mon nom, et Peters et moi nous eûmes bientôt fait connaissance. Il fut convenu que nous essayerions de reprendre le navire à la première bonne occasion, et que nous écarterions complétement Jones de nos conseils. Dans le cas de succès, nous devions faire entrer le brick dans le premier port qui s'offrirait, et là le remettre entre

les mains de l'autorité. Peters, par suite de la trahison
des siens, se voyait obligé de renoncer à son voyage dans
le Pacifique, — expédition qui ne pouvait pas se faire
sans un équipage, — et il comptait soit sur un acquitte-
ment pour cause de démence (il nous jura solennelle-
ment que la folie seule l'avait poussé à prêter son assistance à la révolte), soit sur un pardon, au cas où il serait
déclaré coupable, grâce à mon intercession et à celle
d'Auguste. Notre délibération fut interrompue pour le
moment par le cri : — Tout le monde à serrer la toile ! —
et Peters et Auguste coururent sur le pont.

Comme d'ordinaire, presque tous les hommes étaient
ivres, et avant que les voiles fussent proprement serrées,
une violente rafale avait couché le brick sur le côté. Cependant, en arrivant, il se redressa, mais il avait embarqué beaucoup d'eau. A peine tout était-il réparé, qu'un
autre coup de temps assaillit le navire, et puis encore un
autre immédiatement après, — mais sans avaries. Selon
toute apparence, nous allions avoir une tempête ; en effet,
elle ne se fit pas attendre, et le vent se mit à souffler furieusement du nord et de l'ouest. Tout fut serré aussi
bien que possible, et nous mîmes à la cape, comme d'habitude, sous une misaine aux bas ris. Comme la nuit
approchait, le vent fraîchit encore davantage, et la mer
devint singulièrement grosse. Peters revint alors dans le
gaillard d'avant avec Auguste, et nous reprîmes notre
délibération.

Nous décidâmes qu'aucune occasion ne pouvait être
plus favorable que celle qui se présentait maintenant
pour mettre notre dessein à exécution, attendu qu'on ne

pouvait pas s'attendre à une tentative de cette espèce
dans une pareille conjoncture. Comme le brick était à la
cape, presque à sec de toile, il n'y avait aucune raison de
manœuvrer jusqu'au retour du beau temps, et si nous
réussissions dans notre tentative, nous pourrions délivrer
un ou peut-être deux des hommes pour nous aider à ramener le navire dans un port. La principale difficulté
consistait dans l'inégalité de nos forces. Nous n'étions
que trois, et dans la chambre ils étaient neuf. Et puis,
toutes les armes du bord étaient en leur possession, à
l'exception d'une paire de petits pistolets, que Peters avait
cachés sur lui, et du grand couteau de marin qu'il portait toujours dans la ceinture de son pantalon. Certains
indices d'ailleurs nous donnaient à craindre que le second n'eût des soupçons, au moins à l'égard de Peters,
et qu'il n'attendît qu'une occasion pour se débarrasser
de lui ; — ainsi, par exemple, on ne pouvait trouver aucune hache ni aucun anspect à leur place ordinaire. Il
était évident que ce que nous étions résolus à faire ne
pouvait se faire trop tôt. Cependant nous étions trop iné-
gaux en forces pour ne pas procéder avec la plus grande
précaution.

Peters s'offrit à monter sur le pont, et à entamer une
conversation avec l'homme de quart (Allen), jusqu'à ce
qu'il pût trouver un bon moment pour le jeter à la
mer sans peine et sans faire de tapage ; ensuite, Auguste et moi, nous devions monter et tâcher de nous
emparer de n'importe quelles armes sur le pont ; enfin,
nous précipiter ensemble et nous assurer du capot d'é-
chelle avant qu'on eût pu opposer la moindre résistance.

Je m'opposai à ce plan, parce que je ne croyais pas que le second (qui était un gaillard très-avisé dans toutes les questions qui ne touchaient pas à ses préjugés superstitieux) fût homme à se laisser surprendre aussi aisément. Ce simple fait qu'il y avait un homme de quart sur le pont était une preuve suffisante que le second était sur le qui-vive ; car il n'est pas d'usage, excepté à bord des navires où la discipline est rigoureusement observée, de mettre un homme de quart sur le pont quand un navire est à la cape pendant un coup de vent.

Comme j'écris surtout, sinon spécialement, pour les personnes qui n'ont jamais navigué, je ferai peut-être bien d'expliquer la situation exacte d'un navire dans de pareilles circonstances. Mettre en panne et mettre à la cape sont des manœuvres auxquelles on a recours pour différentes raisons, et qui s'effectuent de différentes manières. Par un temps maniable, on met fréquemment en panne simplement pour arrêter le navire, quand on attend un autre navire ou toute autre chose. Si le navire est alors sous toutes voiles, la manœuvre s'accomplit ordinairement en brassant à culer une partie de la voilure, de manière qu'elle soit masquée par le vent ; le navire reste alors stationnaire. Mais nous parlons ici d'un navire à la cape pendant une tempête. Cela se fait avec le vent debout, et quand il est trop fort pour qu'on puisse porter de la toile sans danger de chavirer, et quelquefois même avec une belle brise, quand la mer est trop grosse pour que le navire puisse fuir devant. Quand un navire court devant le vent avec une très-grosse houle, il arrive souvent de fortes avaries par suite des paquets de mer qu'on embarque à l'arrière, et quelquefois aussi par les violents coups de tangage de l'avant. En pareil cas, on n'a guère recours à ce moyen, excepté quand il y a nécessité. Quand un navire fait de l'eau, on le fait courir devant le vent même sur les plus grosses mers, parce que, s'il était à la cape, il fatiguerait trop pour ne pas élargir ses coutures, — tandis qu'en fuyant vent arrière il travaille beaucoup moins. Souvent aussi il y a nécessité de fuir devant le vent, quand la tempête est si effroyable qu'elle emporterait par morceaux la toile orientée pour avoir le vent en tête, ou quand, par suite d'une construction vicieuse, ou pour toute autre cause, la manœuvre préférable ne peut pas s'effectuer.

Les navires mettent à la cape pendant la tempête de différentes manières, suivant leur construction particulière. Quelques-uns tiennent fort bien la cape sous une misaine, et c'est, je crois, la voile le plus ordinairement employée. Les grands navires mâtés à carré ont des voiles exprès, et qui s'appellent voiles d'étai. Mais quelquefois on se sert du foc tout seul, — quelquefois du foc avec la misaine, ou d'une misaine avec deux ris, et souvent aussi des voiles de l'arrière. Il peut arriver que les petits huniers remplissent mieux le but voulu que toute autre espèce de voile. Le *Grampus* mettait d'ordinaire à la cape sous une misaine avec deux ris.

Pour mettre à la cape, on amène le navire au plus près, de manière que le vent remplisse la voile, quand elle est bordée, c'est-à-dire quand elle traverse le navire en diagonale. Cela fait, l'avant se trouve pointé à quelques degrés du point d'où vient le vent, et naturellement reçoit le choc de la houle par le côté du vent. Dans cette situation, un bon navire peut supporter une grande tempête sans embarquer une goutte d'eau, et sans que les hommes aient besoin de s'en occuper davantage. Ordinairement, on attache la barre; mais cela est tout à fait inutile, car le gouvernail n'a pas d'action sur un navire à la cape, et cela ne se fait qu'à cause du tapage irritant que produit la barre quand elle est libre. On ferait mieux sans doute de la laisser libre que de l'attacher solidement comme on fait, parce que le gouvernail peut être enlevé par de gros coups de mer, si on ne lui laisse pas un jeu suffisant. Aussi longtemps que tient la toile, un navire bien construit peut garder sa position et franchir toutes les lames, comme s'il était doué de vie et de raison. Cependant, si la violence du vent déchirait la voile (malheur qui ne se produit généralement que par un véritable ouragan), alors il y aurait danger imminent. Le navire, dans ce cas, abat et tombe sous le vent, et, présentant le travers à la mer, il est complétement à sa merci. La seule ressource, dans ce cas, est de se mettre vivement devant le vent et de fuir vent arrière jusqu'à ce qu'on ait pu tendre une autre voile. Il y a encore des navires qui mettent à la cape sans aucune espèce de voile; mais ceux-là ont beaucoup à craindre des gros coups de mer.

Mais, finissons-en avec cette digression. — Le second n'avait jamais eu pour habitude de laisser en haut un homme de quart quand on mettait à la cape par un gros temps; or, il y en avait un maintenant, et, de plus, cette circonstance des haches et des anspects disparus

nous démontrait clairement que l'équipage était trop bien
sur ses gardes pour se laisser surprendre par le moyen
que nous suggérait Peters. Il fallait cependant prendre
un parti, et cela, dans le plus bref délai possible; car il
était bien certain que Peters, ayant une fois attiré des
soupçons, devait être sacrifié à la prochaine occasion.
Cette occasion, on la trouverait à coup sûr, ou on la ferait naître à la première embellie.

Auguste suggéra alors que, si Peters pouvait seulement
enlever, sous un prétexte quelconque, le paquet de chaînes
placé sur la trappe de la cabine, nous réussirions peut-
être à tomber sur eux à l'improviste par le chemin de la
cale; mais un peu de réflexion nous convainquit que le
navire roulait et tanguait beaucoup trop fort pour permettre une entreprise de cette nature.

Par grand bonheur, j'eus à la fin l'idée d'opérer sur
les terreurs superstitieuses et la conscience coupable du
second. On se rappelle qu'un des hommes de l'équipage,
Hartman Rogers, était mort dans la matinée, ayant été
pris par des convulsions deux jours auparavant, après
avoir bu un peu d'eau et d'alcool. Peters nous avait ex-
primé l'opinion que cet homme avait été empoisonné par
le second, et il avait, disait-il, pour le croire, des raisons
incontestables, mais que nous ne pûmes jamais lui arracher; ce refus obstiné était d'ailleurs conforme à tous
égards à son caractère bizarre. Mais qu'il eût ou qu'il n'eût
pas de plus solides motifs que nous-mêmes de soupçonner
le second, nous nous laissâmes facilement persuader par
ses soupçons, et nous résolûmes d'agir en conséquence.

Rogers était mort vers onze heures du matin, à peu

près, dans de violentes convulsions; et son corps offrait, quelques minutes après la mort, un des plus horribles et des plus dégoûtants spectacles dont j'aie gardé le souvenir. L'estomac était démesurément gonflé, comme celui d'un noyé qui est resté sous l'eau pendant plusieurs semaines. Les mains avaient subi la même transformation, et le visage, ridé, ratatiné et d'une blancheur crayeuse, était, en deux ou trois endroits, comme cinglé d'éclaboussures d'un rouge ardent, semblables à celles occasionnées par l'érésipèle. Une de ces taches s'étendait en diagonale à travers la face et recouvrait complétement un œil, comme un bandeau de velours rouge. Dans cet état affreux, le corps avait été remonté de la chambre vers midi pour être jeté par-dessus bord, quand le second, y jetant un coup d'œil (il le voyait alors pour la première fois), touché peut-être du remords de son crime, ou simplement frappé d'horreur par un si affreux spectacle, ordonna aux hommes de le coudre dans son hamac et de lui octroyer la sépulture ordinaire des marins. Après avoir donné ces ordres, il redescendit, comme pour éviter désormais le spectacle de sa victime. Pendant qu'on faisait les préparatifs pour lui obéir, la tempête avait augmenté d'une manière furieuse, et, pour le présent, cette besogne fut laissée de côté. Le cadavre, abandonné à lui-même, se mit à nager dans les dalots de bâbord, où il était encore au moment dont je parle, se débattant et se secouant à chacune des embardées furieuses du brick.

Ayant arrangé notre plan, nous nous mîmes en devoir de l'exécuter aussi vivement que possible. Peters monta

sur le pont, et, comme il l'avait prévu, il rencontra immédiatement Allen, qui était posté sur le gaillard d'avant
plutôt pour faire le guet que pour tout autre motif. Mais
le sort de ce misérable fut décidé vivement et silencieusement; car Peters, s'approchant de lui d'un air in-
souciant, comme pour lui parler, l'empoigna à la gorge,
et, avant qu'il eût pu proférer un seul cri, il l'avait lancé
par-dessus la muraille. Alors il nous appela, et nous montâmes. Notre premier soin fut de regarder partout pour
découvrir des armes quelconques, et, pour ce faire, nous
nous avançâmes avec beaucoup de précautions; car il
était impossible de se tenir un seul instant sur le pont
sans s'accrocher à quelque chose, et de violents coups de
mer brisaient sur le navire à chaque plongeon de l'a-
vant. Cependant il était indispensable de procéder vivement dans notre opération; nous nous attendions à
chaque instant à voir monter le second pour faire pom-
per, car il était évident que le brick devait faire beaucoup
d'eau. Après avoir fureté pendant quelque temps, nous
ne trouvâmes rien de plus propre à notre dessein
que les deux bringuebales de pompe, dont Auguste prit
l'une, et moi l'autre. Après les avoir cachées, nous dé-
pouillâmes le cadavre de sa chemise, et nous le jetâmes
par-dessus bord. Peters et moi nous redescendîmes, laissant Auguste en sentinelle sur le pont, où il prit justement
le poste d'Allen, mais le dos tourné au capot-d'échelle de
la cabine, afin que, si l'un des hommes du second venait
à monter, il supposât que c'était l'homme de quart.

Sitôt que je fus en bas, je commençai à me déguiser
de manière à représenter le cadavre de Rogers. La che-

6

mise que nous lui avions ôtée devait nous aider beaucoup,
parce qu'elle était d'un modèle et d'un caractère singulier, et très-aisément reconnaissable, — espèce de blouse
que le défunt mettait par-dessus son autre vêtement.
C'était un tricot bleu, traversé de larges raies blanches.
Après l'avoir endossée, je commençai à m'accoutrer d'un
estomac postiche à l'instar de l'horrible difformité du
cadavre ballonné. A l'aide de quelques couvertures dont
je me rembourrai, cela fut bientôt fait. Je donnai à mes
mains une physionomie analogue avec une paire de mi-
taines de laine blanche que nous remplîmes de tous les
chiffons que nous pûmes attraper. Alors Peters grima
mon visage, le frottant d'abord partout avec de la craie
blanche, et ensuite l'éclaboussant et le paraphant avec
du sang qu'il se tira lui-même d'une entaille au bout du
doigt. La grande raie rouge à travers l'œil ne fut pas
oubliée, et elle était, certes, de l'aspect le plus repoussant.

VIII

LE REVENANT.

Lorsque enfin je me contemplai dans un fragment de
miroir qui était pendu dans le poste, à la lueur obscure
d'une espèce de fanal de combat, ma physionomie et le
ressouvenir de l'épouvantable réalité que je représentais
me pénétrèrent d'un vague effroi, si bien que je fus pris
d'un violent tremblement, et que je pus à peine rassem-

bler l'énergie nécessaire pour continuer mon rôle. Il fallait cependant agir avec décision, et Peters et moi nous
montâmes sur le pont.

Là, nous vîmes que tout allait bien pour le moment,
et suivant de près la muraille du navire, nous nous glis-
sâmes tous les trois jusqu'au capot-d'échelle de la chambre. Il n'était pas entièrement fermé, et des bûches
avaient été placées sur la première marche, précaution
qui avait pour but de faire obstacle à la fermeture et
d'empêcher que la porte ne fût soudainement poussée
du dehors. Nous pûmes sans difficulté apercevoir tout
l'intérieur de la chambre à travers les fentes produi-
tes par les gonds. Il était vraiment bien heureux que
nous n'eussions pas essayé de les attaquer par surprise, car ils étaient évidemment sur leurs gardes. Un
seul était endormi et couché juste au pied de l'échelle,
avec un fusil à côté de lui. Les autres étaient assis sur
quelques matelas qu'ils avaient tirés des cadres et jetés
sur le plancher. Ils étaient engagés dans une conversation sérieuse, et bien qu'ils eussent fait carrousse, à en
juger par deux cruches vides et quelques gobelets d'étain
éparpillés çà et là, ils n'étaient pas aussi déplorablement
ivres que d'habitude. Tous avaient des pistolets, et de
nombreux fusils étaient déposés dans un cadre à leur
portée.

Nous prêtâmes pendant quelque temps l'oreille à
leur conversation, avant de nous décider sur ce que nous
avions à faire, n'ayant rien résolu jusque-là, si ce n'est
que, le moment de l'attaque venu, nous tenterions de pa-
ralyser leur résistance par l'apparition du Rogers. Ils

étaient en train de discuter leurs plans de piraterie; et
tout ce que nous pûmes entendre fut qu'ils devaient se
réunir avec l'équipage de la goëlette le *Hornet*, et même
commencer, s'il était possible, par s'emparer de la goëlette elle-même, comme préparation à une tentative
d'une plus vaste échelle; quant aux détails de cette tentative, aucun de nous n'y put rien comprendre.

L'un des hommes parla de Peters; le second lui répondit à voix basse, et nous ne pûmes rien distinguer;
peu après il ajouta, d'un ton plus élevé, « qu'il ne pouvait pas comprendre ce que Peters avait à faire si souvent
dans le gaillard d'avant avec le marmot du capitaine, et
qu'il fallait que tous les deux filassent par-dessus bord,
et que le plus tôt serait le meilleur. » A ces mots on ne
fit pas de réponse; mais nous pûmes aisément comprendre que l'insinuation avait été bien accueillie par toute
la bande, et plus particulièrement par Jones. En ce moment j'étais excessivement agité, d'autant plus que je
voyais qu'Auguste et Peters ne savaient que résoudre.
Toutefois, je me décidai à vendre ma vie aussi chère-
ment que possible et à ne me laisser dominer par aucun
sentiment d'effroi.

Le vacarme effroyable produit par le mugissement du
vent dans le gréement et par les coups de mer qui ba-
layaient le pont nous empêchaient d'entendre ce qui se
disait, excepté durant quelques accalmies momentanées.
Ce fut dans un de ces intervalles que nous entendîmes
distinctement le second dire à l'un des hommes « d'aller
à l'avant et d'ordonner à ces faillis chiens de descendre
dans la chambre, parce que là il pourrait au moins avoir

l'œil sur eux, et qu'il n'entendait pas qu'il y eût des secrets
à bord du brick. » Très-heureusement pour nous, le
tangage du navire était si vif à ce moment-là que
l'ordre ne put pas être mis immédiatement à exécution.
Le coq se leva de son matelas pour venir nous trouver, quand une embardée, si effroyable que je crus
qu'elle allait emporter la mâture, lui fit piquer une tête
contre la porte d'une des cabines de bâbord, si bien qu'il
l'ouvrit avec son front, ce qui augmenta encore le désordre. Heureusement, aucun de nous n'avait été culbuté,
et nous eûmes le temps de battre précipitamment en
retraite vers le gaillard d'avant et d'improviser à la hâte
un plan d'action, avant que le messager fît son apparition, ou plutôt qu'il passât la tête hors du capot-
d'échelle ; car il ne monta pas jusque sur le pont. De
l'endroit où il était placé, il ne pouvait pas remarquer
l'absence d'Allen, et, en conséquence, le croyant toujours là, il se mit à le héler de toute sa force et à lui ré-
péter les ordres du second. Peters répondit en criant sur
le même ton et en déguisant sa voix : Oui ! oui ! — et le
coq redescendit immédiatement, sans avoir même soupçonné que tout n'allait pas bien à bord.

Alors mes deux compagnons se dirigèrent hardiment
vers l'arrière et descendirent dans la chambre, Peters
refermant la porte après lui de la même façon qu'il l'avait
trouvée. Le second les reçut avec une cordialité feinte,
et dit à Auguste que, puisqu'il s'était conduit si gentiment
dans ces derniers temps, il pouvait s'installer dans la cabine et se considérer désormais comme un des leurs. Il
lui remplit alors à moitié un grand verre de rhum et

l'obligea à boire. Je voyais et j'entendais tout cela, car
j'avais suivi mes amis vers la cabine aussitôt que la porte
avait été refermée, et j'avais repris mon premier poste
d'observation. J'avais apporté avec moi les deux bringuebales de pompe, dont j'avais caché l'une près du capot-d'échelle, pour l'avoir au besoin sous la main.

Je m'affermis alors aussi bien que possible pour ne
rien perdre de tout ce qui se passait en bas, et je m'efforçai de raidir ma volonté et mon courage pour descendre chez les révoltés aussitôt que Peters me ferait un signal, comme il avait été convenu. Il s'efforçait en ce
moment de tourner la conversation sur les épisodes sanglants de la révolte, et graduellement il amena les hommes à causer des mille superstitions qui sont généralement si répandues parmi les marins. Je ne distinguais
pas tout ce qui se disait, mais je pouvais aisément voir
l'effet de la conversation sur les physionomies des assistants. Le second était évidemment très-agité, et quand,
un moment après, l'un d'eux parla de l'aspect effrayant
du cadavre de Rogers, je crus vraiment qu'il allait tomber en faiblesse. Peters lui demanda alors s'il ne pensait
pas qu'il vaudrait mieux décidément le jeter par-dessus
bord ; car c'était, dit-il, une trop horrible chose de le
voir ainsi se débattre et nager dans les dalots. Alors le
misérable respira convulsivement et promena lentement
autour de lui ses regards sur ses compagnons, comme
s'il voulait supplier l'un d'eux de monter pour faire cette
besogne. Néanmoins personne ne bougea ; et il était évident que toute la compagnie était arrivée au plus haut
degré d'excitation nerveuse. Peters me fit alors le signal ;

j'ouvris immédiatement la porte du capot-d'échelle, et, descendant sans prononcer une syllabe, je me dressai tout d'un coup au milieu de la bande.

Le prodigieux effet créé par cette soudaine apparition ne surprendra personne, si l'on veut bien considérer les diverses circonstances dans lesquelles elle se produisait. D'ordinaire, dans les cas de cette nature, il reste dans l'esprit du spectateur quelque chose comme une lueur de doute sur la réalité de la vision qu'il a devant les yeux; il conserve jusqu'à un certain point une espérance, si faible qu'elle soit, qu'il est la dupe d'une mystification, et que l'apparition n'est vraiment pas un visiteur venu du pays des ombres. On peut affirmer que ce doute opiniâtre a presque toujours accompagné les visitations de cette nature, et que l'horreur glaçante qu'elles ont quelquefois produite doit être attribuée, même dans les cas les plus marquants, dans ceux qui ont causé l'angoisse la plus vive, à une espèce d'effroi anticipé, à une peur que l'apparition *ne soit réelle* plutôt qu'à une croyance ferme à sa réalité. Mais, pour le cas présent, on verra tout de suite qu'il ne pouvait pas y avoir dans l'esprit des révoltés l'ombre d'une raison pour douter que l'apparition de Rogers ne fût vraiment la résurrection de son dégoûtant cadavre, ou au moins son image incorporelle. La position isolée du brick et l'impossibilité de l'accoster en raison de la tempête restreignaient les moyens possibles d'illusion dans de si étroites limites, qu'ils durent se croire capables de les embrasser tous d'un coup d'œil. Depuis vingt-quatre jours qu'ils tenaient la mer, ils n'avaient eu de communication avec aucun navire, un

seul excepté, qu'on avait simplement hélé. Tout l'équipage
d'ailleurs, — tous ceux du moins qui, croyant former
l'équipage complet, étaient à mille lieues de soupçonner
la présence d'un autre individu à bord, — était rassemblé
dans la chambre, à l'exception d'Allen, l'homme de
quart; et quant à celui-ci, leurs yeux étaient trop bien
familiarisés avec sa stature gigantesque (il avait six pieds
six pouces de haut) pour que l'idée qu'il pût être la terrible apparition entrât un instant dans leur esprit. Ajoutez à ces considérations le caractère effrayant de la tempête et la nature de la conversation amenée par Peters,
l'impression profonde que la hideur du véritable cadavre
avait produite dans la matinée sur l'imagination de ces
hommes, la perfection de mon travestissement, et la lumière vacillante et incertaine à travers laquelle ils me
voyaient, le fanal de la chambre oscillant violemment çà
et là avec le navire et jetant sur moi des éclairs douteux
et tremblants, et vous ne trouverez pas étonnant que
l'effet de la supercherie ait été beaucoup plus grand que
nous n'avions osé l'espérer.

Le second se dressa sur le matelas où il était couché,
et, sans proférer une syllabe, retomba à la renverse,
roide mort, sur le plancher de la chambre; un fort coup
de roulis le roula sous le vent comme une bûche. Des
sept qui restaient, il n'y en eut que trois qui montrèrent
d'abord quelque présence d'esprit. Les quatre autres restèrent assis pendant quelque temps, comme s'ils avaient
pris racine dans le plancher; — c'étaient bien les plus
pitoyables victimes de l'horreur et du désespoir que mes
yeux aient jamais contemplées. La seule résistance que

nousrencontrâmesvint ducoq, de John Hunt et de Richard
Parker; mais leur défense fut faible et sans résolution.
Les deux premiers furent immédiatement frappés par
Peters, et avec la bringuebale que j'avais apportée avec
moi j'assommai Parker d'un coup sur la tête. En même
temps, Auguste s'emparait d'un des fusils déposés sur le
plancher, et le déchargeait dans la poitrine de Wilson,
un des autres révoltés. Il n'en restait donc plus que
trois; mais, pendant ce temps-là, ils s'étaient réveillés
de leur stupeur, et commençaient peut-être à voir qu'ils
avaient été dupes d'un stratagème; car ils combattirent
avec beaucoup de résolution et de furie, et, sans l'effroyable force musculaire de Peters, ils auraient bien
pu finalement avoir raison de nous. Ces trois hommes
étaient Jones, Greely et Absalon Hicks. Jones avait
renversé Auguste; il l'avait déjà frappé en plusieurs
endroits au bras droit et l'aurait sans doute bientôt
expédié (car Peters et moi, nous ne pouvions pas nous
débarrasser immédiatement de nos adversaires), si un
ami sur l'assistance duquel nous n'avions certes pas
compté n'était venu très à propos à son aide. Cet ami
n'était autre que Tigre. Avec un sourd grondement il
bondit dans la chambre au moment le plus critique pour
Auguste, et, se jetant sur Jones, le cloua en un instant
sur le plancher. Mon ami, toutefois, était trop gravement
blessé pour nous prêter le moindre secours, et j'étais si
empêtré dans mon déguisement, que je ne pouvais pas
faire grand'chose. Le chien s'obstinait à ne pas lâcher la
gorge de Jones; — cependant Peters était bien assez fort
pour venir à bout des deux hommes qui restaient, et il

les aurait sans doute expédiés plus tôt, s'il n'avait pas
été gêné par l'étroit espace dans lequel il lui fallait agir
et par les effroyables embardées du brick. Il venait de
s'emparer de l'un des lourds escabeaux qui gisaient sur
le plancher. Avec cela, il défonça le crâne de Greely au
moment où celui-ci allait décharger son fusil sur moi,
et immédiatement après, un roulis du brick l'ayant jeté
sur Hicks, il le saisit à la gorge et l'étrangla instantanément à la force du poignet. Ainsi, en moins de temps
qu'il ne m'en a fallu pour le raconter, nous nous trouvions maîtres du brick.

Le seul de nos adversaires resté vivant était Richard
Parker. On se rappelle qu'au commencement de l'attaque j'avais assommé cet homme d'un coup de ma bringuebale. Il gisait immobile à côté de la porte de la cabine
défoncée ; mais, Peters l'ayant touché avec le pied, il
retrouva la parole et demanda grâce. Sa tête n'était que
légèrement fendue, et il n'était pas autrement blessé, le
coup l'ayant simplement étourdi. Il se releva, et pour le
moment nous lui attachâmes les mains derrière le dos.
Le chien était encore sur Jones, grondant toujours avec
fureur ; mais en regardant attentivement, nous vîmes
que celui-ci était tout à fait mort ; un ruisseau de sang
jaillissait d'une blessure profonde à la gorge, que lui
avaient faite les crocs puissants de l'animal.

Il était alors une heure du matin, et le vent soufflait
toujours d'une manière effroyable. Le brick fatiguait évidemment beaucoup plus qu'à l'ordinaire, et il devenait
indispensable de faire quelque chose pour l'alléger.
Presque à chaque coup de roulis sous le vent il embarquait

une lame, et quelques-unes s'étaient même répandues
dans la chambre pendant notre lutte ; car, en descendant,
j'avais laissé l'écoutille ouverte. Toute la muraille de
bâbord avait été emportée, ainsi que les fourneaux et le
canot de l'arrière. Les craquements et les vibrations du
grand mât nous prouvaient aussi qu'il allait bientôt céder. Pour faire une plus grande place à l'arrimage dans
la cale d'arrière, le pied de ce mât avait été fixé dans
l'entre-pont (exécrable méthode à laquelle ont souvent
recours les constructeurs ignorants), de sorte qu'il courait grand risque de sortir de son emplanture. Mais,
pour mettre le comble à nos malheurs, nous sondâmes
l'archipompe, et nous ne trouvâmes pas moins de sept
pieds d'eau.

Nous laissâmes donc les cadavres des hommes dans
la chambre, et nous fîmes immédiatement jouer les pompes, — Parker, naturellement, ayant été relâché pour
nous assister dans ce travail. Nous bandâmes le bras
d'Auguste de notre mieux, et le pauvre garçon fit ce
qu'il put, c'est-à-dire pas grand'chose. Cependant nous
vîmes qu'en faisant fonctionner une pompe sans interruption, nous pouvions tout juste maîtriser la voie d'eau,
c'est-à-dire l'empêcher d'augmenter. Comme nous n'é-
tions que quatre, c'était un rude labeur ; mais nous tâchâmes de ne pas nous laisser abattre, et nous attendîmes
le petit jour avec inquiétude, espérant soulager alors le
brick en coupant le grand mât.

Nous passâmes ainsi une nuit pleine d'une anxiété et
d'une fatigue horribles ; quand enfin le jour parut, la
tempête n'était pas le moins du monde calmée, et il n'y

avait même aucun symptôme d'une prochaine embellie.
Nous tirâmes alors les corps sur le pont, et nous les
jetâmes par-dessus bord. Ensuite nous pensâmes à nous
débarrasser du grand mât. Les préparatifs nécessaires
ayant été faits, Peters, qui avait retrouvé les haches
dans la cabine, entama le mât, pendant que, nous
autres, nous veillions aux étais et aux garants. Comme le
brick donnait une effroyable embardée sous le vent, le
signal fut donné pour couper les garants, et, cela fait,
toute cette masse de bois et de gréement tomba dans la
mer, et débarrassa le brick sans nous faire d'avarie notable. Nous vîmes alors que le navire fatiguait moins
qu'auparavant, mais notre situation était toujours extrêmement précaire, et en dépit des plus grands efforts,
nous ne pouvions pas maîtriser la voie d'eau sans l'aide
des deux pompes. Les services qu'Auguste pouvait nous
rendre étaient vraiment insignifiants. Pour ajouter à notre
détresse, une lame énorme frappant le brick du côté du
vent le jeta à quelques points hors du vent, et avant qu'il
pût reprendre sa position, une autre lame déferlait en
plein dessus et le roulait complétement sur le côté. Alors
le lest se déplaça en masse et passa sous le vent (quant
à l'arrimage, il était depuis quelque temps ballotté absolument à l'aventure), et pendant quelques secondes nous
crûmes que nous allions inévitablement chavirer. Cependant nous nous relevâmes un peu; mais le lest restant
toujours à bâbord, nous donnions tellement de la bande
qu'il était inutile de songer à faire jouer les pompes, ce
qu'en aucun cas d'ailleurs nous n'aurions pu faire plus
longtemps, nos mains étant complétement ulcérées par

notre excessif labeur et saignant d'une manière affreuse.

Contrairement à l'avis de Parker, nous commençâmes alors à abattre le mât de misaine ; nous y réussîmes à la longue, avec la plus grande difficulté, à cause de notre position inclinée. En filant par-dessus bord il emporta avec lui le beaupré et laissa le brick à l'état de simple ponton.

Jusqu'alors nous avions lieu de nous réjouir d'avoir pu conserver notre chaloupe, qui n'avait pas été endommagée par tous ces gros coups de mer. Mais nous n'eûmes pas longtemps à nous féliciter ; car le mât de misaine et la misaine, qui maintenaient un peu le brick, étant partis ensemble, chaque lame à présent venait briser complétement sur nous, et en cinq minutes notre pont fut balayé de bout en bout, la chaloupe et la muraille de tribord furent enlevées, et le guindeau lui-même mis en pièces. Il était vraiment presque impossible d'être réduits à une condition plus déplorable.

A midi, nous eûmes quelque espoir de voir la tempête diminuer ; mais nous fûmes cruellement désappointés, car elle ne se calma pendant quelques minutes que pour souffler ensuite avec plus de furie. A quatre heures de l'après-midi, elle avait pris une telle intensité qu'il était impossible de se tenir debout ; et, quand vint la nuit, je n'avais plus conservé l'ombre d'une espérance. Je ne croyais pas que le navire pût tenir jusqu'au matin.

A minuit l'eau nous avait considérablement gagnés ; elle montait alors jusqu'au faux pont. Peu de temps après, le gouvernail partit, et le coup de mer qui l'em-

7

porta souleva toute la partie de l'arrière hors de l'eau, de
sorte qu'en retombant le brick talonna et donna une secousse semblable à celle d'un navire qui échoue. Nous
avions tous calculé que le gouvernail tiendrait bon jusqu'à la fin, parce qu'il était singulièrement fort, et installé comme je n'en avais jamais vu jusqu'alors et comme
je n'en ai pas vu depuis. Le long de sa pièce principale
s'étendait une série de forts crochets de fer, et une autre
semblable tout le long de l'étambot. A travers ces crochets passait une tige de fer forgé très-épaisse, le gouvernail étant ainsi rattaché à l'étambot et jouant librement
sur la tige. La force terrible de la mer qui l'avait arraché
peut être appréciée par ce fait, que les crochets de l'é-
tambot, qui, comme je l'ai dit, s'étendaient d'un bout à
l'autre et étaient rivés de l'autre côté, furent complètement retirés, tous sans exception, de la pièce de bois.

Nous avions à peine eu le temps de respirer après cette
violente secousse, qu'une des plus épouvantables lames
que j'eusse jamais vues vint briser d'aplomb par-dessus
bord, emportant le capot-d'échelle, enfonçant les écoutilles et inondant le navire d'un véritable déluge.

IX

LA PÊCHE AUX VIVRES.

Par bonheur, juste avant la nuit, nous nous étions solidement attachés tous les quatre aux débris du guindeau
et nous étions ainsi couchés sur le pont aussi à plat que

possible. Ce fut cette précaution qui nous sauva de la
mort. Pour le moment nous étions tous plus ou moins
étourdis par cet immense poids d'eau qui nous avait
écrasés, et quand enfin elle se fut écoulée, nous nous
sentîmes presque anéantis. Aussitôt que je pus respirer,
j'appelai à haute voix mes compagnons. Auguste seul
me répondit : — C'est fait de nous; que Dieu ait pitié de
nos âmes! — Au bout de quelques instants les deux
autres purent parler, et ils nous exhortèrent à prendre
courage, disant qu'il y avait encore quelque espoir, qu'il
était impossible que le brick coulât, à cause de la nature
de sa cargaison, et qu'il y avait tout lieu de croire que
la tempête se dissiperait vers le matin. Ces paroles me
rendirent la vie; car, quelque étrange que cela puisse
paraître, bien qu'il fût évident qu'un navire chargé
de barriques vides ne pouvait pas sombrer, j'avais eu
jusqu'ici l'esprit si troublé que cette considération m'a-
vait complétement échappé, et c'était le danger de
sombrer que je considérais depuis quelque temps comme
le plus imminent. Sentant l'espérance revivre en moi,
je saisis toutes les occasions de renforcer les amarres qui
m'attachaient aux débris du guindeau, et je découvris
bientôt que mes compagnons avaient eu la même idée
et en faisaient autant. La nuit était aussi noire que possible, et il est inutile d'essayer de décrire le fracas étour-
dissant et le chaos dont nous étions enveloppés. Notre
pont était au niveau de la mer, ou plutôt nous étions
entourés d'une crête, d'un rempart d'écume, dont
une partie passait à chaque instant par-dessus nous.
Nos têtes, ce n'est pas trop dire, n'étaient vraiment hors

de l'eau qu'une seconde sur trois. Quoique nous fussions couchés tout près les uns des autres, nous ne pouvions pas nous voir, et nous n'apercevions pas davantage la moindre partie du brick sur lequel nous étions si effroyablement secoués. Par intervalles nous nous appelions l'un l'autre, nous efforçant ainsi de raviver l'espérance et de donner un peu de consolation et d'encouragement à celui de nous qui pouvait en avoir le plus besoin. L'état de faiblesse d'Auguste faisait de lui un objet d'inquiétude pour les autres; et comme, avec son bras droit déchiré, il devait lui être impossible d'assujettir assez solidement son amarre, nous nous figurions à chaque instant qu'il allait être emporté par-dessus bord; — quant à lui prêter secours, c'était une chose absolument impossible. Très-heureusement sa place était plus sûre qu'aucune des nôtres; car, la partie supérieure de son corps étant justement abritée par un morceau du guindeau fracassé, la violence des lames qui tombaient sur lui se trouvait grandement amortie. Dans toute autre position que celle-là (et il ne l'avait pas choisie, il y avait été jeté accidentellement après s'être attaché dans un endroit très-dangereux), il eût infailliblement péri avant le matin. Le brick, comme je l'ai dit, donnait beaucoup de la bande, et, grâce à cela, nous étions moins exposés à être emportés que nous ne l'eussions été dans un cas différent. Le côté par où le navire donnait de la bande était, comme je l'ai remarqué, celui de bâbord, et la moitié du pont à peu près était constamment sous l'eau. Conséquemment, les lames qui nous frappaient à tribord étaient en partie brisées par le côté du navire, et, cou-

chés à plat sur le visage, nous n'en attrapions que de
grosses éclaboussures ; quant à celles qui nous venaient
par bâbord, elles nous attaquaient par le dos, et n'avaient
pas, en raison de notre posture, assez de prise sur nous
pour nous arracher à nos amarres.

Nous restâmes couchés dans cette affreuse situation
jusqu'à ce que le jour vînt nous montrer plus clairement
les horreurs dont nous étions environnés. Le brick n'était
plus qu'une bûche, roulant çà et là à la merci de chaque
lame ; la tempête augmentait toujours ; c'était un parfait
ouragan, s'il en fut jamais, et nous ne voyions aucune
perspective naturelle de délivrance. Pendant quelques
heures nous gardâmes le silence, tremblant à chaque
instant ou que nos amarres ne cédassent, ou que les
débris du guindeau ne filassent par-dessus bord, ou
qu'une des énormes lames qui mugissaient autour de
nous, au-dessus de nous, dans tous les sens, ne plongeât
la carcasse si avant sous l'eau que nous fussions noyés
avant qu'elle pût remonter à la surface. Cependant la
miséricorde de Dieu nous préserva de ces imminents
dangers, et vers midi nous fûmes gratifiés de la lumière
bénie du soleil. Peu de temps après, nous nous aperçûmes d'une diminution sensible dans la force du vent,
et, pour la première fois depuis la fin de la soirée
précédente, Auguste parla et demanda à Peters, qui était
couché tout contre lui, s'il croyait qu'il y eût quelque
chance de salut. Comme le métis ne fit d'abord aucune
réponse à cette question, nous conclûmes tous qu'il
avait été noyé sur place ; mais bientôt, à notre grande
joie, il parla, quoique d'une voix très-faible, disant qu'il

souffrait beaucoup, qu'il était comme coupé par les amarres qui lui serraient étroitement l'estomac, et qu'il lui fallait trouver le moyen de les relâcher, ou mourir, parce qu'il lui était impossible d'endurer cette torture plus longtemps. Cela nous causa un grand chagrin ; car il ne fallait pas songer à venir à son secours, tant que la mer continuerait à courir sur nous comme elle faisait. Nous l'exhortâmes à supporter ses souffrances avec courage, et nous lui promîmes de saisir la première occasion qui s'offrirait pour le soulager. Il répondit qu'il serait bientôt trop tard ; que ce serait fait de lui avant que nous pussions lui venir en aide ; et puis, après avoir gémi pendant quelques minutes, il retomba dans son silence, et nous conclûmes qu'il était mort.

Aux approches du soir, la mer tomba considérablement ; c'était à peine si dans l'espace de cinq minutes plus d'une lame venait briser sur la coque du côté du vent ; le vent s'était aussi beaucoup calmé, quoiqu'il soufflât encore grand frais. Je n'avais entendu parler aucun de mes camarades depuis plusieurs heures ; j'appelai alors Auguste. Il me répondit, mais si faiblement, que je ne pus pas distinguer ce qu'il disait. Je parlai alors à Peters et à Parker, mais aucun d'eux ne me fit de réponse.

Peu de temps après, je tombai dans une quasi-insensibilité, durant laquelle les images les plus charmantes flottèrent dans mon cerveau ; telles que des arbres verdoyants, des prés magnifiques où ondulait le blé mûr, des processions de jeunes danseuses, de superbes troupes de cavalerie et autres fantasmagories. Je

me rappelle maintenant que, dans tout ce qui défilait
devant l'œil de mon esprit, le *mouvement* était l'idée
prédominante. Ainsi, je ne rêvais jamais d'un objet immobile, tel qu'une maison, une montagne ou tout autre
du même genre ; mais des moulins à vent, des navires,
de grands oiseaux, des ballons, des hommes à cheval,
des voitures filant avec une vitesse furieuse, et autres
objets mouvants, se présentaient à moi et se succédaient
interminablement. Quand je sortis de ce singulier état,
le soleil était levé depuis une heure, autant que je pus
le deviner. J'eus la plus grande peine à me souvenir
des différentes circonstances qui se rattachaient à ma
situation, et pendant quelque temps je restai fermement
convaincu que j'étais toujours dans la cale du brick,
près de ma caisse, et je prenais le corps de Parker pour
celui de Tigre.

Lorsque j'eus enfin complétement recouvré mes
sens, je m'aperçus que le vent n'était plus qu'une
brise très-modérée, et que la mer était comparativement calme, de sorte qu'elle n'embarquait plus sur le
brick que par le travers. Mon bras gauche avait rompu
ses liens et se trouvait gravement déchiré vers le coude ;
le droit était complétement paralysé, et la main et
le poignet, prodigieusement enflés par la pression du
cordage, qui avait agi depuis l'épaule jusqu'en bas.
Je souffrais aussi beaucoup d'une autre corde autour
de la taille, qui avait été serrée à un point intolérable.
En regardant mes camarades autour de moi, je vis que
Peters vivait encore, bien qu'il eût autour des reins une
grosse corde serrée si cruellement qu'il avait l'air pres-

que coupé en deux; aussitôt que je bougeai, il me fit
un geste faible de la main en me désignant la corde.
Auguste ne donnait aucun symptôme de vie, et était
presque plié en deux en travers d'un éclat du guindeau.
Parker me parla quand il me vit remuer et me demanda si j'avais encore assez de forces pour le délivrer
de sa position, me disant que si je voulais ramasser toute
mon énergie et si je réussissais à le délier, nous pouvions encore sauver nos vies, mais qu'autrement nous
péririons tous.

Je lui dis de prendre courage, et que je tâcherais de
le délivrer. Tâtant dans la poche de mon pantalon, je
pris mon canif, et, après plusieurs essais infructueux, je
réussis à l'ouvrir. Je parvins alors avec ma main gauche
à débarrasser mon bras droit de ses amarres, et je coupai
ensuite les autres cordes qui me retenaient. Mais en
essayant de changer de place, je m'aperçus que mes jambes me manquaient entièrement et que je ne pouvais me
relever; il m'était également impossible de mouvoir mon
bras droit dans un sens quelconque. Je le fis remarquer
à Parker, qui me conseilla de rester tranquille pendant
quelques minutes, en me tenant au guindeau avec la
main gauche, pour donner au sang le temps de circuler.
En effet, l'engourdissement commença bientôt à dispa-
raître, de sorte que je pus d'abord remuer une jambe,
et puis l'autre; et en peu de temps je recouvrai en partie
l'usage de mon bras droit. Je me glissai alors vers
Parker avec la plus grande précaution et sans me dresser
sur mes jambes, et je coupai toutes les amarres autour
de lui; et au bout de peu de temps, comme moi, il

recouvra en partie l'usage de ses membres. Nous nous
dépêchâmes alors de défaire la corde de Peters. Elle
avait fait une profonde entaille à travers la ceinture de
son pantalon de laine et à travers deux chemises, et elle
avait pénétré dans l'aine, d'où le sang jaillit abondamment quand nous enlevâmes la corde. Mais à peine avions-
nous fini, que Peters se mit à parler et sembla éprouver
un soulagement immédiat ; — il était même capable de
se remuer beaucoup plus aisément que Parker et moi,
ce qu'il devait sans aucun doute à cette saignée invo-
lontaire.

Auguste ne donnait aucun signe de vie, et nous avions
peu d'espoir de le voir reprendre ses sens ; mais, en arrivant à lui, nous vîmes qu'il s'était simplement évanoui par suite d'une perte de sang, les bandages dont
nous avions entouré son bras ayant été arrachés par
l'eau ; aucune des cordes qui le retenaient au guindeau
n'était suffisamment serrée pour occasionner sa mort.
L'ayant débarrassé de ses liens et délivré du morceau de
bois, nous le déposâmes du côté du vent, à un endroit sec,
la tête un peu plus bas que le corps, et nous nous mîmes
tous trois à lui frotter les membres. En une demi-heure
à peu près il revint à lui ; mais ce ne fut que le matin suivant qu'il laissa voir qu'il reconnaissait chacun de nous
et qu'il trouva la force de parler. Pendant le temps
que nous avions mis à nous débarrasser de toutes
nos amarres, la nuit était venue, le ciel commençait à se
couvrir, de sorte que nous avions une peur affreuse que
le vent ne reprît avec violence, auquel cas rien ne
pouvait nous sauver de la mort, épuisés comme nous

7.

l'étions. Par bonheur le temps se maintint très-convenablement pendant la nuit, et, la mer s'apaisant de plus
en plus, nous conçûmes finalement l'espoir de nous
sauver. Une jolie brise soufflait toujours du nord-ouest,
mais le temps n'était pas froid du tout. Auguste, étant
beaucoup trop faible pour se retenir lui-même, fut
soigneusement attaché au guindeau, de peur que le
roulis du navire ne le fît glisser par-dessus bord. Quant
à nous, nous n'avions pas besoin de précautions semblables. Nous nous assîmes en nous serrant, et, nous
appuyant l'un contre l'autre, en nous aidant des cordes
rompues du guindeau, nous nous mîmes à causer des
moyens de sortir de notre affreuse situation. Nous nous
avisâmes très à propos de retirer nos habits, et nous les
tordîmes pour en exprimer l'eau. Quand ensuite nous
les remîmes, ils nous parurent singulièrement chauds
et agréables et ne servirent pas peu à nous rendre de la
vigueur. Nous débarrassâmes Auguste des siens, nous les
tordîmes pour lui, et il en éprouva le même bien-être.

Nos principales souffrances étaient maintenant la faim
et la soif, et quand nous pensions aux moyens futurs de
nous soulager à cet égard, nous sentions le cœur nous
manquer, et nous en venions même à regretter d'avoir
échappé aux dangers moins terribles de la mer. Nous
nous efforçâmes cependant de nous consoler avec l'espoir
d'être bientôt recueillis par quelque navire, et nous nous
encourageâmes à supporter avec résignation tous les
maux qui pouvaient nous être encore réservés.

Enfin, l'aube du 14 parut, et le temps se maintint
clair et doux, avec une brise constante mais très-légère du

nord-ouest. La mer était maintenant tout à fait apaisée,
et comme, pour une cause que nous ne pûmes deviner, le
brick ne donnait plus autant de la bande, le pont était
comparativement sec, et nous pouvions aller et venir
en toute liberté. Il y avait alors plus de trois jours et
trois nuits que nous n'avions rien bu ni mangé, et il devenait absolument nécessaire de faire une tentative pour
se procurer quelque chose d'en bas. Comme le brick
était complétement plein d'eau, nous nous mîmes
à l'œuvre avec tristesse et sans grand espoir d'attraper quelque chose. Nous fîmes une espèce de drague
en plantant quelques clous, que nous arrachâmes aux débris du capot-d'échelle, dans deux pièces de bois. Nous
les assujettîmes en croix, et, les attachant au bout d'une
corde, nous les jetâmes dans la cabine et les prome-
nâmes çà et là, avec le faible espoir d'accrocher quelque
article qui pût servir à notre nourriture, ou du moins
nous aider à nous la procurer. Nous passâmes la plus
grande partie de la matinée à cette besogne, sans résultat,
et nous ne pêchâmes que quelques couvertures que les
clous accrochèrent facilement. Notre invention était vraiment si grossière que nous ne pouvions guère compter
sur un meilleur succès.

Nous recommençâmes l'épreuve dans le gaillard d'a-
vant, mais sans plus de résultat, et nous nous abandon-
nions déjà au désespoir, quand Peters imagina de se
faire attacher une corde autour du corps, et d'essayer
d'attraper quelque chose en plongeant dans la cabine.
Nous saluâmes la proposition avec toute la joie que
peut inspirer l'espérance renaissante. Il commença

immédiatement à se dépouiller de ses vêtements, à
l'exception de son pantalon; et une forte corde fût
soigneusement assujettie autour de sa taille, que nous
ramenâmes par-dessus ses épaules, de manière à l'empêcher de glisser. L'entreprise était pleine de difficulté
et de danger; car, comme nous n'espérions pas trouver grand'chose dans la chambre, à supposer même qu'il
y eût encore quelques provisions, il fallait que le plongeur, après s'être laissé descendre, fît un tour à droite et
marchât sous l'eau à une distance de dix ou douze pieds,
à travers un passage étroit, jusqu'à la cambuse, et revînt
enfin sans avoir pu respirer.

Tout étant prêt, Peters descendit dans la cabine en
suivant l'échelle jusqu'à ce que l'eau lui atteignît le
menton. Alors il plongea, la tête la première, tourna à
droite après avoir plongé et s'efforça de pénétrer dans
la cambuse; mais à la première tentative il échoua
complétement. Il n'y avait pas une demi-minute qu'il
avait disparu que nous sentîmes la corde secouée violemment; c'était le signal convenu pour le retirer de
l'eau quand il le désirerait. Nous le tirâmes donc immédiatement, mais avec si peu de précautions que nous
le meurtrîmes cruellement contre l'échelle. Il ne rap-
portait rien avec lui, et il lui avait été impossible d'aller
au delà d'un très-petit espace à travers le couloir, à
cause des efforts constants qu'il lui fallait faire pour ne
pas remonter et flotter contre le pont. Quand il sortit
de la cabine, il était très-épuisé, et dut se reposer
quinze bonnes minutes avant de se hasarder à redescendre.

La seconde tentative fut encore plus malheureuse; car il resta si longtemps sous l'eau sans donner le signal, que, nous sentant fort inquiets pour lui, nous le tirâmes sans plus attendre; il se trouva qu'il était au moment d'être asphyxié; le malheureux avait déjà, dit-il, secoué la corde à plusieurs reprises, et nous ne l'avions pas senti. Cela tenait sans doute à ce qu'une partie de la corde s'était accrochée dans la balustrade au pied de l'échelle. Cette balustrade était un tel embarras, que nous résolûmes de l'arracher avant de procéder à une nouvelle tentative. Comme nous n'avions aucun moyen de l'enlever, excepté à la force des bras, nous descendîmes tous les quatre dans l'eau, aussi loin qu'il nous fut possible, et, donnant une bonne secousse avec toutes nos forces réunies, nous réussîmes à la jeter à bas.

La troisième tentative ne réussit pas mieux que les deux premières, et il devint évident que nous ne pourrions rien obtenir par ce moyen sans le secours de quelque poids qui servît à maintenir le plongeur et à l'affermir sur le plancher de la cabine, pendant qu'il ferait sa recherche. Nous regardâmes longtemps autour de nous pour trouver quelque chose propre à remplir ce but; mais à la fin nous découvrîmes, à notre grande joie, un des porte-haubans de misaine, du côté du vent, qui était déjà si fortement ébranlé que nous n'eûmes aucune peine à le détacher entièrement. Peters l'ayant solidement assujetti à l'une de ses chevilles, opéra alors sa quatrième descente dans la cabine, et, cette fois, réussit à se frayer un chemin jusqu'à la porte de la cambuse. Mais, avec un

chagrin inexprimable, il la trouva fermée et fut obligé de
revenir sans avoir pu y pénétrer; car, en faisant les plus
grands efforts, c'était tout au plus s'il pouvait rester une
minute sous l'eau. Nos affaires prenaient décidément un
caractère sinistre, et nous ne pûmes, Auguste et moi,
nous empêcher de fondre en larmes en pensant à cette
foule de difficultés qui nous assiégaient et à la chance si
improbable de notre salut. Mais cette faiblesse ne fut pas
de longue durée. Nous nous agenouillâmes et nous priâ-
mes Dieu de nous assister dans les nombreux dangers dont
nous étions assaillis; et puis, avec une espérance et une
vigueur rajeunies, nous nous relevâmes, prêts à chercher
encore et à entreprendre tous les moyens humains de
délivrance.

X

LE BRICK MYSTÉRIEUX.

Peu de temps après, un incident eut lieu, qui, gros
d'abord d'extrême joie et ensuite d'extrême horreur,
m'apparaît, à cause de cela même, comme plus émou-
vant, plus terrible qu'aucun des hasards que j'ai connus postérieurement dans le cours de neuf longues années, — années si pleines d'événements de la nature
la plus surprenante, et souvent même la plus inouïe,
la plus inimaginable. Nous étions couchés sur le pont,
près de l'échelle, et nous discutions encore la possibilité
de pénétrer jusqu'à la cambuse. quand, tournant mes

regards vers Auguste qui me faisait face, je m'aperçus
qu'il était tout d'un coup devenu d'une pâleur mortelle et
que ses lèvres tremblaient d'une manière singulière et
incompréhensible. Fortement alarmé, je lui adressai
la parole, mais il ne répondit pas, et je commençais à
croire qu'il avait été pris d'un mal subit, quand je fis
attention à ses yeux, singulièrement brillants, et bra-
qués sur quelque objet derrière moi. Je tournai la tête,
et je n'oublierai jamais la joie extatique qui pénétra
chaque partie de mon être quand j'aperçus un grand
brick qui arrivait sur nous, et qui n'était guère à
plus de deux milles au large. Je sautai sur mes pieds,
comme si une balle de fusil m'avait frappé soudainement
au cœur, et, étendant mes bras dans la direction du
navire, je restai debout, immobile, incapable de prononcer une syllabe. Peters et Parker étaient également
émus, quoique d'une manière différente. Le premier
dansait sur le pont comme un fou, en débitant les
plus monstrueuses extravagances, entremêlées de hurlements et d'imprécations, pendant que le second fondait en
larmes, ne cessant, pendant quelques minutes encore,
de pleurer comme un petit enfant.

Le navire en vue était un grand brick-goëlette, bâti
à la hollandaise, peint en noir, avec une poulaine
voyante et dorée. Il avait évidemment essuyé passablement de gros temps, et nous supposâmes qu'il avait
beaucoup souffert de la tempête qui avait été la cause
de notre désastre; car il avait perdu son mât de hune de
misaine ainsi qu'une partie de son mur de tribord.
Quand nous le vîmes pour la première fois, il était, je

l'ai déjà dit, à deux milles environ, au vent, et arrivant sur nous. La brise était très-faible, et ce qui nous étonna le plus, c'est qu'il ne portait pas d'autres voiles que sa misaine et sa grande voile, avec un clin foc; — aussi ne marchait-il que très-lentement, et notre impatience montait presque jusqu'à la frénésie. La manière maladroite dont il gouvernait fut remarquée par nous tous, malgré notre prodigieuse émotion. Il donnait de telles embardées, qu'une fois ou deux nous crûmes qu'il ne nous avait pas vus, ou, qu'ayant découvert notre navire, mais n'ayant aperçu personne à bord, il allait virer de bord et reprendre une autre route. A chaque fois, nous poussions des cris et des hurlements de toute la force de nos poumons; et le navire inconnu semblait changer pour un moment d'intention et remettait le cap sur nous ; — cette singulière manœuvre se répéta deux ou trois fois, si bien qu'à la fin nous ne trouvâmes pas d'autre manière de nous l'expliquer que de supposer que le timonier était ivre.

Nous n'aperçûmes personne à son bord jusqu'à ce qu'il fût arrivé à un quart de mille de nous. Alors nous vîmes trois hommes qu'à leur costume nous prîmes pour des Hollandais. Deux d'entre eux étaient couchés sur de vieilles voiles près du gaillard d'avant, et le troisième, qui semblait nous regarder avec curiosité, était à l'avant, à tribord, près du beaupré. Ce dernier était un homme grand et vigoureux, avec la peau très-noire. Il semblait, par ses gestes, nous encourager à prendre patience, nous saluant joyeusement de la tête, mais d'une manière qui ne laissait pas que d'être bizarre, et sou-

riant constamment, comme pour déployer une rangée
de dents blanches très-brillantes. Comme le navire se
rapprochait, nous vîmes son bonnet de laine rouge
tomber de sa tête dans l'eau; mais il n'y prit pas garde,
continuant toujours ses sourires et ses gestes baroques.
Je rapporte minutieusement ces choses et ces circonstances, et je les rapporte, cela doit être compris, précisément *comme* elles nous *apparurent*.

Le brick venait à nous lentement et avec plus de
certitude dans sa manœuvre, et (je ne puis parler de
sang-froid de cette aventure) nos cœurs sautaient folle-
ment dans nos poitrines, et nous répandions toute notre
âme en cris d'allégresse et en actions de grâces à Dieu
pour la complète, glorieuse et inespérée délivrance que
nous avions si palpablement sous la main. Soudainement,
du mystérieux navire, qui était maintenant tout proche
de nous, nous arrivèrent, portées sur l'océan, une
odeur, une puanteur telles qu'il n'y a pas dans le monde
de mots pour l'exprimer, — infernales, suffocantes,
intolérables, inconcevables! J'ouvris la bouche pour
respirer, et, me tournant vers mes camarades, je m'a-
perçus qu'ils étaient plus pâles que du marbre. Mais nous
n'avions pas le temps de discuter ou de raisonner, — le
brick était à cinquante pieds de nous, — et il semblait
avoir l'intention de nous accoster par notre voûte, afin
que nous pussions l'aborder sans l'obliger à mettre un
canot à la mer. Nous nous précipitâmes à l'arrière, quand
tout à coup une forte embardée le jeta de cinq ou six
points hors de la route qu'il tenait, et comme il passait à
notre arrière à une distance d'environ vingt pieds, nous

vîmes en plein son pont. Oublierai-je jamais la triple
horreur de ce spectacle? Vingt-cinq ou trente corps humains, parmi lesquels quelques femmes, gisaient dissémi-
nés çà et là, entre l'arrière et la cuisine, dans le dernier et
le plus dégoûtant état de putréfaction ! Nous vîmes clairement qu'il n'y avait pas une âme vivante sur ce bateau
maudit ! Cependant nous ne pouvions pas nous empêcher
d'appeler ces morts à notre secours! Oui, dans l'agonie
du moment, nous avons longtemps et fortement prié ces
silencieuses et dégoûtantes images de s'arrêter pour
nous, de ne pas nous laisser devenir semblables à elles, et
de vouloir bien nous recevoir dans leur gracieuse compagnie ! L'horreur et le désespoir nous faisaient extra-
vaguer, — l'angoisse et la déception nous avaient rendus
absolument fous.

Quand nous poussâmes notre premier hurlement de
terreur, quelque chose répondit qui venait du côté du
beaupré du navire étranger, et qui ressemblait si parfaitement au cri d'un gosier humain que l'oreille la plus
délicate en aurait tressailli et s'y fût laissé prendre. En ce
moment, une autre embardée soudaine ramena pour
quelques minutes le gaillard d'avant sous nos yeux, et
du même coup nous aperçûmes la cause du bruit. Nous
vîmes le grand et robuste personnage toujours appuyé
sur la muraille, faisant toujours aller sa tête de çà de là,
mais la face tournée maintenant de manière que nous ne
pouvions plus l'apercevoir. Ses bras étaient étendus sur la
lisse, et ses mains tombaient en dehors. Ses genoux repo-
saient sur une grosse manœuvre, tendue roide et al-
lant du pied du beaupré à l'un des bossoirs. Sur son dos,

où une partie de la chemise avait été arrachée et laissait
voir le nu, se tenait une mouette énorme, qui se gorgeait
activement de l'horrible viande, son bec et ses serres
profondément enfouis dans le corps, et son blanc plumage tout éclaboussé de sang. Comme le brick continuait
à tourner comme pour nous voir de plus près, l'oiseau
retira péniblement du trou sa tête sanglante, et, après
nous avoir considérés un moment comme stupéfié, se
détacha paresseusement du corps sur lequel il se régalait,
puis il prit droit son vol au-dessus de notre pont et
plana quelque temps dans l'air avec un morceau de la
substance coagulée et quasi vivante dans son bec. A la
fin, l'horrible morceau tomba, avec un sinistre piaffe-
ment, juste aux pieds de Parker. Dieu veuille me pardon-
ner! mais alors, dans le premier moment, une pensée traversa mon esprit, — une pensée que je n'écrirai pas, — et
je me sentis faisant un pas machinal vers la place ensan-
glantée. Je levai les yeux, et mes regards rencontrèrent
ceux d'Auguste qui étaient chargés d'un reproche si
intense et si énergique que cela me rendit immédiatement à moi-même. Je m'élançai vivement, et, avec un
profond frisson, je jetai l'horrible chose à la mer.

Le corps d'où le morceau avait été arraché, reposant
ainsi sur cette manœuvre, oscillait aisément sous les
efforts de l'oiseau carnassier, et c'était ce mouvement
qui nous avait d'abord fait croire à un être vivant. Quand
la mouette le débarrassa de son poids, il chancela,
tourna et tomba à moitié, de sorte que nous pûmes voir
son visage en plein. Non, jamais spectacle ne fut plus
plein d'effroi! Les yeux n'existaient plus, et toutes les

chairs de la bouche rongées laissaient les dents entièrement à nu. Tel était donc ce sourire qui avait encouragé
notre espérance! Tel était... mais je m'arrête. Le brick,
comme je l'ai dit, passa à notre arrière, et continua sa
route lentement et régulièrement sous le vent. Avec lui
et son terrible équipage s'évanouirent toutes nos heu-
reuses visions de joie et de délivrance. Comme il mit
quelque temps à passer derrière nous, nous aurions
peut-être trouvé le moyen de l'aborder, si notre soudain
désappointement et la nature effrayante de notre découverte n'avaient pas anéanti toutes nos facultés morales et
physiques. Nous avions vu et senti, mais nous ne pûmes
penser et agir, hélas! que trop tard. On pourra juger
par ce simple fait combien cet incident avait affaibli nos
intelligences: — quand le navire se fut éloigné au point
que nous n'apercevions plus que la moitié de sa coque,
nous agitâmes sérieusement la proposition d'essayer de
l'attraper à la nage!

J'ai, depuis cette époque, fait tous mes efforts pour
éclaircir le vague horrible qui enveloppait la destinée
du navire inconnu. Sa coupe et sa physionomie générale
nous donnèrent à penser, comme je l'ai déjà dit, que
c'était un bâtiment de commerce hollandais, et le
costume de son équipage nous confirma dans cette
opinion. Nous aurions facilement pu lire son nom à son
arrière, et prendre aussi d'autres observations qui nous
auraient servi à déterminer son caractère; mais l'émotion
profonde du moment nous aveugla et nous cacha tout
indice de cette nature. D'après la couleur safranée de
quelques-uns des cadavres qui n'étaient pas tout à fait

décomposés, nous dûmes conclure que tout le monde à
bord était mort de la fièvre jaune ou de quelque autre
violent fléau d'espèce analogue. Si tel était le cas (et en
dehors de cela, je ne sais vraiment qu'imaginer), la mort,
à en juger par la position des corps, avait dû les surprendre d'une façon tout à fait soudaine et accablante,
d'une manière absolument distincte de celle qui caractérise même les pestes les plus mortelles avec lesquelles
l'humanité a pu jusqu'ici se familiariser. Dans le fait, il
se peut qu'un poison, introduit accidentellement dans
quelqu'une des provisions du bord, ait amené ce désastre;
peut-être avaient-ils mangé de quelque poisson inconnu,
d'une espèce venimeuse, ou d'oiseau océanique ou de
tout autre animal marin, que sais-je? — mais il est absolument superflu de former des conjectures sur un cas
qui est enveloppé tout entier, et qui restera sans doute
éternellement enveloppé dans le plus effrayant et le plus
insondable mystère.

XI

LA BOUTEILLE DE PORTO.

Nous passâmes le reste de la journée dans un état de
léthargie stupide, regardant toujours le navire, jusqu'au
moment où les ténèbres, le dérobant à notre vue, nous
rendirent pour ainsi dire à nous-mêmes. Les angoisses de
la faim et de la soif nous reprirent alors, absorbant tous
autres soucis et considérations. Il n'y avait toutefois rien

à faire jusqu'au matin, et, nous installant de notre
mieux, nous nous efforçâmes d'attraper un peu de repos.
J'y réussis, pour mon compte, au delà de mes espérances, et je dormis jusqu'au point du jour, quand mes
camarades, qui avaient été moins favorisés que moi,
m'éveillèrent pour recommencer nos malheureuses tentatives sur la cambuse.

Il faisait alors un calme plat, avec une mer plus unie
que je ne l'ai jamais vue, — le temps, chaud et agréable.
Le brick fatal était hors de vue. Nous commençâmes nos
opérations par arracher, mais non sans peine, un autre
porte-haubans de misaine ; et les ayant, tous les deux,
attachés aux pieds de Peters, il essaya d'arriver encore
une fois à la porte de la cambuse, pensant qu'il réussirait
peut-être à la forcer, pourvu cependant qu'il pût l'atteindre en très-peu de temps; et il y comptait, parce
que la carcasse du navire gardait sa position beaucoup
mieux qu'auparavant.

Il réussit en effet à atteindre très-vite la porte, et là,
détachant un des poids de sa cheville, il essaya de s'en servir pour l'enfoncer ; mais tous ses efforts furent vains, la
charpente étant beaucoup plus forte qu'il ne s'y était attendu. Il était complétement épuisé par ce long séjour
sous l'eau, et il devenait indispensable qu'un de nous le
remplaçât. Parker s'offrit immédiatement pour ce service ;
mais après trois voyages infructueux, il n'avait même pas
réussi à arriver jusqu'à la porte. L'état déplorable du bras
d'Auguste rendait de sa part tout essai superflu ; car fût-
il parvenu à atteindre la chambre, il eût été tout à fait
incapable d'en forcer l'entrée ; c'était donc à moi qu'in-

combait maintenant le devoir d'employer mes forces au salut de la communauté.

Peters avait laissé un des porte-haubans dans le passage, et je vis, sitôt que j'eus plongé, que je n'avais pas un poids suffisant pour me tenir solidement sous l'eau. Je résolus donc, pour ma première tentative, de retrouver d'abord et simplement l'autre poids. Dans ce but, je tâtais le plancher du couloir, quand je sentis quelque chose de dur, que j'empoignai immédiatement, n'ayant pas le temps de vérifier ce que c'était; puis je m'en revins et je remontai directement à la surface. Ma trouvaille était une bouteille, et on concevra quelle fut notre joie quand nous vîmes qu'elle était pleine de vin de Porto. Nous rendîmes grâces à Dieu pour cette consolation et ce secours si opportun, puis avec mon canif nous tirâmes le bouchon, et, pour une gorgée très-modérée qu'avala chacun de nous, nous nous en sentîmes singulièrement réconfortés, et comme inondés de chaleur, de forces et d'esprits vitaux. Nous rebouchâmes alors la bouteille soigneusement, et au moyen d'un mouchoir nous l'amarrâmes de façon qu'il lui fût impossible de se briser.

Je me reposai un peu après cette heureuse découverte, puis je descendis, et enfin je retrouvai le porte-haubans avec lequel je montai immédiatement. Après l'avoir attaché à mon pied, je me laissai couler pour la troisième fois, et il me fut démontré que je ne pourrais jamais réussir à forcer la porte de la cambuse. Je revins désolé.

Bien décidément, il fallait donc renoncer à toute espé-

rance, et je pus voir dans les physionomies de mes camarades qu'ils avaient pris leur parti de mourir. Le vin leur
avait donné une espèce de délire, dont ma dernière immersion m'avait peut-être préservé. Ils bavardaient d'une
manière incohérente, et sur des choses qui n'avaient aucun rapport avec notre situation, Peters m'accablant de
questions sur Nantucket. Auguste aussi, je me le rappelle,
s'approcha de moi, d'un air fort sérieux, et me pria de lui
prêter un peigne de poche, parce qu'il avait, disait-il, les
cheveux pleins d'écailles de poisson, et qu'il désirait se
nettoyer avant de débarquer. Parker semblait un peu
moins fortement affecté, et me pressait de plonger encore dans la chambre pour lui rapporter le premier objet
qui me tomberait sous la main. J'y consentis, et dès
la première tentative, après être resté sous l'eau une
bonne minute, je rapportai une petite malle de cuir appartenant au capitaine Barnard. Nous l'ouvrîmes immédiatement, avec le faible espoir qu'elle contiendrait
peut-être quelque chose à boire ou à manger ; mais nous
n'y trouvâmes rien qu'une boîte à rasoirs et deux chemises de toile. Je plongeai encore, et je revins sans aucun résultat. Comme ma tête sortait de l'eau, j'entendis
sur le pont le bruit de quelque chose qui se brisait, et, en
remontant, je vis que mes compagnons d'infortune
avaient ignoblement profité de mon absence pour boire le
reste du vin, et qu'ils avaient laissé tomber la bouteille
dans leur précipitation à la remettre en place avant que
je ne les surprisse. Je leur remontrai leur manque de
cœur, et Auguste fondit en larmes. Les deux autres es-
sayèrent de rire et de tourner la chose en plaisanterie ;

mais j'espère ne jamais plus avoir à contempler un rire pareil ; la convulsion de leurs physionomies était absolument effrayante. Dans le fait, il était visible que l'excitation produite dans leurs estomacs vides avait eu un effet violent et instantané, et qu'ils étaient tous effroyablement ivres. Ce ne fut qu'avec beaucoup de peine que j'obtins d'eux qu'ils se couchassent ; ils tombèrent presque aussitôt dans un lourd sommeil, accompagné d'une respiration haute et ronflante.

Je me trouvai alors, pour ainsi dire, seul sur le brick, et, certes, mes réflexions étaient de la nature la plus terrible et la plus noire. La seule perspective qui s'offrait à moi était de mourir de faim lentement, ou, en mettant les choses au mieux, d'être englouti par la première tempête qui s'élèverait ; car nous ne pouvions pas, dans notre état d'épuisement, conserver l'espoir de survivre à une nouvelle.

La faim déchirante que j'éprouvais alors était presque intolérable, et je me sentis capable des dernières extrémités pour l'apaiser. Avec mon couteau je coupai un petit morceau de la malle de cuir, et je m'efforçai de le manger ; mais il me fut absolument impossible d'en avaler même une parcelle ; cependant il me sembla qu'en mâchant et en chiquant le cuir par petits fragments j'obtenais un léger soulagement à mes souffrances. Vers le soir, mes compagnons se réveillèrent, un à un, et tous dans un état de faiblesse et d'horreur indescriptible, causé par le vin, dont les fumées étaient maintenant évaporées. Ils tremblaient, comme en proie à une violente fièvre, et imploraient de l'eau avec les cris les plus lamentables. Leur

situation m'affecta de la manière la plus vive, et néanmoins je ne pouvais m'empêcher de me réjouir de l'heureux accident qui m'avait empêché de me laisser tenter par
le vin, m'épargnant ainsi leurs sinistres et navrantes sensations. Cependant leur conduite m'alarmait et me causait
une très-forte inquiétude ; car il était évident qu'à moins
d'un changement favorable dans leur état, ils ne pourraient me prêter aucune assistance pour pourvoir à notre
salut commun. Je n'avais pas encore abandonné toute idée
de rapporter quelque chose d'en bas ; mais l'épreuve ne
pouvait se recommencer qu'à la condition que l'un d'eux
fût assez maître de lui-même pour tenir le bout de la
corde pendant que je descendrais. Parker semblait se posséder un peu mieux que les autres, et je m'efforçai de le
ranimer par tous les moyens possibles. Présumant qu'un
bain d'eau de mer pourrait avoir un heureux effet, je
m'avisai de lui attacher un bout de corde autour du corps,
et puis, le conduisant au capot-d'échelle (lui, restant toujours inerte et passif), je l'y poussai et l'en retirai immédiatement. J'eus lieu de me féliciter de mon expérience,
car il parut reprendre de la vie et de la force, et en remontant il me demanda d'un air tout à fait raisonnable pourquoi je le traitais ainsi. Quand je lui eus expliqué mon
but, il me remercia du service, et dit qu'il se sentait beaucoup mieux depuis son bain ; ensuite il parla sensé-
ment de notre situation. Nous résolûmes alors d'appli-
quer le même traitement à Auguste et à Peters, ce que
nous fîmes immédiatement, et le saisissement leur procura à tous deux un soulagement remarquable. Cette idée
d'immersion soudaine m'avait été suggérée par quelque

vieille lecture médicale sur les heureux effets de l'affu-
sion et de la douche dans les cas où le malade souffre du
delirium tremens.

Voyant que je pouvais enfin me fier à mes camarades
pour tenir le bout de la corde, je plongeai encore trois
ou quatre fois dans la cabine, bien qu'il fît tout à fait
nuit, et qu'une houle assez douce, mais très-allongée,
venant du nord, ballottât tant soit peu notre ponton.
Dans le cours de ces tentatives, je réussis à rapporter
deux grands couteaux de table, une cruche de la contenance de trois gallons, mais vide, enfin une couverture,
mais rien qui pût servir à soulager notre faim. Après
avoir trouvé ces divers articles, je continuai mes efforts
jusqu'à ce que je fusse complétement épuisé; mais je
n'attrapai plus rien. Pendant la nuit, Parker et Peters
firent la même besogne à tour de rôle ; mais on ne pouvait
plus mettre la main sur rien, et, persuadés que nous
nous épuisions en vain, de désespoir nous abandonnâmes l'entreprise.

Nous passâmes le reste de la nuit dans la plus terrible
angoisse morale et physique qui se puisse imaginer. Le
matin du 16 se leva enfin, et nos yeux cherchèrent avec
avidité le secours à tous les points de l'horizon, mais
vainement. La mer était toujours très-unie, avec une
longue houle du nord, comme la veille. Il y avait alors
six jours que nous n'avions goûté d'aucune nourriture ni
bu d'aucune boisson, à l'exception de la bouteille de
porto, et il était clair que nous ne pourrions résister que
fort peu de temps, à moins que nous ne fissions quelque
trouvaille. Je n'avais jamais vu et je désire ne jamais re-

voir des êtres humains aussi complétement émaciés que
Peters et Auguste. Si je les avais rencontrés à terre dans
leur état actuel, je n'aurais pas soupçonné que je les
eusse jamais connus. Leur physionomie avait complétement changé de caractère, si bien que je pouvais à
peine me persuader qu'ils étaient bien les mêmes individus avec lesquels j'étais en compagnie peu de jours auparavant. Parker, quoique piteusement réduit, et si faible
qu'il ne pouvait lever sa tête de sa poitrine, n'en était
cependant pas au même point que les deux autres. Il
souffrait avec une grande patience, ne poussait aucune
plainte, et tâchait de nous inspirer l'espérance par tous
les moyens qu'il pouvait inventer. Quant à moi, bien
que j'eusse été malade au commencement du voyage, et
que j'aie toujours été d'une constitution délicate, je souffrais moins qu'aucun d'eux ; j'étais moins amaigri, et
j'avais conservé à un degré surprenant les facultés de
mon esprit, pendant que les autres étaient complétement accablés et semblaient tombés dans une sorte de
seconde enfance, grimaçant un sourire niais, comme les
idiots, et proférant les plus absurdes bêtises. Par intervalles toutefois, et très-soudainement, ils semblaient revivre, comme inspirés tout d'un coup par la conscience
de leur situation ; alors ils sautaient sur leurs pieds
comme poussés par un accès momentané de vigueur, et
parlaient de la question d'une manière tout à fait rationnelle, mais pleine du plus intense désespoir. Il est bien
possible aussi que mes camarades aient eu de leur état
la même opinion que moi du mien, et que je me sois
rendu involontairement coupable des mêmes extrava-

gances et des mêmes imbécillités ; — c'est là un point
qu'il m'est impossible de vérifier.

Vers midi, Parker déclara qu'il voyait la terre du côté
de bâbord, et j'eus toutes les peines du monde à l'empêcher de se jeter à la mer pour gagner la côte à la nage.
Peters et Auguste ne firent pas grande attention à ce qu'il
disait ; ils semblaient tous deux ensevelis dans une contemplation morne. En regardant dans la direction indiquée, il me fut impossible d'apercevoir la plus légère
apparence de rivage : — d'ailleurs je savais trop bien que
nous étions loin de toute terre pour m'abandonner à une
espérance de cette nature. Il me fallut néanmoins beaucoup de temps pour convaincre Parker de sa méprise. Il
répandit alors un torrent de larmes, pleurnichant comme
un enfant, avec de grands cris et des sanglots, pendant
deux ou trois heures ; enfin, épuisé par la fatigue de son
désespoir, il s'endormit.

Peters et Auguste firent alors quelques efforts inefficaces pour avaler des morceaux de cuir. Je leur con-
seillai de chiquer le cuir et de le cracher, mais ils étaient
trop affreusement affaiblis pour exécuter mon conseil.
Je continuai à mâcher des morceaux par intervalles, et
j'en tirai quelque soulagement ; mais ma principale souffrance était la privation d'eau, et je ne résistai à l'envie
de boire de l'eau de mer qu'en me rappelant les horribles
conséquences qui en étaient résultées pour d'autres individus placés dans les mêmes conditions que nous.

Le jour s'écoula de cette façon, quand je découvris
soudainement une voile à l'est, dans la direction de notre
avant, du côté de bâbord. C'était, à ce qu'il me semblait.

8.

un grand navire, venant presque en travers de nous, et
sans doute à une distance de douze ou quinze milles.
Aucun de mes compagnons ne l'avait encore découvert,
et je me gardais bien de le leur montrer tout de suite,
dans la crainte que nous ne fussions encore frustrés de
notre espérance. A la longue, comme il approchait, je vis
positivement qu'il avait le cap droit sur nous, avec ses
voiles légères portant plein. Je ne pus me retenir plus
longtemps, et je le montrai à mes compagnons de souffrance. Ils se dressèrent immédiatement sur leurs pieds,
se livrant de nouveau aux plus extravagantes démonstrations de joie, pleurant, riant à la manière des idiots,
sautant, piétinant sur le pont, s'arrachant les cheveux,
priant et sacrant tour à tour. J'étais si influencé par leur
conduite, aussi bien que par cette perspective de délivrance que je considérais maintenant comme sûre, que
je ne pus m'empêcher de me joindre à eux, de participer
à leurs folies, et de donner pleine liberté à toutes les
explosions de ma joie et de mon bonheur, me vautrant
et me roulant sur le pont, frappant des mains, criant et
faisant mille enfantillages semblables, jusqu'à ce que je
fusse rappelé à moi-même et aux dernières limites du désespoir et de la misère humaine, en voyant tout à coup le
navire nous présenter maintenant son arrière en plein, et
gouverner d'un côté tout à fait opposé à celui où je l'a-
vais d'abord vu se diriger.

Il me fallut quelque temps pour démontrer notre nouveau malheur à mes pauvres camarades. Ils répondaient
à toutes mes assertions par des regards fixes et des gestes
qui signifiaient qu'ils ne pouvaient pas être dupes de pa-

railles plaisanteries. Ce fut Auguste dont la conduite me
fit le plus de mal. En dépit de tout ce que je pus dire ou
faire contre sa persuasion, il persista à affirmer que le
navire se rapprochait vivement de nous, et à faire ses
préparatifs pour monter à son bord. Il montrait quelques
plantes marines qui flottaient le long du brick, et il af-
firmait que c'était l'embarcation du navire ; il s'efforça
même de s'y jeter, hurlant et criant de manière à fendre
le cœur ; enfin j'employai la violence pour l'empêcher de
se précipiter dans la mer.

Quand nous fûmes un peu remis de notre émotion,
nous continuâmes à guetter le navire, jusqu'à ce que,
le temps s'étant couvert et une petite brise s'étant levée,
nous le perdîmes finalement de vue. Quand il eut entièrement disparu, Parker se tourna soudainement de mon
côté avec une telle expression dans sa physionomie, que
j'en eus le frisson. Il avait un air de tranquillité, un sang-
froid que je n'avais pas encore remarqué en lui jusqu'à
présent, et avant qu'il eût ouvert la bouche, mon cœur
m'avait appris ce qu'il allait dire. Il me proposa, en termes brefs, que l'un de nous fût sacrifié pour sauver
l'existence des autres.

XII

LA COURTE PAILLE.

Depuis quelque temps déjà j'avais réfléchi au cas où
nous serions réduits à cette épouvantable extrémité, et

j'avais pris la résolution secrète d'endurer n'importe quelle
espèce de mort plutôt que d'invoquer une pareille ressource. Et cette résolution n'avait été en aucune façon
affaiblie par la violence de la faim qui me travaillait. La
proposition n'avait été entendue ni par Auguste ni par
Peters. Je pris donc Parker à part, et priant Dieu menta-
lement de me donner assez d'éloquence pour le dissua-
der de son abominable projet, je lui fis de longues re-
montrances, je le suppliai ardemment, je l'implorai au
nom de tout ce qu'il tenait pour sacré, je le pressai, par
toutes les espèces d'arguments que me suggéra ce cas
suprême, d'abandonner son idée et de n'en faire part à
aucun des deux autres.

Il écouta tout ce que je lui dis sans essayer de réfuter
mes raisons, et je commençais à espérer que je parvien-
drais à le dominer; mais quand j'eus cessé de parler, il répondit qu'il savait que tout ce que je venais de dire était
vrai, et que recourir à un pareil moyen était la plus horrible alternative qui pût se présenter à l'esprit humain;
mais qu'il avait souffert aussi longtemps que la nature
le pouvait endurer; qu'il n'était pas utile que tous mou-
russent quand il était possible, et même probable, que
par la mort d'un seul les autres fussent définitivement
sauvés; ajoutant que je pouvais m'épargner la peine de
vouloir le détourner de son projet, parce qu'il avait entièrement arrêté sa résolution là-dessus, même avant
l'apparition du navire, et que c'était cette apparition
seule qui l'avait empêché de faire sa proposition plus
tôt.

Je le suppliai alors, si je ne pouvais pas obtenir qu'il

lâchât son projet, de le différer au moins jusqu'à un
autre jour, puisque quelque navire pouvait encore venir
à notre secours ; je repris tous les arguments qui me
vinrent à l'esprit, et ceux que je présumai bons pour in-
fluencer une rude nature comme la sienne. Il me répondit qu'il avait attendu, pour parler de cela, aussi longtemps que possible, — jusqu'à l'instant suprême ; qu'il
ne lui était pas possible de vivre sans un aliment quelconque ; et, conséquemment, que son idée, renvoyée à
un autre jour, viendrait trop tard, — du moins en ce qui
le concernait.

Voyant que rien ne l'émouvait et que je ne pouvais pas
le prendre par la douceur, j'usai d'un ton différent, et je
lui dis qu'il devait savoir que j'avais souffert moins qu'aucun d'eux de toutes nos calamités, que j'étais donc en
ce moment bien supérieur en force et en santé, non-seulement à lui, mais même à Peters et à Auguste ; bref, que
j'étais en mesure d'employer la force si je le jugeais nécessaire ; et que, s'il essayait d'une façon quelconque de
faire part aux autres de son affreux projet de carnibale, je
n'hésiterais pas à le jeter à la mer. Là-dessus, il m'empoigna immédiatement à la gorge, et, tirant un couteau,
il fit quelques efforts inutiles pour me frapper à l'estomac,
atrocité que son extrême faiblesse l'empêcha seule d'accomplir. Cependant, monté à un haut degré de colère,
je le poussai jusqu'au bord du navire, avec la ferme intention de le jeter par-dessus bord. Mais il fut sauvé de sa destinée par l'intervention de Peters, qui s'approcha et nous
sépara, demandant le sujet de la querelle. Parker le lui
dit avant que j'eusse trouvé un moyen de l'en empêcher.

L'effet de ses paroles fut encore plus terrible que je ne m'y étais attendu. Auguste et Peters, qui depuis long-temps, à ce qu'il paraît, nourrissaient en secret la ter-rible pensée que Parker avait simplement émise le pre-mier, s'accordèrent avec lui, et insistèrent pour la mettre immédiatement à exécution. J'avais présumé que l'un des deux au moins aurait encore assez de force d'âme et serait assez maître de lui pour se ranger de mon côté et s'opposer à l'exécution de cet affreux dessein ; et avec l'aide de l'un d'eux je me croyais parfaitement capable d'en empêcher l'accomplissement. Frustré de cette espé-rance, il devenait indispensable pour moi de pourvoir à ma propre sûreté ; car une plus longue résistance de ma part pouvait être considérée par ces hommes qu'exaspé-rait leur situation comme une excuse suffisante pour me refuser mon franc jeu dans la tragédie qui allait main-tenant se jouer vivement.

Je leur dis que j'adhérais volontiers à la proposition, et que je demandais simplement un délai d'une heure à peu près pour laisser au brouillard qui nous enveloppait le temps de s'élever, parce qu'alors le navire que déjà nous avions aperçu serait peut-être encore en vue. Après de longues difficultés, j'obtins d'eux la promesse d'at-tendre encore jusque-là ; et, comme je l'avais espéré, grâce à une brise qui survint rapidement, la brume s'é-leva avant l'expiration de l'heure ; mais aucun navire n'apparaissant à l'horizon, nous nous préparâmes à tirer au sort.

C'est avec une excessive répugnance que je m'étends sur la scène épouvantable qui suivit, scène qu'aucun

événement postérieur n'a pu effacer de ma mémoire, —
qui y est restée gravée avec ses plus minutieux détails, et
dont le cruel souvenir empoisonnera chaque instant de
mon existence à venir. Qu'il me soit permis d'expédier
cette partie de mon récit aussi promptement que le com-
porte la nature des incidents à relater. La seule méthode
qui fût à notre disposition pour cette terrible loterie, dans
laquelle nous avions chacun une chance à courir, était
de tirer à la courte paille. De petits éclats de bois pouvaient
remplir le but proposé, et il fut convenu que je tiendrais
les lots. Je me retirai à un bout du navire, pendant que
mes pauvres camarades prirent silencieusement position
à l'autre bout, en me tournant le dos. Le moment le plus
cruel de ce terrible drame, le plus plein d'angoisse, fut
pendant que je m'occupais de l'arrangement des lots. Il
est peu de situations décisives pour l'homme où il n'attache pas à la conservation de son existence un profond
intérêt, — intérêt qui s'accroît de minute en minute avec
la fragilité du lien où cette existence est suspendue. Mais
maintenant, la nature silencieuse, positive, rigoureuse, de
la besogne à laquelle je me livrais (si différente des tu-
multueux périls de la tempête ou des horreurs graduées
et progressives de la famine) me donna à réfléchir sur le
peu de chances que j'avais d'échapper à la plus effrayante
des morts, — à une mort de la plus effrayante utilité, —
et chaque parcelle de cette énergie qui m'avait si longtemps soutenu fuyait maintenant comme les plumes devant le vent, me laissant la proie impuissante de la plus
abjecte, de la plus pitoyable terreur. D'abord, je ne pus
même pas trouver la force suffisante pour arracher et pour

assembler les petites esquilles de bois; mes doigts me refusaient absolument leur service, et mes genoux cla-
quaient violemment l'un contre l'autre. Mon esprit par-
courut rapidement mille absurdes expédients pour éviter
de jouer mon jeu dans cette affreuse spéculation. Je pensai à me jeter aux genoux de mes camarades et à les supplier de me permettre de me soustraire à cette nécessité;
à me précipiter sur eux à l'improviste, à en mettre un à
mort, et à rendre ainsi superflue la décision par le sort;
— bref, je pensai à tout, excepté à exécuter ce que j'a-
vais à faire. A la fin, après avoir perdu beaucoup de
temps dans cette conduite imbécile, je fus rappelé à moi-
même par la voix de Parker, qui me pressait de les tirer
enfin de la terrible inquiétude qu'ils enduraient. Et encore, je ne pus me résigner à arranger sur le champ les
éclats de bois. Je me pris à réfléchir sur toutes les finasse-
ries à employer pour tricher au jeu, et pour induire un
de mes pauvres compagnons d'infortune à tirer la courte
paille, puisqu'il avait été convenu que celui qui tirerait la
plus courte des quatre esquilles mourrait pour la conservation des autres. Que quiconque a envie de me condamner pour cette apparente infamie veuille bien se
placer dans une position exactement semblable à la
mienne!

Enfin aucun délai n'était plus possible, et, sentant mon
cœur près d'éclater dans ma poitrine, je m'avançai vers
le gaillard d'avant, où mes camarades m'attendaient. Je
présentai ma main avec les esquilles, et Peters tira immédiatement. Il était libre! — son esquille, du moins,
n'était pas la plus courte; j'avais donc maintenant une

chance de plus contre moi. Je rassemblai toute mon énergie, et je tendis les lots à Auguste. Il tira immédiatement
le sien et se trouva également libre ; et maintenant, que
je dusse vivre ou mourir, les chances étaient précisément
égales. En ce moment, toute la férocité du tigre s'empara
de mon cœur, et je sentis contre Parker, mon semblable,
mon pauvre camarade, la haine la plus intense et la plus
diabolique. Mais ce sentiment ne dura pas, et à la longue,
avec un frisson convulsif et les yeux fermés, je tendis
vers lui les deux esquilles restantes. Il s'écoula bien cinq
bonnes minutes avant qu'il pût se résoudre à tirer la sienne,
et, durant ce siècle d'indécision à déchirer le cœur, je
n'ouvris pas une seule fois les yeux. Enfin un des lots fut
vivement tiré de ma main. Le sort était décidé, mais je
ne savais pas s'il était pour ou contre moi. Personne ne
disait mot, et je n'osais pas éclaircir mon incertitude en
regardant le morceau qui me restait. A la fin, Peters me
saisit la main, et je m'efforçai de regarder ; mais je vis
tout de suite, à la physionomie de Parker, que j'étais
sauvé et qu'il était la victime condamnée. Je respirai
convulsivement, et je tombai sur le pont sans connaissance.

Je revins à temps de mon évanouissement pour voir le
dénoûment de la tragédie et assister à la mort de celui
qui, comme auteur de la proposition, était, pour ainsi dire,
son propre meurtrier. Il ne fit aucune résistance, et,
frappé dans le dos par Peters, il tomba mort sur le coup.
Je n'insisterai pas sur le terrible festin qui s'ensuivit immédiatement : ces choses-là, on peut se les figurer, mais les
mots n'ont pas une vertu suffisante pour frapper l'esprit

9

de la parfaite horreur de la réalité. Qu'il me suffise de dire qu'après avoir, jusqu'à un certain point, apaisé dans le sang de la victime la soif enragée qui nous dévorait, et détaché d'un commun accord les mains, les pieds et la tête, que nous jetâmes à la mer avec les entrailles, nous dévorâmes le reste du corps, morceau par morceau, durant les quatre jours à jamais mémorables qui suivirent, 17, 18, 19 et 20 juillet.

Le 19, il survint une superbe averse qui dura quinze ou vingt minutes, et qui nous permit de ramasser un peu d'eau au moyen d'un drap que notre drague avait pêché dans la cabine juste après la tempête. La quantité que nous recueillîmes ainsi ne montait pas en tout à plus d'un demi-gallon ; mais cette chétive provision suffit pourtant à nous rendre, comparativement, un peu de force et d'espérance.

Le 21, nous fûmes de nouveau réduits à la dernière extrémité. La température se maintenait chaude et agréable, avec quelque brouillard et de petites brises, variant généralement du nord à l'ouest.

Le 22, comme nous étions tous trois assis, serrés l'un contre l'autre, et rêvant mélancoliquement à notre lamentable situation, mon esprit fut traversé d'une idée soudaine qui brilla comme un vif rayon d'espérance. Je me souvins que, quand le mât de misaine avait été coupé, Peters se trouvant au vent, dans les porte-haubans, m'avait passé une des haches, en me priant de la mettre, s'il était possible, en lieu de sûreté, et que, quelques minutes avant le dernier coup de mer qui avait attrapé et inondé le brick, j'avais serré cette hache dans le gaillard d'avant et l'avais déposée dans un des cadres de bâbord. Je pensais maintenant que, si nous pouvions mettre la main dessus, il nous serait peut-être possible d'ouvrir le pont au-dessus de la cambuse et de nous procurer ainsi des provisions sans difficulté.

Quand je communiquai ce projet à mes camarades, ils poussèrent un faible cri de joie, et nous allâmes immédiatement vers le gaillard d'avant. Ici la difficulté de descendre se présentait beaucoup plus grande que pour la cabine, l'ouverture étant beaucoup plus étroite; car on se rappelle que toute la charpente autour du capot-d'échelle de la chambre avait été enlevée, tandis que le passage vers le gaillard d'avant, n'étant qu'une simple écoutille de trois pieds carrés environ, était resté intact. Cependant je n'hésitai pas à tenter l'aventure, et une corde ayant été assujettie autour de mon corps, comme précédemment, je plongeai hardiment, les pieds les premiers; je parvins rapidement au cadre, et du premier coup je rapportai la hache. Elle fut saluée avec extase, avec des cris de joie et de triomphe, et la facilité avec laquelle nous l'avions trouvée fut considérée comme un présage de notre salut définitif.

Nous commençâmes à attaquer le pont avec toute l'énergie de l'espérance rallumée, Peters et moi jouant de la hache à tour de rôle; quant à Auguste, son bras blessé l'empêchait de nous rendre aucun service. Comme nous étions encore trop faibles pour rester ainsi debout sans nourriture, et que nous ne pouvions pas conséquemment travailler une minute ou deux sans nous reposer, il devint bientôt évident

qu'il nous faudrait plusieurs longues heures pour accomplir une pareille tàche, — c'est-à-dire pour prati-
quer une ouverture suffisamment large et nous frayer
un libre accès vers la cambuse. Cette considération, toutefois, ne nous découragea pas, et, travaillant toute la
nuit à la clarté de la lune, le matin du 23, au point du
jour, nous en étions venus à nos fins.

Peters s'offrit alors pour descendre, et, ayant fait
tous ses préparatifs ordinaires, il plongea et revint bientôt, rapportant avec lui une petite jarre, qui, à notre
grande joie, se trouva être pleine d'olives. Nous nous
les partageâmes, et nous les dévorâmes avec la plus grande
avidité; puis nous descendîmes Peters de nouveau. Il
réussit cette fois au delà de toutes nos espérances, car il
revint immédiatement avec un gros jambon et une bouteille de madère. Nous ne bûmes du vin qu'un petit coup
chacun, sachant maintenant par expérience quels dangers il y avait à s'y livrer immodérément. Le jambon,
sauf la valeur de deux livres environ près de l'os, avait
été entièrement gâté par l'eau salée et n'était pas dans
un état mangeable. La partie saine fut partagée en trois
parts. Peters et Auguste, incapables de maîtriser leur
appétit, engloutirent la leur immédiatement; pour moi,
je fus plus prudent, et, redoutant la soif qui devait en
résulter, je ne mangeai qu'un petit morceau de la mienne.
Alors nous nous reposâmes un peu de notre labeur, qui
avait été horriblement rude.

Vers midi, nous sentant un peu remis et fortifiés, nous
recommençâmes nos attaques sur les provisions, Peters
et moi plongeant alternativement, et toujours avec plus

ou moins de succès, jusqu'au coucher du soleil. Pendant cet intervalle, nous eûmes le bonheur de rapporter en tout quatre nouvelles petites jarres d'olives, un autre jambon, une grosse bouteille d'osier contenant presque trois gallons d'excellent madère et, ce qui nous fit encore plus de plaisir, une petite tortue de l'espèce galapago; le capitaine Barnard, au moment où le *Grampus* quittait le port, en avait reçu à son bord plusieurs de la goëlette *Mary Pitts,* qui revenait d'un voyage dans le Pacifique à la chasse du veau marin.

Dans une partie subséquente de ce récit, j'aurai fréquemment l'occasion de parler de cette espèce de tortue. On la trouve principalement, comme la plupart de mes lecteurs le savent, dans le groupe d'îles appelées les *Galapagos,* qui, dans le fait, tirent leur nom de l'animal, — le mot espagnol *galapago* signifiant tortue d'eau douce. Sa forme particulière et son allure lui font donner quelquefois le nom de tortue-éléphant. On en trouve souvent qui sont d'une grosseur énorme. J'en ai vu moi-même quelques-unes qui pesaient de douze à quinze cents livres, bien que je n'aie pas souvenir qu'aucun navigateur ait parlé de tortues de cette espèce pesant plus de huit cents livres. Leur aspect est singulier, et même répugnant. Leur démarche est très-lente, mesurée, lourde, le corps s'élevant à peu près à un pied du sol. Le cou est long et excessivement grêle; la longueur ordinaire de ce cou est de dix-huit pouces à deux pieds, et j'en ai tué une chez qui la distance de l'épaule à l'extrémité de la tête n'était pas de moins de trois pieds dix pouces. La tête a une ressemblance frappante avec celle d'un serpent. Elles peuvent vivre sans manger pendant un temps si long que c'est presque incroyable, et l'on cite des cas où des tortues de cette espèce ont été jetées dans la cale d'un navire et y sont restées deux ans sans aucune nourriture, aussi grasses et à tous égards aussi bien portantes à l'expiration de ce terme qu'au moment même où on les y avait mises. Par une particularité de leur organisme ces singuliers animaux ressemblent au dromadaire ou chameau du désert. Elles portent toujours une provision d'eau dans une poche à la naissance du cou. En les tuant après les avoir privées de toute nourriture pendant une année entière, on a quelquefois trouvé dans la poche de quelques-unes de ces tortues jusqu'à trois gallons d'eau parfaitement douce et fraîche. Elles mangent principalement du persil sauvage et du céleri, avec du pourpier, de la soude et des raquettes, ce dernier végétal, qui leur profite d'une manière étonnante, existant en grande abondance sur le versant des collines près du rivage où l'on trouve l'animal lui-même. Cette tortue, un aliment excellent et des plus substantiels, a servi sans aucun doute à conserver l'existence de milliers de marins employés à la pêche de la baleine et autres spéculations dans le Pacifique.

Celle que nous eûmes la chance de rapporter de la cambuse n'était pas très-grosse et pesait probablement soixante-cinq ou soixante-dix livres. C'était une femelle, dans un état excellent, excessivement grasse, et ayant dans son sac plus d'un quart de gallon d'eau douce et limpide. C'était vraiment un trésor ; et, tombant sur nos genoux d'un commun accord, nous rendîmes à Dieu des actions de grâces ferventes pour ce soulagement si opportun.

Nous eûmes beaucoup de peine à faire passer l'animal par l'ouverture ; car il résistait avec fureur, et sa force était prodigieuse. Il était sur le point d'échapper des mains de Peters et de retomber dans l'eau, quand Auguste, lui jetant autour du cou une corde à nœud coulant, le retint par ce moyen jusqu'à ce que j'eusse sauté dans le trou à côté de Peters pour l'aider à soulever la bête jusqu'au pont.

Nous transvasâmes joyeusement l'eau du sac de l'animal dans la cruche que nous avions, comme on se le rappelle, rapportée précédemment de la cabine. Ensuite nous cassâmes le goulot d'une bouteille, de manière à faire à l'aide du bouchon, une espèce de verre à boire qui ne contenait pas tout à fait le quart d'une pinte. Nous bûmes chacun un de ces verres plein, et nous résolûmes de nous restreindre à cette quantité par jour, aussi longtemps que pourrait durer la provision.

Durant les deux ou trois derniers jours, le temps ayant été sec et doux, les couvertures que nous avions tirées de la cabine se trouvèrent complétement séchées, ainsi que nos vêtements, de sorte que nous passâmes cette nuit (la nuit du 23) dans une espèce de bien-être relatif, et que nous jouîmes d'un sommeil paisible, après nous être régalés d'olives et de jambon, ainsi que d'une petite ration de vin. Comme nous avions peur de voir quelqu'une de nos provisions filer par-dessus bord pendant la nuit, au cas où la brise se lèverait, nous les assujettîmes de notre mieux avec une corde aux débris du guindeau. Quant à notre tortue, que nous tenions vive-

ment à conserver vivante aussi lontemps que possib'e,
nous la tournâmes sur le dos, et nous l'attachâmes d'ailleurs soigneusement.

XIII

ENFIN !

24 juillet. — Le matin du 24 nous trouva singulièrement restaurés en forces et en courage. Malgré la situation périlleuse où nous étions placés, — ignorant notre
position, à coup sûr loin de toute terre, — sans plus de
nourriture que pour une quinzaine, même en la ména-
geant soigneusement, — entièrement privés d'eau, et
flottant çà et là, sur la plus piteuse épave du monde, à
la merci de la houle et du vent, — les angoisses et les
dangers infiniment plus terribles auxquels nous avions
tout récemment et si providentiellement échappé nous
faisaient considérer nos souffrances actuelles comme
quelque chose d'assez ordinaire, — tant il est vrai que
le bonheur et le malheur sont purement relatifs.

Au lever du soleil nous nous préparions à recommencer
nos tentatives pour rapporter quelque chose de la cambuse, quand, une vigoureuse averse étant survenue, nous
mîmes tous nos soins à recueillir de l'eau avec le
drap qui nous avait déjà servi à cet effet. Nous n'avions
pas d'autre moyen pour recueillir la pluie que de tenir le
drap tendu par le milieu avec une des ferrures des porte-
haubans de misaine. L'eau, ainsi ramassée au centre, s'é-

gouttait dans notre cruche. Nous l'avions presque remplie
par ce procédé, quand une forte rafale survenant du nord
nous contraignit à lâcher prise ; car notre bateau commençait à rouler si violemment que nous ne pouvions plus nous
tenir sur nos pieds. Nous allâmes alors à l'avant, et, nous
amarrant solidement au guindeau comme nous avions
déjà fait, nous attendîmes les événements avec beaucoup
plus de calme que nous ne l'aurions cru possible dans de
pareilles circonstances. A midi, le vent avait fraîchi ;
c'était déjà une brise à serrer deux ris, et, à la nuit,
une brise carabinée, accompagnée d'une houle effroyablement grosse. Cependant l'expérience nous ayant appris la meilleure méthode pour arranger nos amarres,
nous supportâmes cette triste nuit sans trop d'inquiétude,
bien que nous fussions à chaque minute entièrement
inondés, et en perpétuel danger d'être balayés par la mer.
Très-heureusement, le temps extrêmement chaud rendait
l'eau presque agréable.

25 *juillet*. — Ce matin-là, la tempête calmée n'était
plus qu'une brise à filer dix nœuds, et la mer était si
considérablement tombée que nous pouvions nous tenir
au sec sur le pont ; mais, à notre grand chagrin, nous vîmes que deux de nos jarres d'olives, aussi bien que tout
le jambon, avaient été balayés par-dessus bord, en dépit de tout le soin que nous avions mis à les attacher.
Nous résolûmes de ne pas encore tuer la tortue, et nous
nous contentâmes pour le présent de déjeuner de quelques olives et d'une petite ration d'eau à moitié étendue
de vin ; ce mélange servit beaucoup à nous soulager et à
nous ranimer, et nous évitâmes ainsi la douloureuse

9.

ivresse qui était résultée du porto. La mer était encore
trop grosse pour recommencer nos tentatives sur la cambuse. Pendant la journée, plusieurs articles, sans importance pour nous, dans notre situation présente, montèrent
à la surface à travers l'ouverture et glissèrent immédiatement par-dessus bord. Nous observâmes aussi que notre
carcasse donnait de plus en plus de la bande, si bien que
nous ne pouvions plus nous tenir un instant debout sans
nous attacher. Aussi nous passâmes une journée mélan-
colique et des plus pénibles. A midi le soleil nous apparut presque au-dessus de nos têtes, et nous ne doutâmes
pas que cette longue suite de vents de nord et de nord-
ouest ne nous eût entraînés presque à proximité de l'é-
quateur. Vers le soir, nous vîmes quelques requins, et
nous fûmes passablement alarmés par l'un d'eux, un
énorme, qui s'approcha de nous d'une façon tout à fait
audacieuse. Un instant, comme une embardée avait fait
plonger le pont très-avant dans l'eau, le monstre nageait
positivement au-dessus de nous; il se débattit pendant
quelques moments juste au-dessus de l'écoutille, et frappa
vivement Peters avec sa queue. Un fort coup de mer le
roula par-dessus bord à notre grande satisfaction. Avec un
temps calme, nous nous en serions facilement emparés.

26 *juillet*. — Ce matin, le vent était bien tombé, et,
la mer n'étant plus très-grosse, nous résolûmes de reprendre notre pêche aux provisions dans la cambuse.
Après un rude labeur qui dura toute la journée, nous
vîmes qu'il n'y avait plus rien à espérer de ce côté, parce
que les cloisons avaient été défoncées pendant la nuit
et que les provisions avaient roulé dans la cale. Cette dé-

couverte, comme on doit le penser, nous remplit de désespoir.

27 *juillet*. — Mer presque unie, avec une légère
brise, et toujours du nord ou de l'ouest. Le soleil dans
l'après-midi étant devenu très-chaud, nous nous sommes
occupés à sécher nos vêtements. Trouvé beaucoup de
soulagement contre la soif et de bien-être de toute façon
en nous baignant dans la mer ; mais il nous fallut user en
cela de beaucoup de prudence, car nous avions une
grande peur des requins, dont nous avions vu nager
quelques-uns autour du brick pendant la journée.

28 *juillet*. — Toujours beau temps. Le brick commençait alors à se coucher sur le côté d'une manière si
alarmante que nous craignions qu'il ne tournât définitivement, la carène en l'air. Nous nous préparâmes de
notre mieux à cet accident. Notre tortue, notre cruche
d'eau et les deux jarres restantes d'olives, nous attachâmes tout du côté du vent, aussi loin que possible en
dehors de la coque, au-dessous des grands porte-haubans.
Toute la journée, une mer très-unie, avec peu ou point
de vent.

29 *juillet*. — Continuation du même temps. Le bras
blessé d'Auguste commençait à donner des symptômes
de gangrène. Mon ami se plaignait d'un engourdissement
et d'une soif excessive ; mais de douleur aiguë, point.
Nous ne pouvions rien faire pour le soulager, si ce n'est
de frotter ses blessures avec un peu du vinaigre des olives, et il ne semblait pas qu'il en résultât aucun avantage. Nous fîmes pour lui tout ce qui était en notre pouvoir, et nous triplâmes sa ration d'eau.

30 *juillet*. — Journée excessivement chaude, sans
vent. Un énorme requin s'est tenu le long de la coque
pendant toute l'après-midi. Nous avons fait quelques
tentatives infructueuses pour le prendre au moyen d'un
nœud coulant. Auguste allait beaucoup plus mal et s'af-
faiblissait évidemment autant par manque d'une nourriture convenable que par l'effet de ses blessures. Il suppliait sans cesse qu'on le délivrât de ses souffrances,
disant qu'il n'aspirait qu'à la mort. Ce soir-là, nous man-
geâmes nos dernières olives, et nous trouvâmes l'eau de
notre cruche trop putride pour pouvoir l'avaler sans y
mêler un peu de vin. Il fut décidé que nous tuerions notre tortue dans la matinée.

31 *juillet*. — Après une nuit d'inquiétude et de fatigue
excessives, dues à la position du navire, nous nous mîmes à tuer et à dépecer notre tortue. Il se trouva qu'elle
était beaucoup moins forte que nous ne l'avions supposé,
quoique de bonne qualité; — toute la chair que nous en
pûmes tirer ne montait pas à plus de dix livres. Dans le
but d'en réserver une portion aussi longtemps que possible, nous la coupâmes en tranches très-minces, nous en
remplîmes les trois jarres restantes et la bouteille au madère (que nous avions précieusement conservées), et
nous versâmes dessus le vinaigre des olives. De cette
façon, nous mîmes de côté trois livres environ de chair
de tortue, nous promettant de n'y pas toucher avant
d'avoir consommé le reste. Nous résolûmes de nous restreindre à une ration de 4 onces à peu près de viande
par jour; le tout devait donc nous durer treize jours. A
la brune, pluie intense accompagnée d'éclairs et de vio-

lents coups de tonnerre, — mais qui dura si peu de temps que nous ne pûmes recueillir à peu près qu'une demi-pinte d'eau. D'un consentement commun, nous donnâmes tout à Auguste, qui semblait maintenant à la dernière extrémité. Il buvait l'eau à même le drap à mesure que nous la recueillions, lui couché sur le pont, et nous, tenant le drap de manière à laisser couler l'eau dans sa bouche ; car il ne nous restait rien qui pût servir à contenir l'eau, à moins de vider le vin de la grosse bouteille d'osier, ou l'eau croupie de la cruche. Nous aurions eu cependant recours à l'un de ces expédients si l'averse avait duré.

Le malade ne sembla tirer de son breuvage qu'un pauvre soulagement. Son bras était complétement noir depuis le poignet jusqu'à l'épaule, et ses pieds étaient comme de la glace. Nous nous attendions à chaque instant à lui voir rendre le dernier soupir. Il était effroyablement amaigri ; à ce point que, bien qu'il pesât cent vingt-sept livres en quittant Nantucket, maintenant il ne pesait pas plus de *quarante ou cinquante livres au maximum*. Ses yeux étaient profondément enfoncés dans sa tête, visibles à peine, et la peau de ses joues pendait, lâche et traînante, au point de l'empêcher de mâcher aucune nourriture ou d'avaler aucun liquide à moins d'une excessive difficulté.

1er *août*. — Toujours le même temps : grand calme, avec un soleil étouffant. Horriblement souffert de la soif, l'eau de la cruche étant absolument putride et fourmillant de vermine. Nous réussîmes cependant à en avaler une partie en la mêlant avec du vin ; — mais notre soif

n'en fut que médiocrement apaisée. Nous trouvâmes
plus de soulagement à nous baigner dans la mer, mais
nous ne pûmes recourir à cet expédient qu'à de longs
intervalles, à cause de la présence continuelle des requins. Ce fut alors chose démontrée pour nous qu'Auguste était perdu ; évidemment il se mourait. Nous ne
pouvions rien faire pour diminuer ses souffrances, qui
semblaient horribles. Vers midi, il expira dans de violentes convulsions, et sans avoir proféré un mot depuis
plusieurs heures. Sa mort nous pénétra des plus mélancoliques pressentiments et eut sur nos esprits un effet si
puissant, que nous restâmes couchés auprès du corps
tout le reste du jour, sans échanger une parole, si ce
n'est à voix basse. Ce ne fut qu'après la tombée de la
nuit que nous eûmes le courage de nous lever et de jeter le cadavre par-dessus bord. Il était alors hideux au
delà de toute expression, et dans un tel état de décom-
position, que Peters ayant essayé de le soulever, une
jambe entière lui resta dans la main. Quand cette masse
putréfiée glissa dans la mer par-dessus le mur du navire,
nous découvrîmes, à la clarté phosphorique dont elle était
pour ainsi dire enveloppée, sept ou huit requins, dont
les affreuses dents rendirent, pendant qu'ils se parta-
geaient leur proie par lambeaux, un craquement sinistre
qui aurait pu être entendu à la distance d'un mille. A
ce bruit funèbre, nous fûmes pénétrés d'horreur jusqu'au plus profond de notre être.

2 *août*. — Même temps, calme terrible, chaleur excessive. L'aube nous a surpris dans un état d'abattement
pitoyable et de complet épuisement physique. L'eau de

la cruche n'était vraiment plus potable ; ce n'était qu'une
épaisse masse gélatineuse, mélange effrayant de vers et
de vase. Nous la jetâmes, et, après avoir lavé soigneusement la cruche dans la mer, nous y versâmes un peu de
vinaigre des bouteilles où nous faisions mariner les
débris de la tortue. Notre soif alors était presque intolérable, et nous essayâmes vainement de l'apaiser par le
vin, qui semblait de l'huile sur le feu et qui nous poussait
à une violente ivresse. Nous essayâmes ensuite de soulager
nos souffrances par le mélange du vin avec l'eau de mer;
mais il en résulta immédiatement les plus violentes nau-
sées, de sorte que nous n'y revînmes plus. Pendant tout
le jour nous guettâmes avec anxiété l'occasion de nous
baigner, mais vainement ; car notre ponton était littéralement assiégé de tous côtés par les requins, — les mêmes
monstres, sans aucun doute, qui avaient dévoré notre
pauvre camarade dans la soirée précédente, et qui attendaient à chaque instant un nouveau régal de même nature. Cette circonstance nous causa le regret le plus amer
et nous remplit des pressentiments les plus mélancoliques et les plus accablants. Le bain nous avait déjà pro-
curé un soulagement inconcevable, et nous ne pouvions
endurer l'idée de nous voir frustrés de cette ressource
d'une manière si affreuse. D'ailleurs nous n'étions pas absolument libres de toute crainte ni à l'abri d'un danger
immédiat; car la plus légère glissade ou un faux mouvement pouvait nous jeter à la portée de ces poissons
voraces, qui venaient en nageant sous le vent et poussaient souvent droit jusqu'à nous. Ni cris ni mouvements
de notre part ne semblaient les effrayer. L'un des plus

gros, ayant été frappé d'un coup de hache par Peters, et
rudement blessé, n'en persista pas moins à s'avancer
jusqu'à nous. Un nuage s'éleva à la brune, mais, à notre extrême désappointement, il passa sans crever. Il est
absolument impossible de concevoir ce que nous souf-
frions alors par la soif. En raison de ces tortures, et aussi
par crainte des requins, nous passâmes une nuit sans
sommeil.

3 *août*. — Aucune perspective de soulagement, et le
brick se couchant de plus en plus sur le côté, en sorte
que nos pieds n'avaient plus du tout prise sur le pont.
Nous être occupés à mettre en sûreté notre vin et nos
restes de tortue, de manière à ne pas les perdre en cas
de culbute. Arraché deux forts clous des porte-haubans
de misaine, et, au moyen de la hache, les avoir enfoncés dans la coque du côté du vent, à une distance
de l'eau de deux pieds environ ; ce qui n'était pas très-
loin de la quille, car nous étions presque sur notre
côté. A ces clous nous amarrâmes nos provisions, qui
nous parurent plus en sûreté qu'à l'endroit où nous les
avions placées précédemment. Horribles souffrances par
la soif pendant toute la journée ; — pas d'occasion de
nous baigner, à cause des requins qui ne nous quittèrent
pas d'un instant. Le sommeil, impossible.

4 *août*. — Un peu de temps avant le point du jour,
nous nous aperçûmes que le navire tournait la quille en
l'air, et nous nous ingéniâmes pour éviter d'être lancés
par le mouvement. D'abord, la révolution fut lente et
graduée, et nous réussîmes très-bien à grimper tout en
haut du côté du vent, ayant eu l'heureuse idée de laisser

traîner des bouts de corde aux clous qui retenaient nos provisions. Mais nous n'avions pas suffisamment calculé l'accélération de la force impulsive; car le mouvement devenait maintenant trop violent pour nous permettre de marcher de pair avec lui, et, avant que nous eussions eu le temps de nous reconnaître, nous nous sentîmes impétueusement précipités dans la mer, nous débattant à plusieurs brasses au-dessous du niveau de l'eau, avec l'énorme coque juste au-dessus de nous.

En plongeant sous l'eau j'avais été obligé de lâcher ma corde; et sentant que j'étais absolument sous le navire, mes pauvres forces complétement épuisées, je fis à peine un effort pour sauver ma vie, et en quelques secondes je me résignai à mourir. Mais encore en ceci je m'étais trompé, et je n'avais pas réfléchi au rebondissement naturel de la coque du côté du vent. Le tourbillonnement de l'eau qui remontait, causé par cette révolution partielle du navire, me ramena à la surface encore plus vivement que je n'avais été plongé. En revenant au-dessus de l'eau, je me trouvai à peu près à 20 yards de la coque, autant que j'en pus juger. Le navire avait tourné la quille en l'air et se balançait furieusement bord sur bord, et tout autour, dans tous les sens, la mer était très-agitée et pleine de violents tourbillons. Plus de Peters. Une barrique d'huile flottait à quelques pieds de moi, et d'autres articles provenant du brick étaient éparpillés çà et là.

Ma principale terreur avait pour objet les requins, que je savais être dans mon voisinage. Pour les éloigner de moi, s'il était possible, je battis violemment l'eau de

mes pieds et de mes mains, tout en nageant vers la coque, et faisant ainsi une masse d'écume. Je ne doute pas
que ce ne soit à cet expédient, si simple qu'il fût, que je
dus mon salut; car, avant que le brick ne tournât, la mer
tout autour fourmillait tellement de ces monstres, que
j'ai dû être et que j'ai été positivement en contact immédiat avec eux durant mon trajet. Par grand hasard et
très-heureusement, j'atteignis toutefois le bord du navire
sain et sauf; mais j'étais si complétement épuisé par les
violents efforts qu'il m'avait fallu déployer, que je n'aurais jamais pu y remonter sans l'assistance opportune de
Peters, qui, ayant grimpé sur la quille par l'autre côté de
la coque, reparut alors à ma grande joie, et me jeta un
bout de corde, — d'une de celles que nous avions attachées aux clous.

A peine avions-nous échappé à ce danger que notre
attention fut attirée par une autre imminence non moins
terrible : mourir absolument de faim. Toutes nos provisions avaient disparu, avaient été balayées en dépit de
tout le soin que nous avions mis à les placer en lieu de
sûreté ; et, ne voyant plus aucune possibilité de nous en
procurer d'autres, nous nous abandonnâmes tous les
deux au désespoir, et nous nous mîmes à sangloter
comme des enfants, aucun des deux n'essayant même de
donner du courage à l'autre. A peine pourra-t-on comprendre une pareille faiblesse, et ceux qui ne se sont jamais trouvés à pareille fête la jugeront sans doute hors
nature ; mais on doit se rappeler que notre intelligence
était si complétement désorganisée par cette longue série
de privations et de terreurs, que nous ne pouvions pas

en ce moment être considérés comme jouissant des lumières des êtres raisonnables. Dans des périls subséquents, presque aussi graves, si ce n'est plus, j'ai lutté avec courage contre toutes les douleurs de ma situation, et Peters, comme on le verra, a montré une philosophie stoïque presque aussi inconcevable que son abandon actuel et sa présente imbécillité enfantine ; — le tempérament moral a fait toute la différence.

Le renversement du brick, et même la perte du vin et de la tortue qui en était la conséquence, n'avaient pas, en somme, rendu notre situation beaucoup plus misérable qu'auparavant, n'était la disparition des draps et des couvertures, qui nous avaient servi jusqu'ici à recueillir l'eau de pluie, et de la cruche dans laquelle nous la conservions ; car nous trouvâmes toute la carène, à partir de deux ou trois pieds de la préceinte jusqu'à la quille, et toute la quille elle-même, *recouvertes d'une couche épaisse de gros cirrhopodes, qui nous fournirent une nourriture excellente et des plus substantielles.* Ainsi l'accident qui d'abord nous avait causé une si grande frayeur avait tourné à notre profit plutôt qu'à notre dommage, relativement à deux choses des plus importantes ; il nous avait découvert une mine de provisions que nous n'aurions pas pu, même en l'attaquant avec modération, épuiser en un mois ; et il avait fortement contribué à alléger notre position, car nous nous trouvions maintenant bien plus à notre aise et infiniment moins exposés qu'auparavant.

Cependant la difficulté de nous procurer de l'eau nous fermait les yeux sur tous les bénéfices résultant de notre

changement de position. Pour nous mettre en mesure de
profiter, autant que possible, de la première ondée qui
pourrait survenir, nous ôtâmes nos chemises afin d'en
user comme nous avions fait des draps ; mais, naturellement, nous n'espérions pas par ce moyen en recueillir,
même dans les circonstances les plus favorables, plus d'un
huitième de pinte en une fois. Aucune apparence de
nuage ne se manifesta de toute la journée, et les souffrances
de la soif devinrent presque intolérables. A la nuit, Peters parvint à attraper une heure à peu près d'un sommeil agité ; quant à moi, l'intensité de mes souffrances ne
me permit pas de fermer les yeux un seul instant.

5 *août*. — Ce jour-là, une jolie brise se leva qui
nous porta à travers une masse d'algues, parmi lesquelles nous eûmes le bonheur de découvrir onze petits
crabes qui nous fournirent plusieurs repas délicieux.
Comme les écailles en étaient très-tendres, nous les man-
geâmes tout entiers, et nous découvrîmes qu'ils irritaient
notre soif beaucoup moins que les cirrhopodes. Ne voyant
pas trace de requins parmi les algues, nous nous hasar-
dâmes à nous baigner, et nous restâmes dans l'eau quatre
ou cinq heures, pendant lesquelles nous sentîmes une
notable diminution dans notre soif. Nous en fûmes singulièrement réconfortés, et, ayant pu tous deux attraper
un peu de sommeil, nous passâmes une nuit un peu
moins pénible que la précédente.

6 *août*. — Nous fûmes ce jour-là gratifiés d'une pluie
serrée et continue qui dura depuis midi environ jusqu'après la brune. Alors nous déplorâmes amèrement la
perte de notre cruche et de notre bouteille d'osier ; car,

malgré l'insuffisance de nos moyens actuels pour recueillir
l'eau, nous aurions pu remplir l'une d'elles, si ce n'est
toutes les deux. En somme, nous réussîmes à apaiser les
ardeurs de notre soif en laissant nos chemises se saturer
d'eau et en les tordant de manière à exprimer dans notre
bouche le liquide béatifique. La journée entière se passa
dans cette occupation.

7 *août.* — Juste au point du jour, nous découvrîmes tous
deux, au même instant, une voile à l'est *qui se dirigeait
évidemment vers nous!* Nous saluâmes cette splendide
apparition par un long et faible cri d'extase ; et nous
nous mîmes immédiatement à faire tous les signaux possible, à fouetter l'air de nos chemises, à sauter aussi haut
que notre faiblesse le permettait, et même à crier de
toute la force de nos poumons, bien que le navire fût à
une distance de quinze milles au moins. Cependant il continuait toujours à se rapprocher de notre coque, et nous
comprîmes que, s'il gouvernait toujours du même côté,
il viendrait infailliblement assez près de nous pour nous
apercevoir. Une heure environ après que nous l'eûmes
découvert, nous pouvions facilement distinguer les hommes sur le pont. C'était une goëlette longue et basse,
avec une mâture très-inclinée sur l'arrière, et qui
semblait posséder un nombreux équipage. Nous éprouvâmes alors une forte angoisse ; car nous ne pouvions
nous imaginer qu'elle ne nous vît pas, et nous trem-
blions qu'elle ne voulût nous abandonner à notre sort et
nous laisser périr sur les débris de notre navire ; — acte
de barbarie vraiment diabolique, maintes fois accompli
sur mer, quelque incroyable que cela puisse paraître, par

des êtres qui étaient regardés comme appartenant à l'espèce humaine [1]. Mais nous étions cette fois, grâce à Dieu,
destinés à nous tromper heureusement ; car bientôt nous
aperçûmes un mouvement soudain sur le pont du navire
étranger, qui hissa immédiatement le pavillon anglais, et,
serrant le vent, gouverna droit sur nous. Une demi-heure
après, nous étions dans la chambre. Cette goëlette était

[1] Le cas du brick *Polly*, de Boston, se présente si naturellement
ici, et sa destinée ressemble à tous égards si bien à la nôtre, que je
ne puis résister au désir de le citer. Ce navire, de la contenance de
130 tonneaux, fit voile de Boston avec une cargaison de munitions et
de vivres, pour Sainte-Croix, le 12 décembre 1811, sous le commandement du capitaine Casneau. Il y avait, sans compter le capitaine,
huit personnes à bord : le second, quatre matelots et le coq, plus un
monsieur Hunt, avec une négresse à lui appartenant. Le 15, après
avoir passé le banc de Georges, il fit une voie d'eau dans un coup de
vent de sud-est, et enfin il chavira ; mais le grand mât étant parti par-
dessus bord, il se releva bientôt. Ils restèrent dans cette situation,
sans feu, et avec très-peu de provisions, pendant une période de *cent
quatre-vingt-onze jours* (du 15 décembre au 20 juin). Le capitaine
Casneau et Samuel Bodger, les seuls survivants, furent alors recueillis par le *Fame*, de Hull, capitaine Featherstone, en retour pour
Rio-Janeiro. Quand on les trouva, ils étaient à 28° de latitude nord,
13° de longitude ouest ; *ils avaient ainsi dérivé de deux mille
milles!* Le 9 juillet, le *Fame* rencontrait le brick *Dromeo*, capitaine
Parkins, qui débarqua ces deux infortunés à Kennebec. La relation
d'où nous tirons ces détails se termine par les lignes suivantes :

« Il est tout naturel de demander comment ils ont pu flotter dans
un si long espace sur la partie la plus fréquentée de l'Atlantique sans
avoir été aperçus par qui que ce soit pendant tout ce temps. *Plus de
douze navires passèrent près d'eux, dont l'un s'approcha au point
qu'ils purent voir distinctement les gens sur le pont et dans le
gréement, qui les regardaient ; mais, au grand désappointement de
ces malheureux glacés et mourants de faim, ceux-ci étouffèrent la
voix impérative de la charité, hissèrent de la toile, et les abandon-
nèrent à leur cruelle destinée.* » — E. A. P.

la *Jane Guy*, de Liverpool, capitaine Guy, partie pour chasser le veau marin et trafiquer dans les mers du Sud et le Pacifique.

XIV

ALBATROS ET PINGOUINS.

La *Jane Guy* était une goëlette de belle apparence, de la contenance de cent quatre-vingts tonneaux. Elle était singulièrement affilée de l'avant, et au plus près, par un temps maniable, c'était bien le meilleur marcheur que j'aie jamais vu. Toutefois ses qualités, comme bateau propre à tenir la mer, étaient loin d'être aussi grandes, et son tirant d'eau était beaucoup trop considérable pour l'usage auquel elle était destinée. Pour ce service particulier, on a surtout besoin d'un navire plus gros et d'un tirant d'eau relativement faible, — c'est-à-dire d'un navire de trois à trois cent cinquante tonneaux. Elle aurait dû être gréée en trois-mâts-barque, et différer à tous égards des constructions usitées pour les mers du Sud. Il eût été indispensable qu'elle fût bien armée. Elle aurait dû avoir dix ou douze caronades de douze, et deux ou trois beaucoup plus longues, avec des espingoles de bronze et des caissons imperméables à l'eau pour chaque hune. Ses ancres et ses câbles auraient dû être beaucoup plus forts que ne l'exige tout autre service, et par-dessus tout il lui fallait un équipage nombreux et montant au moins à cinquante ou soixante hommes solides, ce qu'il faut à un navire de l'espèce en question. La *Jane Guy* possédait un équipage de trente-cinq hommes, tous bons marins, sans compter le capitaine et le second ; mais elle n'était ni aussi bien armée ni aussi bien équipée qu'aurait pu le désirer un navigateur familiarisé avec les dangers et les difficultés de ce métier.

Le capitaine Guy était un gentleman de manières tout à fait distinguées, possédant une remarquable expérience de tout le négoce du Sud, auquel il avait consacré la plus grande partie de sa vie ; mais il manquait d'énergie et conséquemment de l'esprit indispensable dans une entreprise de ce genre. Il était copropriétaire du navire sur lequel il faisait ses voyages, et possédait un pouvoir discrétionnaire pour croiser dans les mers du Sud et embarquer toute cargaison qu'il pourrait se procurer facilement. Il avait à bord, comme cela est d'usage dans ces sortes d'expéditions, des colliers, des miroirs, des briquets, des haches, des cognées, des scies, des erminettes, des rabots, des ciseaux, des gouges, des vrilles, des limes, des planes, des râpes, des marteaux, des clous, des couteaux, des ciseaux à découper, des rasoirs, des aiguilles, du fil, de la faïencerie, du calicot, de la bijouterie commune, et autres articles de même nature.

La goëlette était partie de Liverpool le 10 juillet, avait passé le tropique du Cancer le 25, par 20° de longitude ouest, et le 29 ayant atteint Sal, une des îles du cap Vert, elle y avait pris du sel et autres provisions nécessaires pour le voyage. Le 3 août, elle avait quitté le cap Vert et avait gouverné au sud-ouest, en portant sur la côte du Brésil, de manière à traverser l'équateur entre 28° et 30° de longitude ouest. C'est la route habituellement suivie

par les navires qui vont d'Europe au cap de Bonne-Espérance, ou qui vont au delà, jusqu'aux Indes Orientales.
En suivant ce chemin, ils évitent les calmes et les forts
courants contraires qui règnent continuellement sur la
côte de Guinée, de sorte que, tout compte fait, c'est le
chemin le plus court, parce qu'on est toujours sûr de
trouver ensuite des vents d'ouest qui vous poussent jusqu'au Cap. Le capitaine Guy avait l'intention de faire sa
première relâche à la Terre de Kerguelen, — je ne sais
trop pour quelle raison. Le jour où nous fûmes recueillis
par lui, la goëlette était à la hauteur du cap Saint-Roque,
par 31° de longitude ouest, de sorte que, quand il nous
découvrit, *il est probable que nous n'avions pas dérivé de
moins de vingt-cinq degrés*, du nord au sud !

A bord de la *Jane Guy* nous fûmes traités avec toute
la bienveillance que réclamait notre déplorable état. En
une quinzaine de jours à peu près, pendant lesquels on
gouverna continuellement vers le sud-est, avec beau
temps et jolies brises, Peters et moi, nous fûmes complétement remis de nos dernières privations et de nos
terribles souffrances, et bientôt tout le passé nous apparut plutôt comme un rêve effrayant, d'où le réveil nous
avait heureusement arrachés, que comme une suite d'événements ayant pris place dans la positive et pure réalité.
J'ai eu depuis lors occasion de remarquer que cette espèce
d'oubli partiel est ordinairement amené par une tran-
sition soudaine, soit de la joie à la douleur, soit de la douleur à la joie, — la puissance d'oubli étant toujours
proportionnée à l'énergie du contraste. Ainsi, dans mon
propre cas, il me semblait maintenant impossible de

10

réaliser le total de misères que j'avais endurées pendant les jours passés sur notre ponton. On se rappelle bien les incidents, mais non plus les sensations engendrées par les circonstances successives. Tout ce que je sais, c'est que, au fur et à mesure que ces événements se produisaient, j'étais toujours convaincu que la nature humaine était incapable d'endurer la douleur à un degré au delà.

Pendant quelques semaines nous continuâmes notre voyage sans incidents autrement importants, si ce n'est que nous rencontrâmes de temps en temps des baleiniers, et plus souvent encore des baleines noires ou baleines franches, qu'on nomme ainsi pour les distinguer des cachalots. Le 16 septembre, comme nous étions à proximité du cap de Bonne-Espérance, la goëlette attrapa son premier coup de vent un peu sérieux depuis son départ de Liverpool. Dans ces parages, mais plus fréquemment au sud et à l'est du promontoire (nous étions à l'ouest), les navigateurs ont souvent à lutter contre les tempêtes du nord, qui soufflent avec une rage effroyable. Elles amènent toujours une grosse houle, et un de leurs caractères les plus dangereux est la saute de vent, la saute de vent subite, accident qui a presque toujours lieu au plus fort de la tempête. Un véritable ouragan soufflera, à un moment donné, du nord ou du nord-est, et une minute après il ne viendra pas un souffle de vent du même côté ; c'est au sud-ouest qu'aura sauté la tempête, et avec une violence presque inimaginable. Une éclaircie au sud-ouest est le symptôme avant-coureur le plus sûr d'un pareil changement, et les navires ont ainsi le moyen de prendre les précautions nécessaires.

Il était à peu près six heures du matin quand le coup de temps arriva, du nord comme d'habitude, avec une rafale qu'aucun nuage n'avait annoncée. A huit heures, le vent s'était considérablement accru et avait lâché sur nous une des plus effroyables mers que j'aie jamais vues. On avait tout serré, aussi bien que possible, mais la goëlette fatiguait horriblement et montrait son impuissance à bien tenir la mer, piquant violemment de l'avant à chaque fois qu'elle descendait sur la lame, et remontant avec la plus grande difficulté en attendant qu'elle fût engloutie par une lame nouvelle. Juste avant le coucher du soleil, l'éclaircie que nous attendions avec inquiétude apparut au sud-ouest, et une heure plus tard notre unique petite voile d'avant ralinguait contre le mât. Deux minutes après, et nous étions, en dépit de toutes nos précautions, jetés sur le côté comme par magie, et un effroyable tourbillon d'écume venait briser sur nous par le travers. Par grand bonheur, il se trouva que le coup de vent du sud-ouest n'était qu'une rafale momentanée, et nous eûmes la chance de nous relever sans avoir perdu un espars. Une grosse mer creuse nous causa pendant quelques heures encore beaucoup d'inquiétude; mais vers le matin nous nous trouvâmes à peu près dans d'aussi bonnes conditions qu'avant la tempête. Le capitaine Guy jugea que nous l'avions échappé belle et que notre salut était presque un miracle.

Le 13 octobre, nous arrivâmes en vue de l'île du Prince Édouard, par 46° 53′ de latitude sud et 37° 46′ de longitude est. Deux jours après, nous nous trouvions près de l'île de la Possession; nous doublâmes bientôt les îles

Crozet par 42° 59' de latitude sud et 48° de longitude
est. Le 18, nous atteignîmes l'île de Kerguelen ou de
la Désolation, dans l'Océan Indien du Sud, et nous jetâmes l'ancre à Christmas Harbour, sur quatre brasses
d'eau.

Cette île ou plutôt ce groupe d'îles est situé au sud-
est du cap de Bonne-Espérance, à une distance de 800
lieues environ. Il fut découvert en 1772 par le baron de
Kerguelen ou Kerguelen, un Français, qui, présumant que
cette terre n'était qu'une portion d'un vaste continent au
sud, fit à son retour un rapport dans ce sens, qui produisit alors une grande curiosité. Le gouvernement, s'emparant de la question, y renvoya le baron l'année sui-
vante, dans le but de vérifier de nouveau sa découverte,
et ce fut alors qu'on s'aperçut de la méprise. En 1777,
le capitaine Cook aborda au même groupe, et donna
à l'île principale le nom d'Ile de la Désolation, nom
qu'elle mérite bien certainement. En approchant de la
terre, le navigateur pourrait toutefois s'y tromper et supposer le contraire, car le versant de presque toutes les
collines, depuis septembre jusqu'à mars, est revêtu de la
plus brillante verdure. Cet aspect illusoire est causé par
une petite plante qui ressemble aux saxifrages et qui
abonde dans les îles, croissant par larges nappes sur une
espèce de mousse sans consistance. Sauf cette plante, on
y trouve à peine trace de végétation, si nous exceptons
toutefois près du port un peu de gazon sauvage et dur,
quelques lichens, et un arbuste qui ressemble à un chou
arrivé à maturité, et qui a un goût amer et âcre.

L'aspect du pays est montagneux, bien qu'aucune de

ses collines ne puisse s'appeler une montagne. Leurs
sommets sont éternellement couverts de neige. Il y a plusieurs ports, et Christmas Harbour est le plus commode.
C'est le premier qu'on trouve du côté est de l'île, quand
on a doublé le cap François qui marque le côté nord, et
qui sert par sa forme particulière, à distinguer le port.
Il se projette, par son extrémité, en un rocher très-élevé,
à travers lequel s'ouvre un grand trou, qui forme une ar-
che naturelle. L'entrée est par 48° 40′ de latitude sud et
69° 6′ de longitude est. Quand on a passé, on peut trouver un bon mouillage à l'abri de quelques petites îles qui
vous protégent suffisamment contre tous les vents d'est.
En avançant vers l'est à partir de ce mouillage, on trouve
Wasp Bay, à l'entrée du port. C'est un petit bassin, complétement fermé par la terre, dans lequel vous pouvez
entrer sur quatre brasses d'eau et en trouver de dix à
trois pour le mouillage, avec un fond d'argile compacte.
Un navire peut rester là toute l'année sur sa seconde ancre sans aucun péril. A l'entrée de Wasp Bay, à l'ouest,
coule un petit ruisseau qui fournit une eau excellente,
qu'on peut se procurer aisément.

On trouve dans l'île de Kerguelen quelques veaux marins à soies et à fourrure, et les phoques à trompe ou éléphants de mer y abondent. Les pingouins s'y trouvent en
masse, et il y en a de quatre familles différentes. Le pingouin royal, ainsi nommé à cause de sa taille et de la
beauté de son plumage, est le plus gros de tous. La partie
supérieure de son corps est ordinairement grise, quelquefois teintée de lilas; la partie inférieure est du blanc le
plus pur qu'on puisse imaginer. La tête est d'un noir

10.

lustré et très-brillant, ainsi que les pieds. Mais la beauté principale du plumage consiste dans deux larges raies couleur d'or qui descendent de la tête à la poitrine. Le bec est long, quelquefois rose, quelquefois d'un rouge vif. Ces oiseaux marchent très-droits, avec une allure pompeuse. Ils portent la tête très-haut, avec leurs ailes pendantes, comme deux bras; et comme la queue se projette hors du corps sur la même ligne que les cuisses, l'analogie avec la figure humaine est vraiment frappante et pourrait tromper le spectateur au premier coup d'œil ou dans le crépuscule du soir. Les pingouins royaux que nous trouvâmes sur la terre de Kerguelen étaient un peu plus gros que des oies. Les autres genres sont : le pingoin *macaroni*, le *jack-ass* et le pingouin *rookery*. Ils sont beaucoup plus petits, d'un plumage moins beau, et différents à tous égards.

Outre le pingouin, on trouve encore sur cette île beaucoup d'autres oiseaux, parmi lesquels on peut citer le fou, le pétrel bleu, la sarcelle, le canard, la poule de Port-Egmont, le cormoran vert, le pigeon du Cap, la *nelly*, l'hirondelle de mer, la sterne, la guifette, le pétrel des tempêtes, ou *Mother Carey's chicken*, le grand pétrel, ou, dans la langue des marins, *Mother Carey's goose*, enfin l'albatros.

Le grand pétrel est aussi gros que l'albatros commun, et il est carnivore. On le nomme souvent pétrel brise-os, ou pétrel-balbusard. Ces oiseaux ne sont pas du tout farouches, et quand ils sont convenablement assaisonnés, ils font une nourriture assez passable. Quelquefois, en volant, ils rasent de très-près la surface des eaux, avec les ailes

étendues, et sans paraître les remuer ou s'en servir le
moins du monde.

L'albatros est un des plus gros et des plus rapides oiseaux des mers du Sud. Il appartient à l'espèce goëland,
et saisit sa proie au vol, ne posant jamais à terre que
pour s'occuper des jeunes. Cet oiseau et le pingouin sont
liés de la plus singulière sympathie. Leurs nids sont
construits d'une manière très-uniforme, sur un plan con-
certé entre les deux espèces, celui de l'albatros étant
placé au centre d'un petit carré formé par les nids de
quatre pingouins. Les navigateurs se sont accordés à appeler cette sorte d'établissement, ou assemblage de nids,
une *rookery*. Ces espèces de colonies ont été décrites plus
d'une fois ; mais, comme tous nos lecteurs n'ont peut-être
pas lu ces descriptions, et comme j'aurai plus tard l'occasion de parler du pingouin et de l'albatros, il ne me
paraît pas hors de propos de dire ici quelques mots sur
leur mode de construction et d'existence.

Quand la saison de l'incubation est arrivée, ces oiseaux
se rassemblent par vastes troupes, et pendant quelques
jours ils semblent délibérer sur la meilleure méthode à suivre. Enfin ils procèdent à l'action. Ils choisissent un emplacement uni, d'une étendue convenable, embrassant
3 ou 4 acres ordinairement, et situé aussi près de la mer que
possible, quoique toujours au delà de ses atteintes. Ce qui
les dirige particulièrement dans le choix du lieu est l'égalité
de surface, et l'endroit préféré est celui qui est le moins
encombré de pierres. Cette question vidée, les oiseaux se
mettent d'un commun accord et comme mus par un
seul esprit, à faire, avec une correction mathématique, le

tracé d'un carré ou de tout autre parallélogramme, le plus adaptable à la nature du terrain et d'une étendue suffisante pour loger toute la population, mais pas davantage,

– semblant ainsi exprimer leur intention de fermer la colonie à tout vagabond qui n'aurait pas participé au travail du campement. L'un des côtés de la place court parallèlement au bord de la mer et reste ouvert pour les oiseaux qui entrent ou qui sortent.

Après avoir tracé les limites de l'habitation, ils commencent à la débarrasser de toute espèce de débris, ramassant tout, pierre à pierre, et les portant en dehors, mais tout près des lignes d'enceinte, de manière à élever une muraille sur les trois côtés qui regardent la terre. Contre ce mur et en dedans, ils forment une allée parfaitement plane et unie, large de 6 à 8 pieds, qui s'étend tout autour du campement, à cette fin d'établir une sorte de promenoir commun.

L'opération qui suit consiste à partager tout le terrain en petits carrés absolument égaux en dimension. Ils font, pour obtenir cette division, des sentiers étroits, parfaitement aplanis et se croisant à angles droits, à travers toute l'étendue de la *rookery*. A chaque intersection se trouve un nid d'albatros, et au centre de chaque carré un nid de pingouin, de sorte que chaque pingouin est entouré de quatre albatros, et chaque albatros d'un nombre égal de pingouins. Le nid du pingouin consiste en un trou creusé dans la terre, seulement à une profondeur suffisante pour empêcher son œuf unique de rouler. L'albatros adopte un arrangement un peu moins simple, et élève un petit monticule, haut d'un pied à peu près et

large de deux. Il le façonne avec de la terre, des algues
et des coquilles. Au sommet il bâtit son nid.

Les oiseaux prennent un soin spécial pour ne jamais
laisser les nids inoccupés pendant toute la durée de l'incubation, et même jusqu'à ce que la progéniture soit
suffisamment forte pour se pourvoir elle-même. Pendant
l'absence du mâle qui est allé en mer à la recherche de
la nourriture, la femelle reste à ses fonctions, et c'est
seulement au retour de son compagnon qu'elle se permet
de sortir. Les œufs ne restent jamais sans être couvés;
quand un oiseau quitte le nid, l'autre niche à son tour.
Cette précaution est indispensable à cause du penchant
à la filouterie qui règne dans la colonie, les habitants ne
se faisant aucun scrupule de se voler réciproquement
leurs œufs à chaque bonne occasion.

Bien qu'il existe quelques établissements de ce genre,
peuplés uniquement de pingouins et d'albatros, cependant on trouve dans la plupart une assez grande variété
d'oiseaux océaniques qui jouissent de tous les droits de
cité, éparpillant leurs nids çà et là, partout où ils peuvent trouver de la place, mais n'usurpant jamais les postes
occupés par les plus grosses espèces. L'aspect de ces colonies, quand on les aperçoit de loin, est excessivement
singulier. Tout l'espace atmosphérique au-dessus de l'é-
tablissement est obscurci par une multitude d'albatros
(mêlés d'espèces plus petites) qui planent continuellement sur la *rookery*, soit qu'ils partent pour l'océan, soit
qu'ils rentrent chez eux. En même temps, on remarque
une foule de pingouins dont les uns vont et viennent à
travers les ruelles étroites, et d'autres marchent, avec

cette pompeuse allure militaire qui les caractérise, le long
du grand promenoir commun qui fait le tour de la cité.
Bref, de quelque façon qu'on envisage la chose, rien
n'est plus surprenant que le sens de réflexion manifesté
par ces êtres emplumés, et rien, à coup sûr, n'est mieux
fait pour provoquer la méditation dans toute intelligence
humaine bien ordonnée.

Le matin même de notre arrivée à Christmas Harbour,
le second, — M. Patterson, — fit amener les embarcations,
pour se mettre à la recherche du veau marin (bien que la
saison fût peu avancée), et laissa le capitaine, avec un
jeune parent à lui, sur un point du rivage à l'ouest, ces
messieurs ayant probablement à faire, à l'intérieur de
l'île, quelque chose dont je n'ai pu être instruit. Le capitaine Guy emporta avec lui une bouteille, dans laquelle
était une lettre cachetée, et se dirigea de l'endroit où il
mit pied à terre vers un des pics les plus élevés du pays.
Il est présumable qu'il avait l'intention de déposer la
lettre sur cette hauteur pour quelque navire qu'il savait
devoir aborder après lui. Aussitôt que nous l'eûmes
perdu de vue (car Peters et moi, nous étions dans le canot
du second), nous commençâmes à explorer la côte, à la
recherche du veau marin. Nous employâmes environ
trois semaines à cette besogne, examinant avec un soin
minutieux tous les coins et recoins, non-seulement à la
terre de Kerguelen, mais aussi dans quelques petites îles voisines. Cependant nos travaux ne furent
pas couronnés d'un succès bien notable. Nous vîmes
beaucoup de phoques à fourrure, mais ils étaient extrêmement soupçonneux, et, en nous donnant un mal in-

fini, nous ne pûmes nous procurer que trois cent cinquante peaux en tout. Les éléphants de mer, ou phoques à trompe, abondent particulièrement sur la côte est de l'île principale, mais nous n'en tuâmes qu'une vingtaine, et encore avec la plus grande difficulté. Sur les petites îles nous découvrîmes une grande quantité de phoques à poil rude, mais nous les laissâmes tranquilles. Le 11 novembre nous revînmes à bord de la goëlette, où nous trouvâmes le capitaine Guy et son neveu, qui nous firent sur l'intérieur de l'île un détestable rapport, la représentant comme une des contrées les plus tristes et les plus stériles de l'univers. Ils avaient passé deux nuits à terre, grâce à un malentendu entre eux et le lieutenant qui ne leur avait pas envoyé, aussitôt qu'il l'aurait fallu, une embarcation pour les ramener à bord.

XV

LES ÎLES INTROUVABLES.

Le 12, nous partîmes de Christmas Harbour, en revenant sur notre route à l'ouest, et laissant à bâbord l'île Marion, une des îles de l'archipel Crozet. Nous passâmes ensuite l'île du Prince-Édouard, que nous laissâmes aussi sur notre gauche; puis, gouvernant plus au nord, nous atteignîmes en quinze jours les îles de Tristan d'Acunha, situées à 37° 8' de latitude sud et 12° 8' de longitude ouest.

Ce groupe, si bien connu aujourd'hui, et qui se comois îles circulaires, fut découvert primitivement par les Portugais, visité plus tard par les Hollandais en 1643, et par les Français en 1767. Les trois îles forment ensemble un triangle et sont distantes l'une de l'autre de 10 milles environ, laissant ainsi entre elles de larges passes. Dans toutes les trois, la côte est très-haute, particulièrement à celle proprement dite Tristan d'Acunha. C'est l'île la plus grande du groupe : elle a 15 milles de circonférence, et elle est si élevée que par un temps clair on peut l'apercevoir d'une distance de 80 ou 90 milles. Une partie de la côte vers le nord s'élève perpendiculairement au-dessus de la mer à plus de 1000 pieds. A cette hauteur il existe un plateau qui s'étend presque jusqu'au centre de l'île, et de ce plateau s'élance un cône semblable au pic de Ténériffe. La moitié inférieure de ce cône est revêtue d'arbres assez gros, mais la région supérieure est une roche nue, ordinairement cachée par les nuages et recouverte de neige pendant la plus grande partie de l'année. Il n'y a aux environs de l'île ni hauts-fonds ni dangers d'aucune espèce ; les côtes sont singulièrement nettes et hardiment coupées, et les eaux sont profondes. Sur la côte du nord-ouest se trouve une baie, avec une plage de sable noir, où un canot peut facilement atterrir pourvu qu'il ait pour lui une brise du sud. On y trouve sans peine d'excellente eau en abondance, et l'on y pêche à l'hameçon et à la ligne la morue et autres poissons.

L'île la plus grande après celle-ci, et le plus à l'ouest du groupe, s'appelle l'Inaccessible. Sa position exacte est par 37°7′ de latitude sud et 12°24′ de longitude ouest Elle a 7 ou 8 milles de circuit, et se présente de tous côtés

sous l'aspect d'un rempart à pic. Le sommet est parfaitement aplati, et tout le pays est stérile ; rien n'y vient,
excepté quelques arbustes rabougris.

L'île Nightingale, la plus petite et la plus au sud, est
située à 37° 26' de latitude sud et 12°12' de longitude
ouest. Au large de son extrémité sud se trouve un récif
assez élevé formé de petits îlots rocheux ; on en voit encore quelques-uns de semblable aspect au nord-est. Le
terrain est stérile et irrégulier, et une vallée profonde
traverse l'île en partie.

Les côtes de ces îles abondent, dans la saison favorable,
en lions marins, éléphants marins, veaux marins et phoques à fourrure, ainsi qu'en oiseaux océaniques de toute
sorte. La baleine aussi est fréquente dans le voisinage.
La facilité avec laquelle on s'emparait autrefois de ces
différents animaux fit que ce groupe fut, dès sa découverte, fréquemment visité. Les Hollandais et les Français
y vinrent souvent et dès les premiers temps. En 1790, le
capitaine Patten, commandant le vaisseau *Industry*, de
Philadelphie, fit un voyage à Tristan d'Acunha, où il resta
sept mois (d'août 1790 à avril 1791), pour recueillir des
peaux de veaux marins. Durant cette période, il n'en ra-
massa pas moins de cinq mille six cents, et il affirme qu'il
n'aurait pas eu de peine à faire en trois semaines un chargement d'huile pour un grand navire. A son arrivée, il
ne trouva pas de quadrupèdes, à l'exception de quelques
ægagres, ou chèvres sauvages ; maintenant l'île est four-
nie de tous nos meilleurs animaux domestiques, qui y
ont été successivement introduits par les navigateurs.

Je crois que ce fut peu de temps après l'expédition du

capitaine Patten que le capitaine Colquhoun, du brick américain *Betsey*, toucha à la plus grande des îles pour se ravitailler. Il planta des oignons, des pommes de terre, des choux et une foule d'autres légumes qu'on y trouve encore maintenant en abondance.

En 1811, un certain capitaine Heywood, du *Nereus*, visita Tristan. Il y trouva trois Américains qui étaient demeurés sur les îles pour préparer de l'huile et des peaux de veaux marins. L'un de ces hommes se nommait Jonathan Lambert, et il s'intitulait lui-même le souverain du pays. Il avait défriché et cultivé environ soixante acres de terre, et mettait alors tous ses soins à y introduire le caféier et la canne à sucre, dont il avait été fourni par le ministre américain résidant à Rio-Janeiro. Finalement cet établissement fut abandonné, et, en 1817, le gouvernement anglais envoya un détachement du cap de Bonne-Espérance pour prendre possession des îles. Cependant ces nouveaux colons n'y restèrent pas longtemps ; mais, après l'évacuation du pays comme possession de la Grande-Bretagne, deux ou trois familles anglaises y établirent leur résidence en dehors de tout concours du gouvernement.

Le 25 mars 1824, le *Berwick*, capitaine Jeffrey, parti de Londres à destination de la Terre de Van-Diémen, toucha à l'île, où l'on trouva un Anglais nommé Glass, ex-caporal dans l'artillerie anglaise. Il s'arrogeait le titre de gouverneur suprême des îles, et avait sous son contrôle vingt et un hommes et trois femmes. Il fit un rapport très-favorable de la salubrité du climat et de la nature productive du sol. Cette petite population s'occupait principalement à recueillir des peaux de phoques et de l'huile d'éléphant marin, dont elle trafiquait avec le cap de Bonne-Espérance, Glass étant propriétaire d'une petite goëlette. A l'époque de notre arrivée, le gouverneur résidait encore, mais la petite communauté s'était multipliée, et il y avait à Tristan d'Acunha soixante-cinq individus, sans compter une colonie secondaire de sept personnes sur l'île Nightingale. Nous n'eûmes aucune peine à nous ravitailler convenablement, — car les moutons, les cochons, les bœufs, les lapins, la volaille, les chèvres, le poisson de diverses espèces et les légumes s'y trouvaient en grande abondance. Nous jetâmes l'ancre tout auprès de la grande île, sur dix-huit brasses de profondeur, et nous embarquâmes très-convenablement à notre bord tout ce dont nous avions besoin. Le capitaine Guy acheta aussi à Glass cinq cents peaux de phoques et une certaine quantité d'ivoire. Nous restâmes là une semaine, pendant laquelle les vents régnèrent toujours du nord-ouest, avec un temps passablement brumeux. Le 5 décembre, nous cinglâmes vers le sud-ouest pour faire une exploration positive relativement à un certain groupe d'îles nommées les Auroras, sur l'existence desquelles les opinions les plus diverses ont été émises.

On prétend que ces îles ont été découvertes, dès 1762, par le commandant du trois-mâts *Aurora*. En 1790, le capitaine Manuel de Oyarvido, du trois-mâts *Princess*, appartenant à la Compagnie Royale des Philippines, affirme qu'il a passé directement à travers ces îles. En 1794, la corvette espagnole *Atrevida* partit dans le but de véri-

rifier leur position exacte, et, dans un mémoire publié
par la Société Royale Hydrographique de Madrid en 1809,
il est question de cette exploration dans les termes sui
vants :

« La corvette *Atrevida* a fait dans le voisinage immédiat
de ces îles, du 21 au 27 janvier, toutes les observations
nécessaires, et a mesuré avec des chronomètres la différence de longitude entre ces îles et le port de Soledad
dans les Malvinas. Elles sont au nombre de trois, situées
presque au même méridien, celle du milieu un peu plus
bas, et les deux autres visibles à neuf lieues au large. »

Les observations faites à bord de l'*Atrevida* fournissent
les résultats suivants relativement à la position précise de
chaque île : Celle qui est le plus au nord est située à
52° 37' 24" de latitude sud et à 47° 43' 15" de longitude
ouest; celle du milieu à 53° 2' 40" de latitude sud et à
47° 55' 15" de longitude ouest; enfin celle qui occupe
l'extrémité sud, à 53° 15' 22" de latitude sud et à 47° 57'
15" de longitude ouest.

Le 27 janvier 1820, le capitaine James Weddell, appartenant à la marine anglaise, fit voile de Staten-Land,
toujours à la découverte des Auroras. Il dit dans son rapport que, bien qu'il ait fait les recherches les plus labo-
rieuses et qu'il soit passé non-seulement sur les points
précis indiqués par le commandant de l'*Atrevida*, mais
encore dans tous les sens aux environs desdits points, il n'a
pu découvrir aucun indice de terre. Ces rapports contra-
dictoires ont incité d'autres navigateurs à chercher les
îles; et, chose étrange à dire, pendant que quelques-uns
sillonnaient la mer dans tous les sens à l'endroit supposé,

sans pouvoir les découvrir, d'autres, — et ils sont nombreux, — déclarent positivement les avoir vues, et même
s'être trouvés à proximité de leurs côtes. Le capitaine
Guy avait l'intention de faire tous les efforts possibles pour
résoudre une question si singulièrement controversée [1].

Nous continuâmes notre route, entre le sud et l'ouest,
avec des temps variables, jusqu'au 20 du même mois, et
nous nous trouvâmes enfin sur le lieu en discussion, par
53° 15′ de latitude sud et 47° 58′ de longitude ouest, —
c'est-à-dire presque à l'endroit désigné comme position
de l'île méridionale du groupe. Comme nous n'apercevions pas trace de terre, nous continuâmes vers l'ouest
par 53° de latitude sud, jusqu'à 50° de longitude ouest.
Alors nous portâmes au nord jusqu'au 52ᵉ parallèle de
latitude sud; puis nous tournâmes à l'est, et nous tînmes
notre parallèle par double hauteur, matin et soir, et par
les hauteurs méridiennes des planètes et de la lune.
Ayant ainsi poussé vers l'est jusqu'à la côte ouest de Georgia, nous suivîmes ce méridien jusqu'à ce que nous eussions atteint la latitude d'où nous étions partis. Nous fîmes
alors plusieurs diagonales à travers toute l'étendue
de mer circonscrite, gardant une vigie en permanence
à la tête de mât, et répétant soigneusement notre examen
trois semaines durant, pendant lesquelles nous eûmes
toujours un temps singulièrement beau et agréable, sans

[1] Parmi les navires qui ont prétendu, à différentes époques, avoir
trouvé les Auroras, on peut citer le trois-mâts *San-Miguel*, en 1769;
le trois-mâts *Aurora*, en 1774; le brick *Pearl*, en 1779, et le trois-
mâts *Dolores*, en 1790. Ils sont unanimes quant à la latitude : 53 degrés sud. — E. A. P.

aucune brume. Aussi fûmes-nous pleinement convaincus que, si jamais des îles avaient existé dans le voisinage à une époque antécédente quelconque, présentement il n'en restait plus aucun vestige. Depuis mon retour dans mes foyers, j'apprends que le même parcours a été soigneusement suivi en 1822 par le capitaine Johnson, de la goëlette américaine *Henry*, et par le capitaine Morrell, de la goëlette américaine *Wasp;* — mais ces messieurs n'ont pas obtenu de meilleurs résultats que nous.

XVI

EXPLORATIONS VERS LE PÔLE.

Il entrait primitivement dans les intentions du capitaine Guy, après avoir satisfait sa curiosité relativement aux Auroras, de filer par le détroit de Magellan et de longer la côte occidentale de Patagonie ; mais un renseignement qu'il avait reçu à Tristan d'Acunha le poussa à gouverner au sud, dans l'espérance de découvrir quelques petites îles qu'on lui avait dit être situées par 60° de latitude sud et 41° 20' de longitude ouest. Dans le cas où il ne trouverait pas ces terres, il avait le projet, pourvu que la saison le permît, de pousser vers le pôle. Conséquemment, le 12 décembre [1], nous cinglâmes dans cette direction. Le 18, nous nous trouvâmes sur la position indiquée par Glass, et nous croisâmes pendant trois jours aux environs sans découvrir aucune trace des îles en question. Le 21, le temps étant singulièrement beau, nous remîmes

[1] Erreur de date, évidemment. — C. B.

le cap au sud, avec la résolution de pousser dans cette route aussi loin que possible. Avant d'entrer dans cette partie de mon récit, je ferai peut-être aussi bien, pour l'instruction des lecteurs qui n'ont pas suivi avec attention la marche des découvertes dans ces régions, de donner un compte-rendu sommaire des quelques tentatives faites jusqu'à ce jour pour atteindre le pôle sud.

L'expédition du capitaine Cook est la première sur laquelle nous ayons des documents positifs. En 1772, il fit voile vers le sud, sur la *Resolution*, accompagné du lieutenant Furneaux, commandant l'*Adventure*. En décembre, il se trouvait au 58ᵉ parallèle de latitude sud, par 26° 57′ de longitude est. Là il rencontra des bancs de glace d'une épaisseur de 8 à 10 pouces environ, s'étendant au nord-ouest et au sud-est. Cette glace était amassée par blocs, et presque toujours si solidement amoncelée, que les navires avaient la plus grande peine à forcer le passage. A cette époque, le capitaine Cook supposa, d'après la multitude des oiseaux en vue et d'autres indices, qu'il était dans le voisinage de quelque terre. Il continua vers le sud, avec un temps excessivement froid, jusqu'au 64ᵉ parallèle, par 38° 14′ de longitude est. Là il trouva un temps doux avec de jolies brises pendant cinq jours, le thermomètre marquant 36 degrés [1]. En janvier 1773, les navires traversaient le cercle Antarctique, mais ne pouvaient réussir à pénétrer plus loin ; car, arrivés à 67° 15′ de latitude, ils trouvèrent leur marche arrêtée par un amas immense de glaces qui s'étendait sur tout l'horizon sud aussi loin que

[1] Fahrenheit. — C. B.

l'œil pouvait atteindre. Cette glace était en quantité va-
riée, et quelques vastes bancs s'étendaient à plusieurs
milles, formant une masse compacte et s'élevant à 18 ou
20 pieds au-dessus de l'eau. La saison était avancée, et,
désespérant de pouvoir tourner ces obstacles, le capitaine Cook remonta à regret vers le nord.

Au mois de novembre suivant, il recommença son
voyage d'exploration vers le pôle Antarctique. A 59° 40′
de latitude il rencontra un fort courant portant au sud.
En décembre, comme les navires étaient à 67° 31′ de latitude et 142° 54′ de longitude ouest, ils trouvèrent un
froid excessif, avec brouillards et grands vents. Là encore,
les oiseaux étaient nombreux : l'albatros, le pingouin et
particulièrement le pétrel. A 70° 23′ de latitude, ils rencontrèrent quelques vastes îles de glace, et un peu plus
loin les nuages vers le sud apparurent d'une blancheur de
neige, ce qui indiquait la proximité des champs de glace.
A 71° 10′ de latitude et 106° 54′ de longitude ouest, les
navigateurs furent arrêtés, comme la première fois, par
une immense étendue de mer glacée qui bornait toute la
ligne de l'horizon au sud. Le côté nord de cette plaine de
glace était hérissé et dentelé, et tous ces blocs étaient si
solidement assemblés qu'ils formaient une barrière absolument infranchissable, s'étendant jusqu'à un mille vers le
sud. Au delà, la surface des glaces semblait s'aplanir
comparativement dans une certaine étendue, jusqu'à ce
qu'enfin elle fût bornée à son extrême limite par un amphithéâtre de gigantesques montagnes de glace, échelon-
nées les unes sur les autres. Le capitaine Cook conclut
que cette vaste étendue confinait au pôle ou à un conti-

nent. M. J. N. Reynolds, dont les vaillants efforts et la
persévérance ont à la longue réussi à monter une expédition nationale, dont le but partiel était d'explorer ces régions, parle en ces termes du voyage de la *Resolution :*

« Nous ne sommes pas surpris que le capitaine Cook
n'ait pas pu aller au delà de 71° 10' de latitude, mais
nous sommes étonné qu'il ait pu atteindre ce point par
106° 54' de longitude ouest. La Terre de Palmer est
située au sud des îles Shetland, à 64° de latitude, et s'é-
tend au sud-ouest plus loin qu'aucun navigateur ait jamais pénétré jusqu'à ce jour. Cook faisait route vers cette
terre, quand sa marche fut arrêtée par la glace, cas
qui se représentera toujours, nous le craignons fort, surtout dans une saison aussi peu avancée que le 6 janvier,
— et nous ne serions pas étonné qu'une portion des montagnes de glace en question se rattachât au corps principal de la Terre de Palmer, ou à quelque autre partie de
continent située plus avant vers le sud-ouest. »

En 1803, Alexandre, empereur de Russie, chargea
les capitaines Kreutzenstern et Lisiausky d'un grand
voyage de circumnavigation. Dans leurs efforts pour
pousser vers le sud, ils ne purent aller au delà de 59° 58'
de latitude et 70° 15' de longitude ouest. Là, ils rencontrèrent de forts courants portant vers l'est. La baleine
était abondante, mais ils ne virent pas de glaces. Relativement à ce voyage, M. Reynolds remarque que si
Kreutzenstern était arrivé à ce point dans une saison
moins avancée, il aurait indubitablement trouvé des glaces; — c'était en mars qu'il atteignait la latitude désignée.
Les vents qui règnent alors du sud-ouest avaient, à l'aide

des courants, poussé les banquises vers cette région glacée, bornée au nord par la Georgia, à l'est par les Sandwich et les Orkneys du sud, et à l'ouest par les Shetland
du sud.

En 1822, le capitaine James Weddell, appartenant à la
marine anglaise, pénétra, avec deux petits navires, plus
loin dans le sud qu'aucun navigateur précédent, et même
sans rencontrer d'extraordinaires difficultés. Il rapporte
que, bien qu'il ait été souvent entouré par les glaces
avant d'atteindre le 72° parallèle, cependant, arrivé là, il
n'en vit plus un morceau, et qu'ayant poussé jusqu'à
74° 15′ de latitude, il n'aperçut pas de vastes étendues
de glace, mais seulement trois petites îles. Ce qui est
singulier, c'est que, bien qu'il eût vu de vastes bandes
d'oiseaux et d'autres indices de terre, et qu'au sud des
Shetland l'homme de vigie eût signalé des côtes incon-
nues s'étendant vers le sud, Weddell ait persisté à repousser l'idée qu'un continent puisse exister dans les régions polaires du sud.

Le 11 janvier 1823, le capitaine Benjamin Morrell, de
la goëlette américaine *Wasp*, partit de la Terre de Kerguelen avec l'intention de pousser vers le sud aussi loin
que possible. Le 1er février, il se trouvait à 64° 52′ de latitude sud et 118° 27′ de longitude est. J'extrais de son
journal, à cette date, le passage suivant :

« Le vent fraîchit bientôt et devint une brise à filer
onze nœuds ; nous profitâmes de l'occasion pour nous
diriger vers l'est ; étant d'ailleurs pleinement convaincus
que plus nous pousserions dans le sud au delà de 64°,
moins nous aurions à craindre les glaces, nous gouver-

nâmes un peu au sud, et, ayant franchi le cercle Antarctique, nous poussâmes jusqu'à 69° 15′ de latitude sud.
Nous n'y trouvâmes aucune plaine de glace ; seulement
quelques petites îles de glace étaient en vue. »

A la date du 14 mars, je trouve aussi cette note :

« La mer était complétement libre de vastes banquises,
et nous n'apercevions pas plus d'une douzaine d'îlots de
glace. En même temps la température de l'air et de l'eau
était au moins de 13 degrés plus élevée que nous ne l'a-
vions jamais trouvée entre les 60ᵉ et 62ᵉ parallèles sud.
Nous étions alors par 70° 14′ de latitude sud, et la température de l'air était à 47, celle de l'eau à 44. Nous
estimâmes alors que la déviation de la boussole était de
14° 27′ vers l'est, par azimut... J'ai franchi plusieurs fois
le cercle Antarctique, à différents méridiens, et j'ai
constamment remarqué que la température de l'air et de
l'eau s'adoucissait de plus en plus, à proportion que je
poussais au delà du 65ᵉ degré de latitude sud, et que la
déclinaison magnétique diminuait dans la même proportion. Tant que j'étais au nord de cette latitude, c'est-à-
dire entre 60° et 65°, le navire avait souvent beaucoup de
peine à se frayer un passage entre les énormes et innombrables îles de glace, dont quelques-unes avaient de 1 à 2
milles de circonférence, et s'élevaient à plus de 500 pieds
au-dessus du niveau de la mer. »

Se trouvant presque sans eau et sans combustible, privé
d'instruments suffisants, la saison étant aussi très-avan-
cée, le capitaine Morrell fut obligé de revenir, sans essayer
de pousser plus loin vers le sud, bien qu'une mer complétement libre s'ouvrît devant lui. Il prétend, que, si ces

considérations impérieuses ne l'avaient pas contraint à battre en retraite, il aurait pénétré, sinon jusqu'au pôle, au moins jusqu'au 85ᵉ parallèle. J'ai relaté un peu longuement ses idées sur la matière, afin que le lecteur fût à même de juger jusqu'à quel point elles ont été corroborées par ma propre expérience.

En 1831, le capitaine Briscoe, naviguant pour MM. Enderby, armateurs baleiniers à Londres, fit voile sur le brick *Lively* pour les mers du Sud, accompagné du cutter *Tula*. Le 28 février, se trouvant par 66° 30′ de latitude sud et 47° 31′ de longitude est, il aperçut la terre et « découvrit positivement à travers la neige les pics noirs d'une rangée de montagnes courant à l'est-sud-est. » Il resta dans ces parages pendant tout le mois qui suivit, mais ne put s'approcher de plus de dix lieues de la côte, à cause de l'état effroyable du temps. Voyant qu'il lui était impossible de faire aucune découverte nouvelle pendant cette saison, il remit le cap au nord et alla hiverner à la Terre de Van-Diémen.

Au commencement de 1832, il se remit en route pour le sud, et, le 4 février, il vit la terre au sud-est par 67° 15′ de latitude et 69° 29′ de longitude ouest. Il se trouva que c'était une île située près de la partie avancée de la contrée qu'il avait d'abord découverte. Le 21 du même mois, il réussit à atterrir à cette dernière, et en prit possession au nom de Guillaume IV, lui donnant le nom d'île Adélaïde, en l'honneur de la reine d'Angleterre. Ces détails ayant été transmis à la Société Royale Géographique de Londres, elle en conclut « qu'une vaste étendue de terre se continuait sans interruption depuis 47° 30′ de longitude est jusqu'à 69° 29′ de longitude ouest, entre les 66° et 67° degrés de latitude sud. »

Relativement à cette conclusion, M. Reynolds fait cette remarque : «Nous ne pouvons pas adopter cette conclusion comme rationnelle, et les découvertes de Briscoe ne justifient pas une pareille hypothèse. C'est justement à travers cet espace que Weddell a marché vers le sud en suivant un méridien à l'est de la Georgia, des Sandwich, de l'Orkney du sud et des îles Shetland. » On verra que ma propre expérience sert à montrer plus nettement la fausseté des conclusions adoptées par la Société.

Telles sont les principales tentatives qui ont été faites pour pénétrer jusqu'à une haute latitude sud, et l'on voit maintenant qu'il restait, avant le voyage de la *Jane Guy*, environ 300 degrés de longitude par lesquels on n'avait pas encore pénétré au delà du cercle Antarctique. Ainsi un vaste champ de découvertes s'ouvrait encore devant nous, et ce fut avec un sentiment de voluptueuse et ardente curiosité que j'entendis le capitaine Guy exprimer sa résolution de pousser hardiment vers le sud.

XVII

TERRE !

Pendant quatre jours, après avoir renoncé à la recherche des îles de Glass, nous courûmes au sud sans trouver de glaces. Le 26, à midi, nous étions par 63° 23′ de latitude sud et 41° 25′ de longitude ouest. Nous vîmes alors quelques grosses îles de glace et une banquise qui n'était pas, à vrai dire, d'une étendue considérable. Les vents se tenaient généralement au sud-est, mais très-faibles. Quand nous avions le vent d'ouest, ce qui était fort rare, il était invariablement accompagné de rafales de pluie. Chaque jour, plus ou moins de neige. Le thermomètre, le 27, était à 35 degrés.

1er *janvier* 1828. — Ce jour-là nous fûmes complétement environnés de glaces, et notre perspective était en vérité fort triste. Une forte tempête souffla du nord-est pendant toute la matinée et chassa contre le gouvernail et l'arrière du navire de gros glaçons avec une telle vigueur, que nous tremblâmes pour les conséquences. Vers le soir, la tempête soufflait encore avec furie ; mais une vaste banquise en face de nous s'ouvrit, et nous pûmes enfin, en faisant force de voiles, nous frayer un passage à travers les glaçons plus petits jusqu'à la mer libre. Comme nous en approchions, nous diminuâmes la toile graduellement, et, à la fin, nous étant tirés d'affaire, nous mîmes à la cape sous la misaine avec un seul ris.

2 *janvier*. — Le temps fut assez passable. A midi nous nous trouvions par 69° 10′ de latitude sud et 42° 20′ de longitude ouest, et nous avions passé le cercle Antarctique. Du côté du sud, nous n'apercevions que très-peu de glace, bien que nous eussions derrière nous de vastes banquises. Nous fabriquâmes une espèce de sonde avec un grand pot de fer, d'une contenance de vingt gallons, et une ligne de deux cents brasses. Nous trouvâmes le courant portant au sud, avec une vitesse d'un quart de mille à l'heure. La température de l'air était environ à 33 ; la déviation de l'aiguille, de 14° 28′ vers l'est, par azimut.

5 *janvier*. — Nous nous sommes toujours avancés vers le sud sans trouver beaucoup d'obstacles. Ce matin cependant, étant par 73° 15′ de latitude sud et 42° 10′ de longitude ouest, nous fîmes une nouvelle halte devant une immense étendue de glace. Néanmoins, nous apercevions au delà vers le sud la pleine mer, et nous étions persuadés que nous réussirions finalement à l'atteindre. Portant sur l'est et filant le long de la banquise, nous arrivâmes enfin à un passage, large d'un mille à peu près, à travers lequel nous fîmes, tant bien que mal, notre route au coucher du soleil. La mer dans laquelle nous nous trouvâmes alors était chargée d'îlots de glace, mais non plus de vastes bancs, et nous allâmes hardiment de l'avant comme précédemment. Le froid ne semblait pas augmenter, bien que nous eussions fréquemment de la neige et de temps à autre des rafales de grêle d'une violence extrême. D'immenses troupes d'albatros ont passé ce jour-là au-dessus de la goëlette, filant du sud-est au nord-ouest.

7 *janvier*. — La mer toujours à peu près libre et ouverte, en sorte que nous pûmes continuer notre route sans empêchement. Nous vîmes à l'ouest quelques banquises d'une grosseur inconcevable, et dans l'après-midi nous passâmes très-près d'une de ces masses dont le sommet ne s'élevait certainement pas de moins de quatre cents brasses au-dessus de l'océan. Elle avait probablement à sa base trois quarts de lieue de circuit, et par quelques crevasses sur ses flancs couraient des filets d'eau. Nous gardâmes cette espèce d'île en vue pendant deux jours, et nous ne la perdîmes que dans un brouillard.

10 *janvier*. — D'assez grand matin nous eûmes le mal-

heur de perdre un homme, qui tomba à la mer. C'était
un Américain, nommé Peter Vredenburgh, natif de New-
York, et l'un des meilleurs matelots que possédât la
goëlette. En passant sur l'avant, le pied lui glissa, et il
tomba entre deux quartiers de glace pour ne jamais se
relever. Ce jour-là, à midi, nous étions par 78° 30′ de latitude et 40° 15′ de longitude ouest. Le froid était maintenant excessif, et nous attrapions continuellement des
rafales de grêle du nord-est. Nous vîmes encore dans
cette direction quelques banquises énormes, et tout
l'horizon à l'est semblait fermé par une région de glaces
élevant et superposant ses masses en amphithéâtre. Le
soir, nous aperçûmes quelques blocs de bois flottant à la
dérive, et au-dessus planait une immense quantité d'oiseaux, parmi lesquels se trouvaient des *nellies*, des
pétrels, des albatros, et un gros oiseau bleu du plus brillant plumage. La variation, par azimut, était alors un
peu moins considérable que précédemment, lorsque nous
avions traversé le cercle Antarctique.

12 *janvier*. — Notre passage vers le sud est redevenu
une chose fort douteuse ; car nous ne pouvions rien voir
dans la direction du pôle qu'une banquise en apparence sans limites, adossée contre de véritables montagnes de glace dentelée, qui formaient des précipices
sourcilleux, échelonnés les uns sur les autres. Nous avons
porté à l'ouest jusqu'au 14, dans l'espérance de découvrir
un passage.

14 *janvier*. — Le matin du 14, nous atteignîmes
l'extrémité ouest de la banquise énorme qui nous barrait
le passage, et, l'ayant doublée, nous débouchâmes dans

une mer libre où il n'y avait plus un morceau de glace.
En sondant avec une ligne de deux cents brasses, nous
trouvâmes un courant portant au sud avec une vitesse
d'un demi-mille par heure. La température de l'air était
à 47, celle de l'eau à 34. Nous cinglâmes vers le sud, sans
rencontrer aucun obstacle grave, jusqu'au 16 ; à midi,
nous étions par 81° 21′ de latitude et 42° de longitude
ouest. Nous jetâmes de nouveau la sonde, et nous
trouvâmes un courant portant toujours au sud avec une
vitesse de trois quarts de mille par heure. La variation
par azimut avait diminué, et la température était douce
et agréable, le thermomètre marquant déjà 51. A cette
époque, on n'apercevait plus un morceau de glace.
Personne à bord ne doutait plus de la possibilité d'atteindre le pôle.

17 *janvier*. — Cette journée a été pleine d'incidents.
D'innombrables bandes d'oiseaux passaient au-dessus de
nous, se dirigeant vers le sud, et nous leur tirâmes quelques coups de fusil ; l'un d'eux, une espèce de pélican,
nous fournit une nourriture excellente. Vers le milieu du
jour, l'homme de vigie découvrit par notre bossoir de
bâbord un petit banc de glace et une espèce d'animal
fort gros qui semblait reposer dessus. Comme le temps
était beau et presque calme, le capitaine Guy donna
l'ordre d'amener deux embarcations et d'aler voir ce
que ce pouvait être. Dirk Peters et moi, nous accompa-
gnâmes le second dans le plus grand des deux canots.
En arrivant au banc de glace, vous vîmes qu'il était
occupé par un ours gigantesque de l'espèce arctique,
mais d'une dimension qui dépassait de beaucoup celle

du plus gros de ces animaux. Comme nous étions bien
armés, nous n'hésitâmes pas à l'attaquer tout d'abord.
Plusieurs coups de feu furent tirés rapidement, dont
la plupart atteignirent évidemment l'animal à la tête et
au corps. Toutefois, le monstre, sans s'en inquiéter autrement, se précipita de son bloc de glace et se mit à
nager, les mâchoires ouvertes, vers l'embarcation où
nous étions, moi et Peters. A cause de la confusion qui
s'ensuivit parmi nous et de la tournure inattendue de
l'aventure, personne n'avait pu apprêter immédiatement son second coup, et l'ours avait positivement
réussi à poser la moitié de sa masse énorme en travers
de notre plat-bord et à saisir un de nos hommes par les
reins, avant qu'on eût pris les mesures suffisantes pour
le repousser. Dans cette extrémité, nous ne fûmes
sauvés que par l'agilité et la promptitude de Peters.
Sautant sur le dos de l'énorme bête, il lui enfonça
derrière le cou la lame d'un couteau et atteignit du
premier coup la moelle épinière. L'animal retomba dans
la mer sans faire le moindre effort, inanimé, mais entraî-
nant Peters dans sa chute et roulant sur lui. Celui-ci
se releva bientôt; on lui jeta une corde, et, avant de
remonter dans le canot, il attacha le corps de l'animal
vaincu. Nous retournâmes en triomphe à la goëlette,
en remorquant notre trophée à la traîne. Cet ours, quand
on le mesura, se trouva avoir quinze bons pieds dans sa
plus grande longueur. Son poil était d'une blancheur
parfaite, très-rude et frisant très-serré. Les yeux étaient
d'un rouge de sang, plus gros que ceux de l'ours arctique,
— le museau plus arrondi et ressemblant presque au

museau d'un bouledogue. La chair en était tendre, mais
excessivement rance et sentant le poisson ; cependant
les hommes s'en régalèrent avec avidité, et la déclarèrent
une nourriture excellente.

A peine avions-nous hissé notre proie le long du bord,
que l'homme de vigie fit entendre le cri joyeux de
« *Terre par le bossoir de tribord !* » Tout le monde se tint
alors sur le qui-vive, et, une brise s'étant très-heureusement levée au nord-est, nous fûmes bientôt sur la côte.
C'était un îlot bas et rocheux, d'une lieue environ de
circonférence, et complétement privé de végétation, à
l'exception d'une espèce de raquette épineuse. En
approchant par le nord, nous vîmes un singulier rocher,
faisant promontoire, qui imitait remarquablement la
forme d'une balle de coton cordée. En doublant cette
pointe vers l'ouest, nous trouvâmes une petite baie au
fond de laquelle nos embarcations purent atterrir commodément.

Il ne nous fallut pas beaucoup de temps pour explorer
toutes les parties de l'île ; mais, à une seule exception
près, nous n'y trouvâmes rien qui fût digne d'observation.
A l'extrémité sud, nous ramassâmes tout près du rivage,
à moitié enterrée sous un monceau de pierres éparses,
une pièce de bois qui semblait avoir servi de proue à
une embarcation. Il y avait eu évidemment quelque
intention de sculpture, et le capitaine Guy crut y découvrir une figure de tortue, mais je dois avouer que,
pour mon compte, la ressemblance ne me frappa que
très-médiocrement. Sauf cette proue, si toutefois c'en
était une, nous ne découvrîmes aucun indice qui prouvât

qu'une créature vivante eût jamais habité ce lieu. Autour
de la côte, nous trouvâmes par-ci par-là quelques petits
blocs de glace, — mais en très-petit nombre. La situation
exacte de l'îlot (auquel le capitaine Guy donna le nom
d'*Ilot de Bennet*, en l'honneur de son associé dans la
propriété de la goëlette) est par 82° 50′ de latitude sud
et 42° 20′ de longitude ouest.

Nous avions alors pénétré dans le sud de plus de huit
degrés au delà des limites atteintes par tous les navigateurs précédents, et la mer s'étendait toujours devant
nous parfaitement libre d'obstacles. Nous trouvions
aussi que la variation diminuait régulièrement à mesure
que nous avancions, et que la température atmosphérique, et plus récemment celle de l'eau, s'adoucissaient
graduellement. Le temps pouvait s'appeler un temps
agréable, et nous avions une brise très-douce mais constante, qui soufflait toujours de quelque point nord du
compas. Le ciel était généralement clair ; de temps en
temps une vapeur légère et ténue apparaissait à l'horizon
sud ; — mais, invariablement, elle était d'une très-courte
durée. Nous n'apercevions que deux difficultés : nous
étions à court de combustible, et des symptômes de
scorbut s'étaient déjà manifestés chez quelques hommes
de l'équipage. Ces considérations commençaient à agir
sur l'esprit de M. Guy, et il parlait souvent de mettre
le cap au nord. Pour ma part, persuadé, comme je l'étais,
que nous allions bientôt rencontrer une terre de quelque
valeur, en suivant toujours la même route, et que nous
n'y trouverions pas le sol stérile des hautes latitudes
arctiques, j'insistais chaudement auprès de lui sur la né-

cessité de persévérer, au moins pendant quelques jours encore, dans la direction suivie jusqu'alors. Une occasion aussi tentante de résoudre le grand problème relatif à un continent antarctique ne s'était encore présentée à aucun homme, et je confesse que je me sentais gonflé d'indignation à chacune des timides et inopportunes suggestions de notre commandant. Je crois positivement que tout ce que je ne pus m'empêcher de lui dire à ce sujet eut pour effet de le raffermir dans l'idée de pousser de l'avant. Aussi, bien que je sois obligé de déplorer les tristes et sanglants événements qui furent le résultat immédiat de mon conseil, je crois que j'ai droit de me féliciter un peu d'avoir été, jusqu'à un certain point, l'instrument d'une découverte, et d'avoir servi en quelque façon à ouvrir aux yeux de la science un des plus enthousiasmants secrets qui aient jamais accaparé son attention.

XVIII

HOMMES NOUVEAUX.

18 *janvier*. — Ce matin-là [1] nous reprîmes notre route vers le sud, avec un temps aussi beau que les jours précédents. La mer était complètement unie, le vent

---

[1] Les termes *matin* et *soir*, dont j'ai fait usage pour éviter, autant que possible, la confusion dans mon récit, ne doivent pas, comme on le comprend d'ailleurs, être pris dans le sens ordinaire. Depuis longtemps déjà nous ne connaissions plus la nuit, et nous étions

du nord-est, suffisamment chaud, la température de
l'eau à 53. Nous recommençâmes notre opération de
sondage, et, avec une ligne de 150 brasses, nous trouvâmes le courant portant au pôle avec une vitesse d'un
mille par heure. Cette tendance constante du vent et du
courant vers le sud suggérèrent passablement de réflexions et même quelque alarme parmi le monde de la
goëlette, et je vis positivement qu'elle avait produit une
forte impression sur l'esprit du capitaine Guy. Mais par
bonheur il était excessivement sensible au ridicule, et je
réussis finalement à le faire lui-même se divertir de ses
appréhensions. La variation était maintenant presque in-
signifiante. Dans le cours de la journée, nous vîmes quelques baleines de l'espèce franche, et d'innombrables
volées d'albatros passèrent au-dessus du navire. Nous
pêchâmes aussi une espèce de buisson chargé de baies
rouges comme celles de l'aubépine, et le corps d'un animal, évidemment terrestre, de l'aspect le plus singulier.
Il avait 3 pieds de long sur 6 pouces de hauteur seulement, avec quatre jambes très-courtes, les pieds armés
de longues griffes d'un écarlate brillant et ressemblant
fort à du corail. Le corps était revêtu d'un poil soyeux et
uni, parfaitement blanc. La queue était effilée comme

sans cesse éclairés par la lumière du jour. Toutes les dates sont
établies conformément au temps nautique, et les notes relevées
par quantités de durée abstraite. C'est aussi le lieu de remarquer
que je ne prétends pas, dans le commencement de cette partie de
mon récit, à une exactitude minutieuse à l'égard des dates, des latitudes et des longitudes ; je n'ai commencé à tenir un journal régulier qu'après la période dont traite cette première partie. Dans beaucoup de cas, je me suis fié uniquement à ma mémoire. — E. A. P.

une queue de rat, et longue à peu près d'un pied et demi. La tête rappelait celle du chat, à l'exception des oreilles, rabattues et pendantes comme des oreilles de chien. Les dents étaient du même rouge vif que les griffes.

19 *janvier*. — Ce jour-là, nous trouvant par 83° 20′ de latitude et 43° 5′ de longitude ouest (la mer étant d'un foncé extraordinaire), la vigie signala la terre de nouveau, et, à un examen attentif, nous découvrîmes que c'était une île appartenant à un groupe de plusieurs îles très-vastes. La côte était à pic et l'intérieur semblait bien boisé, circonstance qui nous causa une grande joie. Quatre heures environ après avoir découvert la terre, nous jetions l'ancre sur dix brasses de profondeur, avec un fond de sable, à une lieue de la côte ; car un fort ressac, avec des remous courant çà et là, en rendaient l'abord d'une commodité douteuse. Nous reçûmes l'ordre d'amener les deux plus grandes embarcations, et un détachement bien armé (dont Peters et moi nous faisions partie) se mit en devoir de trouver une ouverture dans le récif qui faisait à l'île une espèce de ceinture. Après avoir cherché pendant quelque temps, nous découvrîmes une passe où nous entrions déjà, quand nous aperçûmes quatre grands canots qui se détachaient du rivage, chargés d'hommes qui semblaient bien armés. Nous les laissâmes arriver, et, comme ils manœuvraient avec une grande célérité, ils furent bientôt à portée de la voix. Le capitaine Guy hissa alors un mouchoir *blanc* à la pointe d'un aviron ; mais les sauvages s'arrêtèrent tout net et se mirent soudainement à jacasser et à baragouiner

très-haut, poussant de temps en temps de grands cris,
parmi lesquels nous pouvions distinguer les mots : *Anamoo-moo!* et *Lama-Lama!* Ils continuèrent leur vacarme
pendant une bonne demi-heure, durant laquelle nous
pûmes examiner leur physionomie tout à loisir.

Dans les quatre canots, qui pouvaient bien avoir cinquante pieds de long et cinq de large, il y avait en tout
cent dix sauvages. Ils avaient, à peu de chose près, la
stature ordinaire des Européens, mais avec une charpente
plus musculeuse et plus charnue. Leur teint était d'un
noir de jais, et leurs cheveux, longs, épais et laineux. Ils
étaient vêtus de la peau d'un animal noir inconnu, à
poils longs et soyeux, et ajustée assez convenablement
au corps, la fourrure tournée en dedans, excepté autour
du cou, des poignets et des chevilles. Leurs armes consistaient principalement en bâtons d'un bois noir et en apparence très-lourd. Cependant, nous aperçûmes aussi
quelques lances à pointe de silex, et quelques frondes.
Le fond des canots était chargé de pierres noires de la
grosseur d'un gros œuf.

Quand ils eurent terminé leur harangue (car c'était
évidemment une harangue que cet affreux baragoui-
nage), l'un d'eux, qui semblait être le chef, se leva à la
proue de son canot et nous fit signe, à différentes reprises,
d'amener nos embarcations au long de son bord. Nous
fîmes semblant de ne pas comprendre son idée, pensant
que le parti le plus sage était de maintenir, autant que
possible, un espace suffisant entre lui et nous ; car ils
étaient plus de quatre fois plus nombreux que nous. De-
vinant notre pensée, le chef commanda aux trois autres

canots de se tenir en arrière, pendant qu'il s'avançait
vers nous avec le sien. Aussitôt qu'il nous eut atteints, il
sauta à bord du plus grand de nos canots, et il s'assit
à côté du capitaine Guy, montrant en même temps du
doigt la goëlette, et répétant les mots : *Anamoo-moo !*
Lama-Lama ! Nous retournâmes vers le navire, les quatre canots nous suivant à quelque distance.

En arrivant au long du bord, le chef donna les signes
d'une surprise et d'un plaisir extrêmes, claquant des mains,
se frappant les cuisses et la poitrine et poussant des
éclats de rire étourdissants. Toute sa suite, qui nageait
derrière nous, unit bientôt sa gaieté à la sienne, et en
quelques minutes ce fut un tapage à nous rendre absolument sourds. Heureux d'être ramené à son bord, le capitaine Guy commanda de hisser les embarcations,
comme précaution nécessaire, et donna à entendre au
chef (qui s'appelait *Too-wit*, comme nous le découvrîmes bientôt) qu'il ne pouvait pas recevoir sur le pont
plus de vingt de ses hommes à la fois. Celui-ci parut
s'accommoder parfaitement de cet arrangement, et
transmit quelques ordres aux canots, dont l'un s'approcha, les autres restant à peu près à cinquante yards au
large. Vingt des sauvages montèrent à bord et se mirent
à fureter dans toutes les parties du pont, à grimper çà et
là dans le gréement, faisant comme s'ils étaient chez eux,
et examinant chaque objet avec une excessive curiosité.

Il était positivement évident qu'ils n'avaient jamais
vu aucun individu de race blanche, — et d'ailleurs notre
couleur semblait leur inspirer une singulière répugnance.
Ils croyaient que la *Jane* était une créature vivante, et

l'on eût dit qu'ils craignaient de la frapper avec la pointe de
leurs lances, qu'ils retournaient soigneusement. Il y eut un
moment où tout notre équipage s'amusa beaucoup de la
conduite de Too-wit. Le coq était en train de fendre du
bois près de la cuisine, et, par accident, il enfonça sa
hache dans le pont, où il fit une entaille d'une profondeur considérable. Le chef accourut immédiatement, et,
bousculant le coq assez rudement, il poussa un petit gémissement, presque un cri, qui montrait énergiquement
combien il sympathisait avec les douleurs de la goëlette ;
et puis il se mit à tapoter et à patiner la *blessure* avec sa
main et à la laver avec un seau d'eau de mer qui se
trouvait à côté. Il y avait là un degré d'ignorance auquel
nous n'étions nullement préparés, et, pour mon compte,
je ne pus m'empêcher de croire à un peu d'affectation.

Quand nos visiteurs eurent satisfait de leur mieux leur
curiosité relativement au gréement et au pont, ils furent
conduits en bas, où leur étonnement dépassa toutes les
bornes. Leur stupéfaction semblait trop forte pour s'exprimer par des paroles, car ils rôdaient partout en silence,
ne poussant de temps à autre que de sourdes exclamations. Les armes leur fournissaient une grosse matière à
réflexions, et on leur permit de les manier à loisir. Je
crois qu'ils n'en soupçonnaient pas le moins du monde
l'usage, mais qu'ils les prenaient plutôt pour des idoles,
voyant quel soin nous en prenions et l'attention avec laquelle nous guettions tous leurs mouvements pendant qu'ils les maniaient. Les canons redoublèrent
leur étonnement. Ils s'en approchèrent en donnant
toutes les marques de la vénération et de la terreur la

plus grande, mais ne voulurent pas les examiner minutieusement. Il y avait dans la cabine deux grandes glaces, et ce fut là l'apogée de leur émerveillement. Too-wit
fut le premier qui s'en approcha, et il était déjà parvenu
au milieu de la chambre, faisant face à l'une des glaces
et tournant le dos à l'autre, avant de les avoir positivement aperçues. Quand le sauvage leva les yeux et qu'il se
vit réfléchi dans le miroir, je crus qu'il allait devenir
fou ; mais, comme il se tournait brusquement pour battre en retraite, il se revit encore faisant face à lui-même
dans la direction opposée ; pour le coup je crus qu'il
allait rendre l'âme. Rien ne put le contraindre à jeter sur
l'objet un second coup d'œil ; tout moyen de persuasion
fut inutile ; il se jeta sur le parquet, cacha sa tête dans
ses mains et resta immobile, si bien qu'enfin nous nous
décidâmes à le transporter sur le pont.

Tous les sauvages furent ainsi reçus à bord successivement, vingt par vingt ; quant à Too-wit, il lui fut ac-
cordé de rester tout le temps. Nous ne découvrîmes chez
eux aucun penchant au vol, et nous ne constatâmes après
leur départ la disparition d'aucun objet. Pendant toute
la durée de leur visite, ils montrèrent les manières les
plus amicales. Il y avait cependant certains traits de leur
conduite dont il nous fut impossible de nous rendre
compte ; par exemple, nous ne pûmes jamais les faire
s'approcher de quelques objets inoffensifs, — tels que
les voiles de la goëlette, un œuf, un livre ouvert ou une
écuelle de farine. Nous essayâmes de découvrir s'ils possédaient quelques articles qui pussent devenir objets de
trafic et d'échange, mais nous eûmes la plus grande

peine à nous faire comprendre. Toutefois, nous apprîmes avec le plus grand étonnement que les îles abon-
daient en grosses tortues de l'espèce des Galapagos, et
nous en vîmes une dans le canot de Too-wit. Nous vîmes
aussi de la *biche de mer* entre les mains d'un des sauvages, qui la dévorait à l'état de nature avec une grande
avidité.

Ces anomalies, ou du moins ce que nous considérions
comme anomalies relativement à la latitude, poussèrent
le capitaine Guy à tenter une exploration complète du
pays, dans l'espérance de tirer de sa découverte quelque
spéculation profitable. Pour ma part, désireux comme je
l'étais de pousser plus loin la découverte, je n'avais
qu'une visée et qu'un but, je ne pensais qu'à poursuivre
sans délai notre voyage vers le sud. Nous avions alors un
beau temps, mais rien ne nous disait combien il dure-
rait ; et, nous trouvant déjà au quatre-vingt-quatrième
parallèle, avec une mer complétement libre devant nous,
un courant qui portait vigoureusement au sud et un bon
vent, je ne pouvais prêter patiemment l'oreille à toute
proposition de nous arrêter dans ces parages plus longtemps qu'il n'était absolument nécessaire pour refaire la
santé de l'équipage, pour nous ravitailler et embarquer
une provision suffisante de combustible. Je représentai
au capitaine qu'il nous serait facile de relâcher à ce
groupe d'îles lors de notre retour, et même d'y passer
l'hiver dans le cas où les glaces nous barreraient le passage. A la longue, il se rangea à mon avis (car j'avais,
par quelque moyen inconnu à moi-même, acquis un
grand empire sur lui), et finalement il fut décidé que

même dans le cas où nous trouverions la *biche de mer* en abondance, nous ne resterions pas là plus d'une semaine pour nous refaire, et que nous pousserions vers le sud pendant que cela nous était possible.

Nous fîmes conséquemment tous les préparatifs nécessaires, et ayant conduit heureusement, d'après les indications de Too-wit, la goëlette à travers les récifs, nous jetâmes l'ancre à un mille environ du rivage, dans une baie excellente, fermée de tous côtés par la terre, sur la côte sud-est de l'île principale, et par dix brasses d'eau, avec un fond de sable noir. A l'extrémité de cette baie coulaient (nous dit-on) trois jolis ruisseaux d'une eau excellente, et nous vîmes que les environs étaient abondamment boisés. Les quatre canots nous suivaient, mais observant toujours une distance respectueuse. Quant à Too-wit, il resta à bord, et, quand nous eûmes jeté l'ancre, il nous invita à l'accompagner à terre et à visiter son village dans l'intérieur. Le capitaine Guy y consentit, et, dix des sauvages ayant été laissés à bord comme otages, un détachement de douze hommes d'entre nous se prépara à suivre le chef. Nous prîmes soin de nous bien armer, mais sans laisser voir la moindre méfiance. La goëlette avait mis ses canons aux sabords, hissé ses filets de bastingage, et l'on avait pris toutes les précautions convenables pour se garder d'une surprise. Il fut particulièrement recommandé au second de ne recevoir personne à bord pendant notre absence, et, dans le cas où nous n'aurions pas reparu au bout de douze heures, d'envoyer la chaloupe armée d'un pierrier, à notre recherche autour de l'île.

12.

A chaque pas que nous faisions dans le pays, nous ac-
quérions forcément la conviction que nous étions sur une
terre qui différait essentiellement de toutes celles visitées
jusqu'alors par les hommes civilisés. Rien de ce que nous
apercevions ne nous était familier. Les arbres ne ressemblaient à aucun des produits des zones torrides, des
zones tempérées, ou des zones froides du Nord, et différaient essentiellement de ceux des latitudes inférieures
méridionales que nous venions de traverser. Les roches
elles-mêmes étaient nouvelles par leur masse, leur couleur et leur stratification; et les cours d'eau, quelque
prodigieux que cela puisse paraître, avaient si peu de
rapport avec ceux des autres climats, que nous hésitions
à y goûter, et que nous avions même de la peine à nous
persuader que leurs qualités étaient purement naturelles.
A un petit ruisseau qui coupait notre chemin (le premier
que nous rencontrâmes), Too-wit et sa suite firent halte
pour boire. En raison du caractère singulier de cette eau,
nous refusâmes d'y goûter, supposant qu'elle était cor-
rompue; et ce ne fut qu'un peu plus tard que nous parvînmes à comprendre que telle était la physionomie de
tous les cours d'eau dans tout cet archipel. Je ne sais
vraiment comment m'y prendre pour donner une idée
nette de la nature de ce liquide, et je ne puis le faire sans
employer beaucoup de mots. Bien que cette eau coulât
avec rapidité sur toutes les pentes, comme aurait fait
toute eau ordinaire, cependant elle n'avait jamais, excepté
dans le cas de chute et de cascade, l'apparence habituelle
de la *limpidité*. Néanmoins je dois dire qu'elle était aussi
limpide qu'aucune eau calcaire existante, et la différence

n'existait que dans l'apparence. A première vue, et particulièrement dans les cas où la déclivité était peu sensible, elle ressemblait un peu, quant à la consistance, à
une épaisse dissolution de gomme arabique dans l'eau
commune. Mais cela n'était que la moins remarquable
de ses extraordinaires qualités. Elle n'était pas incolore;
elle n'était pas non plus d'une couleur uniforme quelconque, et tout en coulant elle offrait à l'œil toutes les
variétés possibles de la pourpre, comme des chatoiements
et des reflets de soie changeante. Pour dire la vérité,
cette variation dans la nuance s'effectuait d'une manière
qui produisit dans nos esprits un étonnement aussi profond que les miroirs avaient fait sur l'esprit de Too-wit.
En puisant de cette eau plein un bassin quelconque, et
en la laissant se rasseoir et prendre son niveau, nous re-
marquions que toute la masse de liquide était faite d'un
certain nombre de veines distinctes, chacune d'une couleur particulière; que ces veines ne se mêlaient pas; et
que leur cohésion était parfaite relativement aux molécules dont elles étaient formées, et imparfaite relativement aux veines voisines. En faisant passer la pointe d'un
couteau à travers les tranches, l'eau se refermait subitement derrière la pointe, et quand on la retirait, toutes
les traces du passage de la lame étaient immédiatement
oblitérées. Mais, si la lame intersectait soigneusement
deux veines, une séparation parfaite s'opérait, que la
puissance de cohésion ne rectifiait pas immédiatement.
Les phénomènes de cette eau formèrent le premier anneau défini de cette vaste chaîne de miracles apparents
dont je devais être à la longue entouré.

XIX

KLOCK-KLOCK.

Nous mîmes à peu près trois heures pour arriver au village ; il était à plus de trois milles dans l'intérieur des terres, et la route traversait une région raboteuse. Chemin faisant, le détachement de Too-wit (les cent dix sauvages des canots) se renforça d'instants en instants de petites troupes de six ou sept individus, qui, débouchant par différents coudes de la route, nous rejoignirent comme par hasard. Il y avait là comme un système, un tel parti pris, que je ne pus m'empêcher d'éprouver de la méfiance et que je fis part de mes appréhensions au capitaine Guy. Mais il était maintenant trop tard pour revenir sur nos pas, et nous convînmes que la meilleure manière de pourvoir à notre sûreté était de montrer la plus parfaite confiance dans la loyauté de Too-wit. Donc, nous poursuivîmes, ayant toujours un œil ouvert sur les manœuvres des sauvages, et ne leur permettant pas de diviser nos rangs par des poussées soudaines. Ayant ainsi traversé un ravin escarpé, nous parvînmes à un groupe d'habitations qu'on nous dit être le seul existant sur toute l'île. Comme nous arrivions en vue du village, le chef poussa un cri et répéta à plusieurs reprises le mot *Klock-Klock*, que nous supposâmes être le nom du village, ou peut-être le nom générique appliqué à tous les villages.

Les habitations étaient de l'espèce la plus misérable

qu'on puisse imaginer, et, différant en cela de celles des
races les plus infimes dont notre humanité ait connaissance, elles n'étaient pas construites sur un plan uniforme. Quelques-unes (et celles-ci appartenaient aux
Wampoos ou *Yampoos*, les grands personnages de l'île)
consistaient en un arbre coupé à quatre pieds environ de
la racine, avec une grande peau noire étalée par-dessus,
qui s'épandait à plis lâches sur le sol. C'était là-dessous
que nichait le sauvage. D'autres étaient faites au moyen
de branches d'arbre non dégrossies, conservant encore
leur feuillage desséché, piquées de façon à s'appuyer, en
faisant un angle de quarante-cinq degrés, sur un banc
d'argile, lequel était amoncelé, sans aucun souci de forme
régulière, à une hauteur de cinq ou six pieds. D'autres
étaient de simples trous creusés perpendiculairement en
terre et recouverts de branchages semblables, que l'habitant de la cahute était obligé de repousser pour entrer,
et qu'il lui fallait ensuite rassembler de nouveau. Quelques-unes étaient faites avec les branches fourchues des
arbres, telles quelles, les branches supérieures étant en-
taillées à moitié et retombant sur les inférieures, de manière à former un abri plus épais contre le mauvais
temps. Les plus nombreuses consistaient en de petites
cavernes peu profondes, dont était, pour ainsi dire,
égratignée la surface d'une paroi de pierre noire, tombant à pic et ressemblant fort à de la terre à foulon, qui
bordait trois des côtés du village. A l'entrée de chacune
de ces cavernes grossières se trouvait un petit quartier
de roche que l'habitant du lieu plaçait soigneusement à
l'ouverture chaque fois qu'il quittait sa niche ; — dans

quel but, je ne pus pas m'en rendre compte ; car la pierre
n'était jamais d'une grosseur suffisante pour boucher
plus d'un tiers du passage.

Ce village, si toutefois cela méritait un pareil nom,
était situé dans une vallée d'une certaine profondeur, et
l'on ne pouvait y arriver que par le sud, la muraille ardue
dont j'ai parlé fermant l'accès dans toute autre direction.
A travers le milieu de la vallée clapotait un courant d'eau
de la même apparence magique que celle déjà décrite.
Nous aperçûmes autour des habitations quelques étranges
animaux qui semblaient tous parfaitement domestiqués.
Les plus gros rappelaient notre cochon vulgaire, tant par
la structure du corps que par le groin ; la queue, toutefois, était touffue, et les jambes grêles comme celles de
l'antilope. La démarche de la bête était indécise et gauche, et nous ne la vîmes jamais essayant de courir. Nous
remarquâmes aussi quelques animaux d'une physionomie
analogue, mais plus longs de corps, et recouverts d'une
laine noire. Il y avait une grande variété de volailles domestiques qui se promenaient aux alentours, et qui semblaient constituer la principale nourriture des indigènes.
A notre grand étonnement, nous aperçûmes parmi les
oiseaux des albatros noirs complétement apprivoisés, qui
allaient périodiquement en mer chercher leur nourriture,
revenant toujours au village comme à leur logis, et se
servant seulement de la côte sud qui était à proximité
comme de lieu d'incubation. Là, comme d'habitude, ils
étaient associés avec leurs amis les pingouins, mais ces
derniers ne les suivaient jamais jusqu'aux habitations
des sauvages. Parmi les autres oiseaux apprivoisés il y

avait des canards qui ne différaient pas beaucoup du
canvass-back ou *anas valisneria* de notre pays, des bou-
bies noires, et un gros oiseau qui ressemblait assez au
busard, mais qui n'était pas carnivore. Le poisson semblait en grande abondance. Nous vîmes, pendant notre
excursion, une quantité considérable de saumons secs,
de morues, de dauphins bleus, de maquereaux, de
tautogs, de raies, de congres, d'éléphants de mer, de
mulets, de soles, de scares ou perroquets de mer, de
leather-jackets, de rougets, de merluches, de carrelets,
de *paracutas*, et une foule d'autres espèces. Nous remarquâmes qu'elles ressemblaient, pour la plupart, à celles
qu'on trouve dans les parages de l'archipel de Lord
Auckland, à 51° de latitude sud. La tortue Galapago était
aussi très-abondante. Nous ne vîmes que très-peu d'animaux sauvages, aucun de grosses proportions, aucun non
plus qui nous fût connu. Un ou deux serpents d'un aspect formidable traversèrent notre chemin, mais les naturels n'y firent pas grande attention, et nous en conclûmes qu'ils n'étaient pas venimeux.

Comme nous approchions du village avec Too-wit et
sa bande, une immense populace se précipita à notre
rencontre, poussant de grands cris parmi lesquels nous
distinguions les éternels *Anamoo-moo !* et *Lama-Lama !*
Nous fûmes très-étonnés de voir que ces nouveaux arri-
vants étaient, à une ou deux exceptions près, entièrement
nus, les peaux à fourrure n'étant à l'usage que des
hommes des canots. Toutes les armes du pays semblaient
aussi en la possession de ces derniers, car nous n'en voyions
pas une seule entre les mains des habitants du village.

Il y avait aussi une multitude de femmes et d'enfants, celles-ci ne manquant pas absolument de ce qu'on peut appeler beauté personnelle. Elles étaient droites, grandes, bien faites et douées d'une grâce et d'une liberté d'allure qu'on ne trouve pas dans une société civilisée. Mais leurs lèvres, comme celles des hommes, étaient épaisses et massives, à ce point que même en riant elles ne découvraient jamais les dents. Leur chevelure était d'une nature plus fine que celle des hommes. Parmi tous ces villageois nus, on pouvait bien trouver dix ou douze hommes habillés de peaux, comme la bande de Too-wit, et armés de lances et de lourdes massues. Ils paraissaient avoir une grande influence sur les autres, et on ne leur parlait jamais sans les honorer du titre de *Wampoo*. C'étaient les mêmes hommes qui habitaient les fameux palais de peaux noires. L'habitation de Too-wit était située au centre du village, et beaucoup plus grande et un peu mieux construite que les autres de même espèce. L'arbre qui en formait le support avait été coupé à une distance de douze pieds environ de la racine, et au-dessous du point de la coupe quelques branches avaient été laissées, qui servaient à étaler la toiture et l'empêchaient ainsi de battre contre le tronc. Cette toiture, qui consistait en quatre grandes peaux reliées entre elles par des chevilles de bois, était assujettie par le bas avec de petits pieux qui la traversaient et s'enfonçaient dans la terre. Le sol était jonché d'une énorme quantité de feuilles sèches qui remplissaient l'office de tapis.

Nous fûmes conduits à cette hutte en grande solennité, et derrière nous s'amassa une foule de naturels, autant qu'il en put tenir. Too-wit s'assit sur les feuilles et nous engagea par signes à suivre son exemple. Nous obéîmes, et nous nous trouvâmes alors dans une situation singulièrement incommode, si ce n'est même critique. Nous étions assis par terre, au nombre de douze, avec les sauvages, au nombre de quarante, accroupis sur leurs jarrets, et nous serrant de si près que, s'il était survenu quelque désordre, il nous eût été impossible de faire usage de nos armes, ou même de nous dresser sur nos pieds. La cohue n'était pas seulement en dedans de la tente, mais aussi au dehors, où se foulait probablement toute la population de l'île, que les efforts et les vociféra- tions de Too-wit empêchaient seuls de nous écraser sous ses pieds. Notre principale sécurité était dans la présence de Too-wit parmi nous, et, voyant que c'était encore la meilleure chance de nous tirer d'affaire, nous résolûmes de le serrer de près et de ne pas le lâcher, décidés à le sacrifier immédiatement à la première manifestation hostile.

Après quelque tumulte, il fut possible d'obtenir un peu de silence, et le chef nous fit une harangue d'une belle longueur, qui ressemblait fort à celle qui nous avait été adressée des canots, sauf que les *Anamoo-moo !* s'y trouvaient un peu plus vigoureusement accentués que les *Lama-Lama !* Nous écoutâmes ce discours dans un pro- fond silence jusqu'à la péroraison ; le capitaine Guy y répondit en assurant le chef de son amitié et de son éternelle bienveillance, et il conclut sa réplique en lui faisant cadeau de quelques chapelets ou colliers de ver- roterie bleue et d'un couteau. En recevant les colliers,

13

le monarque, à notre grand étonnement, releva le nez
avec une certaine expression de dédain ; mais le couteau
lui causa une satisfaction indescriptible, et il commanda
immédiatement le dîner.

Ce repas fut passé dans la tente par-dessus les têtes
des assistants, et il consistait en entrailles palpitantes
de quelque animal inconnu, probablement d'un de ces
cochons à jambes grêles que nous avions remarqués en
approchant du village. Voyant que nous ne savions comment nous y prendre, il commença, pour nous montrer
l'exemple, à engloutir la séduisante nourriture yard par
yard, si bien qu'à la fin il nous fut positivement impossible de supporter plus longtemps un pareil spectacle et
que nous laissâmes voir des haut-le-cœur et de telles ré-
bellions stomachiques, que Sa Majesté en éprouva un
étonnement presque égal à celui que lui avaient causé
les miroirs. Nous refusâmes, malgré tout, de partager les
merveilles culinaires qui nous étaient présentées, et nous
nous efforçâmes de lui faire comprendre que nous n'a-
vions aucun appétit, puisque nous venions tout justement
d'achever un solide déjeuner.

Quand le monarque eut fini son régal, nous commençâmes à lui faire subir une espèce d'interrogatoire, de la
façon la plus ingénieuse que nous pûmes imaginer, dans
le but de découvrir quels étaient les principaux produits
du pays, et s'il y en avait quelques-uns dont nous pussions tirer profit. A la longue, il parut avoir quelque
idée de ce que nous voulions dire, et il nous offrit de
nous accompagner jusqu'à un certain endroit de la côte,
où nous devions, nous assura-t-il (et il désignait en

même temps un échantillon de l'animal), trouver la
biche de mer en grande abondance. Nous saisîmes avec
bonheur cette occasion d'échapper à l'oppression de la
foule, et nous signifiâmes notre impatience de partir.
Nous quittâmes donc la tente, et, accompagnés par toute
la population du village, nous suivîmes le chef à l'extrémité sud-est de l'île, pas très-loin de la baie où notre navire était mouillé. Nous attendîmes là une heure environ, jusqu'à ce que les quatre canots fussent ramenés par
quelques-uns des sauvages jusqu'au lieu de notre sta-
tion. Tout notre détachement s'embarqua dans l'un de
ces canots, et nous fûmes conduits à la pagaie le long
du récif dont j'ai parlé, puis vers un autre situé un peu
plus au large, où nous vîmes une quantité de *biche de
mer* plus abondante que n'en avait jamais vu le plus
vieux de nos marins dans les archipels des latitudes
inférieures si renommés pour cet article de commerce.
Nous restâmes le long de ces récifs assez longtemps pour
nous convaincre que nous en aurions facilement chargé
une douzaine de navires s'il eût été nécessaire; et puis
nous remontâmes à bord de la goëlette, et nous prîmes
congé de Too-wit, après lui avoir fait promettre qu'il
nous apporterait, dans le délai de vingt-quatre heures,
autant de canards *canvass-back* et de tortues Galapagos
que ses canots en pourraient contenir. Pendant toute
cette aventure nous ne vîmes dans la conduite des naturels rien de propre à éveiller nos soupçons, sauf la singulière manière systématique dont ils avaient grossi leur
bande pendant notre marche de la goëlette au village.

XX

ENTERRÉS VIVANTS !

Le chef fut fidèle à sa parole, et nous fûmes abondamment pourvus de provisions fraîches. Nous trouvâmes
les tortues aussi bonnes qu'aucune que nous eussions
jamais goûtée, et les canards étaient supérieurs à nos
meilleures espèces d'oiseaux sauvages, — excessivement
tendres, juteux, et d'une saveur exquise. En outre, les
sauvages nous apportèrent, après que nous leur eûmes
fait comprendre notre désir, une grande quantité de
céleri brun et de cochléaria, ou herbe au scorbut, avec
un plein canot de poisson frais et de poisson sec. Le
céleri fut pour nous un vrai régal, et le cochléaria eut un
résultat admirable et servit à guérir ceux de nos hommes
chez qui avaient déjà paru les symptômes du mal. En
très-peu de temps nous n'eûmes plus un seul cas sur le
rôle des malades. Nous reçûmes aussi d'autres provisions
fraîches en abondance, parmi lesquelles je dois citer
une espèce de coquillage qui par sa forme ressemblait à
la moule, mais qui avait le goût de l'huître. Nous eûmes
également en abondance des crevettes de deux espèces et
des œufs d'albatros et d'autres oiseaux dont les coquilles
étaient noires. Nous embarquâmes encore une bonne provision de chair de cochon, de l'espèce dont j'ai déjà parlé.
La plupart de nos hommes y trouvèrent une nourriture
agréable ; mais pour ma part elle me sembla imprégnée

d'une odeur de poisson, et d'ailleurs répugnante. En retour de toutes ces bonnes choses, nous offrîmes aux naturels des colliers à grains bleus, des bijoux de cuivre, des clous, des couteaux et des morceaux de toile rouge, et ils se montrèrent complétement enchantés de l'échange. Nous établîmes sur la côte un marché régulier, juste sous les canons de la goëlette, et tout le trafic s'y opéra avec toutes les apparences de la bonne foi et avec un ordre auquel nous ne nous serions pas attendus de la part de ces sauvages, à en juger par leur conduite au village de *Klock-Klock*.

Les choses allèrent ainsi fort amiablement pendant quelques jours, et, durant cette période des bandes de naturels vinrent fréquemment à bord de la goëlette, et des détachements de nos hommes descendirent souvent à terre, faisant de longues excursions dans l'intérieur et n'éprouvant de la part des habitants aucune espèce de vexation. Voyant avec quelle facilité le navire pouvait être chargé de *biche de mer*, grâce aux dispositions amicales des insulaires, et quel secours ils pouvaient prêter pour la ramasser, le capitaine Guy résolut d'entrer en négociation avec Too-wit relativement à l'érection de bâtiments commodes, pour préparer l'article, et à la récompense due à lui et à ses hommes qui se chargeraient d'en recueillir le plus possible, pendant que nous profiterions du beau temps pour poursuivre notre voyage vers le sud. Quand il fit entendre son projet au chef, celui-ci sembla très-disposé à entrer en accommodement. Un marché fut donc conclu, parfaitement satisfaisant pour les deux parties, et on convint qu'après avoir fait les préparatifs nécessaires, tels

que le tracé d'un emplacement convenable, l'érection d'une
partie des bâtiments, et quelques autres besognes pour
lesquelles tout notre équipage serait mis en réquisition,
la goëlette se remettrait en route, laissant sur l'île trois
de ses hommes pour surveiller l'accomplissement du
projet et enseigner aux naturels la dessiccation de la *biche
de mer*. Quant aux conditions du traité, elles dépen-
daient du zèle et de l'activité des sauvages pendant notre
absence. Ils devaient recevoir une quantité convenue de
verroterie bleue, de conteaux, de toile rouge, et ainsi
de suite, pour autant de fois un certain nombre de *piculs*
de *biche de mer*, que nous devions trouver toute pré-
parée à notre retour.

Une description de la nature de cet important article de commerce et de la méthode de le préparer peut
être de quelque intérêt pour mes lecteurs, et je ne vois
pas de meilleure place que celle-ci pour introduire ce
compte-rendu. La notice complète qui suit, relative à la
substance en question, est tirée d'une relation moderne
de voyage dans les mers du Sud :

« C'est ce mollusque des mers de l'Inde qui est connu
dans le commerce sous le nom français de *bouche de mer*
(fin morceau tiré de la mer). Si je ne me trompe pas, l'il-
lustre Cuvier l'appelle *gasteropeda pulmonifera*. On le re-
cueille en abondance sur les côtes des îles du Pacifique,
principalement pour le marché chinois, où il est coté
à un très-haut prix, presque autant que ces fameux nids
comestibles, qui sont probablement faits d'une matière
gélatineuse ramassée par une espèce d'hirondelle sur le
corps de ces mollusques. Ils n'ont ni coquilles ni pattes,

ni aucun membre proéminent, — rien que deux orga-
nes, l'un d'absorption, l'autre d'excrétion, situés à l'opposite l'un de l'autre ; mais, grâce à leurs anneaux, élas-
tiques comme ceux des chenilles et des vers, ils rampent
vers les hauts-fonds, où, quand la mer est basse, ils sont
aperçus par une espèce d'hirondelle, dont le bec aigu,
piquant dans le corps tendre du mollusque, en retire
une substance gommeuse et filamenteuse qui lui sert, en
séchant, à solidifier les parois de son nid. De là le nom
de *gasteropeda pulmonifera.*

« Ces mollusques sont de forme oblongue et d'une
dimension variable de 3 à 18 pouces de long ; j'en ai vu
qui n'avaient pas moins de 2 pieds. Ils sont presque
ronds, mais légèrement aplatis sur un côté, celui qui est
tourné vers le fond de la mer, et ils sont d'une grosseur
qui varie de 1 à 8 pouces. Ils grimpent en rampant dans les
hauts-fonds à de certaines époques de l'année, — probablement pour se reproduire, car on les voit souvent alors
par couples. C'est quand le soleil agit puissamment sur
l'eau et qu'il l'attiédit qu'ils approchent de la côte ; et ils
vont quelquefois sur des fonds où l'eau est si basse que,
la marée se retirant, ils restent à sec, exposés à la
chaleur du soleil. Mais ils ne produisent pas leurs petits
dans les hauts-fonds, car nous n'avons jamais vu un seul
de ceux-ci, et quand on les a observés remontant des
eaux profondes, ils étaient toujours parvenus à leur
pleine croissance. Ils se nourrissent principalement de
cette classe de zoophytes qui produit le corail.

« On prend généralement la *biche de mer* à une profondeur de trois ou quatre pieds ; après quoi on la porte à la

côte, et on la fend par un bout avec un couteau, l'incision étant d'un pouce ou de plus, suivant la dimension du mollusque. A travers cette ouverture, on fait par la pression sortir les entrailles, qui d'ailleurs ressemblent beaucoup à celles de tous les menus habitants de la mer. On lave alors l'objet, puis on le fait bouillir à une certaine température qui ne doit être ni trop élevée ni trop faible. On l'ensevelit ensuite dans la terre pendant quatre heures, et on le fait encore bouillir pendant un peu de temps, après quoi on le met à sécher soit au feu, soit au soleil. Les mollusques qu'on fait sécher au soleil sont les meilleurs ; mais quand j'en puis obtenir par ce moyen la valeur d'un *picul* (133 livres $^1/_3$), j'en puis faire sécher trente *piculs* par le feu. Quand ils sont convenablement séchés, on peut les conserver sans danger trois ou quatre ans dans un endroit sec ; mais il faut les examiner de loin en loin, soit quatre fois par an, pour voir si quelque humidité ne les a pas atteints et gâtés.

« Les Chinois, comme nous l'avons dit, considèrent la *biche de mer* comme une friandise des plus recherchées, comme un mets des plus nourrissants et des plus fortifiants, et aussi comme très-propre à rajeunir un tempérament épuisé par les voluptés immodérées. L'article de première qualité est coté à un très-haut prix à Canton et se vend 90 dollars le *picul*; la seconde qualité, 75 dollars ; la troisième, 50 dollars ; la quatrième, 30 dollars ; la cinquième, 20 dollars ; la sixième, 12 dollars; la septième, 8 dollars ; et la huitième, 4 dollars; toutefois, il arrivera souvent que de petites cargaisons rapporteront davantage sur les marchés de Manille, de Singapour et de Batavia. »

Nous entrâmes donc en arrangement, et nous débarquâmes immédiatement tout ce qui était nécessaire pour commencer les bâtiments et déblayer le terrain. Nous fîmes choix d'un vaste espace uni près de la côte est de la baie, où se trouvaient en égale abondance l'eau et le bois, et à une distance convenable des principaux récifs sur lesquels on pouvait se procurer la *biche de mer*. Nous nous mîmes tous à l'œuvre avec une grande ardeur ; bientôt, au grand étonnement des sauvages, nous eûmes abattu un nombre d'arbres suffisant pour notre dessein, et nous les fixâmes régulièrement pour établir la charpente des bâtiments, qui en deux ou trois jours se trouvèrent assez avancés, pour abandonner en toute confiance le reste de la besogne aux trois hommes que nous devions laisser derrière nous. Ces hommes étaient John Carson, Alfred Harris et.... Peterson (tous trois natifs de Londres, à ce que je crois), qui d'ailleurs s'offrirent d'eux-mêmes pour ce service.

A la fin du mois nous avions fait tous nos préparatifs de départ. Cependant nous étions convenus de faire une solennelle visite d'adieux au village, et Too-wit insista si opiniâtrément sur la nécessité de tenir notre promesse que nous ne jugeâmes pas convenable de l'offenser par un refus définitif. Je crois que pas un de nous à cette époque n'avait le plus léger soupçon relativement à la bonne foi des sauvages. Ils s'étaient tous conduits avec les plus grands égards, nous aidant avec empressement dans notre besogne, nous offrant leurs marchandises

13.

souvent gratuitement, et jamais, dans aucun cas, n'es-
camotant un seul objet, bien qu'ils manifestassent par
leurs éternelles et extravagantes démonstrations de joie,
à chaque présent que nous leur faisions, quelle haute
valeur ils attribuaient aux articles que nous avions
en notre possession. Les femmes particulièrement
étaient extrêmement obligeantes en toutes choses, et, en
somme, nous aurions été les hommes les plus défiants
du monde, si nous avions soupçonné la moindre pensée
de perfidie de la part d'un penple qui nous traitait si
bien. Il nous suffit de très-peu de temps pour nous convaincre que cette bienveillance apparente n'était que le
résultat d'un plan profondément étudié pour amener notre destruction, et que les insulaires qui nous avaient
inspiré de si singuliers sentiments d'estime appartenaient
à la race des plus barbares, des plus subtils et des plus
sanguinaires misérables qui aient jamais contaminé la
face du globe.

Ce fut le 1er février que nous allâmes à terre pour
rendre visite au village. Bien que nous n'eussions pas, je
le répète, le plus léger soupçon, cependant aucune précaution convenable ne fut négligée. Six hommes restèrent à bord de la goëlette, avec ordre de ne laisser approcher aucun sauvage pendant notre absence, sous
quelque prétexte que ce fût, et de rester constamment
sur le pont. On hissa les filets de bastingage, les canons
reçurent une double charge de grappes de raisin et de
mitraille, et les pierriers furent chargés de boîtes à balles
de fusils. Le navire était mouillé, avec son ancre à pic, à
un mille environ de la côte, et aucun canot ne pouvait en

approcher d'aucun côté sans être aperçu et sans s'exposer immédiatement au feu de nos pierriers.

Les six hommes laissés à bord, notre détachement se
composait en tout de trente-deux individus. Nous étions
armés jusqu'aux dents; nous avions des fusils, des pistolets et des poignards ; chaque homme possédait en outre un long couteau de marin, ressemblant un peu au
bowie-knife si popularisé maintenant dans toutes nos
contrées du Sud et de l'Ouest. Une centaine de guerriers
revêtus de peaux noires vint à notre rencontre au débar-
quemen pour nous faire la conduite. Je dois dire que
nous remarquâmes alors, non sans quelque surprise,
qu'ils étaient complétement sans armes ; et quand nous
questionnâmes Too-wit relativement à cette circonstance, il répondit simplement : *Mattee non we pa pa si,*
— c'est-à-dire : *Là où tous sont frères, il n'est pas besoin
d'armes.* Nous prîmes cela en bonne part, et nous continuâmes notre route.

Nous avions passé la source et le ruisseau dont j'a
déjà parlé, et nous entrions dans une gorge étroite qui
serpentait à travers les collines de pierre de savon au
milieu desquelles se trouvait situé le village. Cette gorge
était rocheuse et très-inégale, au point que, lors de notre première excursion à Klock-Klock, nous n'avions pu
la franchir qu'avec la plus grande difficulté. Le ravin,
dans toute sa longueur, pouvait bien avoir un mille et
demi ou même deux milles. Il se contournait en mille sinuosités à travers les collines (il avait probablement, à une
époque reculée, formé le lit d'un torrent), et jamais il
ne se continuait plus de vingt yards sans faire un brusque

coude. Je suis sûr que les versants de cette vallée s'élevaient, en moyenne, à 70 ou 80 pieds de hauteur perpendiculaire dans toute son étendue, et en quelques endroits les parois montaient à une élévation surprenante, obscurcissant tellement la passe que la lumière du jour n'y pénétrait plus qu'à peine. La largeur ordinaire était de quarante pieds environ, et quelquefois elle se rétrécissait au point de ne livrer passage qu'à cinq ou six hommes de front. Bref, il ne pouvait pas y avoir au monde d'endroit mieux choisi pour une embuscade, et il n'était que trop naturel de veiller soigneusement à nos armes aussitôt que nous y entrâmes.

Quand maintenant je pense à notre prodigieuse folie, mon principal sujet d'étonnement est que nous ayons pu nous aventurer ainsi, dans n'importe quelles circonstances, et nous remettre à la discrétion de sauvages inconnus, au point de leur permettre de marcher devant et derrière nous tout le long de la ravine. Cependant, tel fut l'ordre de marche que nous adoptâmes en aveugles, nous fiant sottement à la force de notre troupe, à la disparition des armes chez Too-wit et ses hommes, à l'effet sûr de nos armes à feu (qui était encore un secret pour les naturels), et, avant toutes choses, à la longue affectation d'amitié de ces infâmes misérables. Cinq ou six d'entre eux ouvraient la marche, comme pour nous montrer la route, faisant grand étalage de bons soins et écartant pompeusement les grosses pierres et les débris qui entravaient nos pas. Ensuite venait notre bande. Nous marchions serrés les uns contre les autres, ne prenant souci que d'empêcher notre séparation. Derrière

suivait le corps principal des sauvages, qui observait un
ordre et un décorum tout à fait insolites.

Dirk Peters, un nommé Wilson Allen et moi, nous
marchions à la droite de nos camarades, examinant tout le
long de notre route les singulières stratifications de la muraille qui surplombait au-dessus de nos têtes. Une fissure
dans la roche tendre attira notre attention. Elle était
assez large pour permettre à un homme d'y entrer sans
se serrer, et elle s'enfonçait dans la montagne à dix-huit
ou vingt pieds en droite ligne, biaisant ensuite vers la
gauche. La hauteur de cette ouverture, aussi loin que
notre regard put pénétrer, était peut-être de soixante ou
soixante-dix pieds. A travers les crevasses s'allongeaient
deux ou trois arbustes rabougris, rappelant un peu le
coudrier, que j'eus la curiosité d'examiner; m'avançant
vivement dans ce but, je détachai cinq ou six noisettes
d'une grappe, et je me retirai en toute hâte. Comme je
me retournais, je vis que Peters et Allen m'avaient suivi.
Je les priai de reculer, parce qu'il n'y avait pas place pour
laisser passer deux personnes, et je leur dis que je leur
donnerais quelques-unes de mes noisettes. En conséquence ils se retournèrent, et ils se faufilaient vers la
route, Allen étant presque à l'orifice de la crevasse,
quand j'éprouvai soudainement une secousse qui ne ressemblait à rien qui m'eût été familier jusqu'alors et qui
m'inspira comme une vague idée (si en vérité je puis
dire que j'eus une idée quelconque) que les fondations
de notre globe massif s'entr'ouvraient tout à coup, et
que nous touchions à l'heure de la destruction univer-
selle.

XXI

CATACLYSME ARTIFICIEL.

Aussitôt que je pus rappeler mes sens éperdus, je me
sentis presque suffoqué, pataugeant dans une nuit complète parmi une masse de terre diffuse qui croulait lourdement sur moi de tous les côtés et menaçait de m'ense-
velir entièrement. Horriblement alarmé par cette idée,
je m'efforçai de reprendre pied, et à la fin j'y réussis. Je
restai alors immobile pendant quelques instants, m'appliquant à comprendre ce qui m'était arrivé et où je
pouvais être. Bientôt j'entendis un profond gémissement
tout contre mon oreille et peu de temps après la voix
étouffée de Peters qui me suppliait au nom de Dieu de
venir à son aide. Je m'avançai péniblement d'un ou deux
pas, et je tombai juste sur la tête et les épaules de mon
camarade, que je trouvai enseveli jusqu'à mi-corps dans
une masse de terre molle, et qui luttait avec désespoir
pour se délivrer de cette oppression. J'arrachai la terre
tout autour de lui avec toute l'énergie dont je pouvais
disposer, et je réussis à la longue à le tirer d'affaire.

Aussitôt que nous fûmes suffisamment revenus de
notre frayeur et de notre surprise et que nous pûmes
causer raisonnablement, nous en vinmes tous deux à
cette conclusion, que les murailles de la fissure dans
laquelle nous nous étions aventurés s'étaient, par quelque convulsion de la nature ou probablement par leur

propre poids, effondrées par le haut, et que, nous trouvant ainsi ensevelis tout vivants, nous étions perdus à
jamais. Pendant longtemps, nous nous abandonnâmes
lâchement à la douleur et au désespoir le plus affreux,
tels que ceux qui ne se sont pas trouvés dans une situation semblable ne pourront jamais se les figurer. Je crois
fermement qu'aucun des accidents dont peut être semée
l'existence humaine n'est plus propre à créer le paroxysme de la douleur physique et morale qu'un cas semblable au nôtre : — Être enterrés vivants! La noirceur
des ténèbres qui enveloppent la victime, l'oppression
terrible des poumons, les exhalaisons suffocantes de la
terre humide se joignent à cette effrayante considération,
— que nous sommes exilés au delà des confins les plus
lointains de l'espérance et que nous sommes bien dans
la condition spéciale des *morts*, — pour jeter dans le cœur
humain un effroi, une horreur glaçante qui sont intolérables, — qu'il est impossible de concevoir !

A la longue, Peters fut d'avis que nous devions
avant tout vérifier jusqu'où s'étendait notre malheur et
tâtonner à travers notre prison ; car il n'était pas absolument impossible, ajouta-t-il, que nous pussions découvrir une ouverture pour nous échapper. Je m'accrochai
vivement à cet espoir, et, rappelant mon énergie, je
m'efforçai de me frayer une voie à travers cet amas
de terre éparse. J'avais à peine avancé d'un pas qu'un
filet de lumière arriva jusqu'à moi, imperceptible, il est
vrai, mais suffisant pour me convaincre qu'en tous cas
nous ne péririons pas immédiatement par manque d'air.
Nous reprîmes alors un peu courage, et nous tâchâmes

de nous persuader mutuellement que tout irait pour le mieux. Ayant grimpé par-dessus un banc de décombres qui obstruait notre passage dans la direction de la lumière, nous eûmes moins de peine à avancer, et nous éprouvâmes aussi quelque soulagement à l'excessive oppression qui torturait nos poumons. Il nous fut bientôt possible de distinguer les objets autour de nous, et nous découvrîmes que nous étions presque à l'extrémité de la partie de la fissure qui s'étendait en ligne droite, c'est-à-dire à l'endroit où elle faisait un coude sur la gauche. Encore quelques efforts, et nous atteignions le coude, où nous aperçûmes, avec une joie inexprimable, une longue cicatrice ou lézarde qui s'étendait à une vaste distance vers la région supérieure, faisant généralement un angle de quarante-cinq degrés environ, mais quelquefois beaucoup plus ardue. Notre œil ne pouvait pas parcourir toute l'étendue de cette ouverture ; mais la lumière y descendant en quantité suffisante, nous avions presque la certitude (si toutefois nous pouvions grimper jnsqu'au sommet) de trouver en haut un passage débouchant en plein air.

Je me souvins alors que nous étions trois qui avions quitté la gorge principale pour entrer dans cette fissure, et que notre camarade Allen n'était pas encore retrouvé ; nous résolûmes donc de revenir sur nos pas et de le chercher. Après une longue perquisition, qui était d'ailleurs pleine de dangers à cause de la masse de terre supérieure qui s'effondrait sur nous, Peters me cria enfin qu'il venait d'empoigner l'un des pieds de notre camarade, et que tout son corps était si profondément

enseveli sous les décombres qu'il était impossible de l'en
retirer. Je découvris bientôt que ce que disait Peters
n'était que trop vrai, et que la vie devait être éteinte
depuis longtemps. Le cœur plein de tristesse, nous abandonnâmes donc le corps à sa destinée et nous nous ache-
minâmes de nouveau vers le coude du corridor.

La largeur de la déchirure était à peine suffisante
pour notre corps, et, après une ou deux tentatives
infructueuses pour remonter, nous recommençâmes à
désespérer. J'ai déjà dit que la chaîne de hauteurs à
travers lesquelles se faufilait la gorge principale était
formée d'une espèce de roches ressemblant à la stéatite
ou pierre de savon. Les parois de l'ouverture sur lesquelles nous nous efforcions alors de grimper étaient
faites de la même substance, et si glissantes et si mouil-
lées que nos pieds pouvaient à peine mordre sur les
parties les moins ardues; en quelques endroits, quand
la montée devenait presque perpendiculaire, la difficulté se
trouvait naturellement beaucoup plus grave, et pendant
quelque temps nous crûmes positivement qu'elle serait
insurmontable. Nous tirâmes toutefois le courage du
désespoir, et, ayant eu l'heureuse idée de tailler des degrés dans la roche tendre avec nos *bowie-knives*, nous
nous suspendîmes, au risque de nous tuer, à de petites
proéminences faites d'une espèce d'argile schisteuse un
peu plus dure, qui saillaient çà et là de la masse générale,
et nous arrivâmes enfin à une plate-forme naturelle d'où
l'on pouvait apercevoir un lambeau de ciel bleu, à
l'extrémité d'une ravine solidement boisée. Regardant
alors derrière nous, et examinant un peu plus à loisir le

passage à travers lequel nous avions émergé, nous vîmes
clairement, à l'aspect de ses parois, qu'il était de formation récente, et nous en conclûmes que la secousse,
de quelque nature qu'elle fût, qui nous avait si inopi-
nément engloutis, nous avait en même temps ouvert
cette voie de salut. Presque épuisés par nos efforts, et
vraiment si faibles que nous pouvions à peine nous tenir
sur nos pieds et prononcer une parole, Peters eut l'idée
de donner l'alarme à nos compagnons en déchargeant
nos pistolets qui étaient restés fixés à notre ceinture ; —
car, pour les fusils et les coutelas, nous les avions
perdus parmi les décombres de terre molle au fond de
l'abîme. Les événements subséquents prouvèrent que,
si nous avions fait feu, nous nous en serions amèrement
repentis ; mais, par grand bonheur, un demi-soupçon
de l'infâme tour dont nous étions victimes s'était pendant ce temps-là éveillé dans mon esprit, et nous prîmes
bien garde de faire connaître aux sauvages en quel lieu
nous nous trouvions.

Après nous être reposés pendant une heure environ,
nous poussâmes lentement vers le haut de la ravine, et
nous n'étions pas allés bien loin que nous entendîmes
une série de hurlements effroyables. Nous atteignîmes
enfin ce que nous pouvions décidément appeler la surface
du sol ; car notre route jusque-là, depuis que nous avions
quitté la plate-forme, avait serpenté sous une voûte de
roches élevées et de feuillage, à une grande distance
au-dessus de nos têtes. Avec la plus grande prudence,
nous nous coulâmes vers une étroite ouverture d'où il
nous fut facile d'embrasser du regard toute la contrée

environnante, et enfin tout le terrible secret du tremblement de terre nous fut révélé en un moment et au
premier coup d'œil.

Notre point de vue n'était pas loin du sommet du pic
le plus élevé parmi cette chaîne de montagnes de stéatite.
La gorge dans laquelle s'était engagé notre détachement
de trente-deux hommes courait à cinquante pieds à notre
gauche. Mais, dans une étendue de cent yards au moins,
le défilé, ou lit de cette gorge, était absolument com-
blé par les débris chaotiques de plus d'un million de
tonnes de terre et de pierres, véritable avalanche artifi-
cielle qui y avait été adroitement précipitée. La méthode
employée pour faire s'écrouler cette vaste masse était aussi
simple qu'évidente, car il restait encore des traces posi-
tives de l'œuvre meurtrière. En quelques endroits, le
long de la crête du côté est de la gorge (nous étions alors
à l'ouest), nous pouvions apercevoir des poteaux de bois
plantés dans la terre. En ces endroits-là la terre n'avait
pas fléchi ; mais tout le long de la paroi du précipice
d'où la masse s'était détachée, il était évident, d'après certaines traces empreintes dans le sol et ressemblant, celles
laissées par la sape, que les pieux semblables à ceux que
nous voyions subsistant encore avaient été fixés, à une distance d'un yard au plus l'un de l'autre, dans une longueur
peut-être de trois cents pieds, sur une ligne située à dix
pieds environ du bord du précipice. De forts ligaments
de vigne adhéraient encore aux poteaux subsistant sur la
colline, et il était évident que des cordes de même nature
avaient été attachées à chacun des autres poteaux. J'ai
déjà parlé de la singulière stratification de ces collines

de pierre de savon, et la description que j'ai faite tout à
l'heure de l'étroite et profonde crevasse à travers laquelle
nous avions échappé à notre terrible sépulture doit servir à en faire plus complétement comprendre la nature.
Elle était telle que la première convulsion naturelle devait, à coup sûr, fendre le sol en couches perpendicu-
laires ou lignes de partage parallèles les unes aux autres,
et qu'un effort très-modéré de l'art pouvait suffire pour
obtenir le même résultat. C'était de cette stratification
particulière que les sauvages s'étaient servis pour mener
à bonne fin leur abominable traîtrise. Il est impossible
de mettre en doute qu'une rupture partielle du sol n'ait
été opérée, grâce à cette ligne continue de poteaux, à
une profondeur d'un ou deux pieds peut-être, et qu'un
sauvage placé à l'extrémité de chacune des cordes et
tirant à lui (ces cordes étant attachées à la pointe des poteaux et s'étendant depuis la crête de la colline) n'ait obtenu une énorme puissance de levier capable de précipiter, à un signal donné, toute la paroi de la colline
dans le fond du gouffre. La destinée de nos pauvres
camarades ne pouvait plus être l'objet d'un doute. Seuls
nous avions échappé à cet écrasant cataclysme artificiel.
Nous étions les seuls hommes blancs restés vivants sur
l'île.

XXII

TEKELI-LI !

Notre situation, telle qu'elle nous apparut alors, était
peine moins terrible que lorsque nous nous étions crus

enterrés à tout jamais. Nous n'avions pas d'autre perspective que d'être mis à mort par les sauvages ou de traîner
parmi eux une misérable existence de captifs. Nous pouvions, il est vrai, pendant quelque temps échapper à leur
attention dans les replis des collines et, à la dernière
extrémité, dans l'abîme d'où nous venions de sortir ;
mais il nous fallait ou mourir de froid et de faim pendant le long hiver polaire, ou finalement trahir notre
existence dans nos efforts pour trouver quelques ressources.

Tout le pays environnant semblait fourmiller de sauvages, et de nouvelles bandes, que nous aperçûmes
alors, étaient arrivées sur des radeaux des iles situées au
sud, indubitablement pour aider à prendre et à piller la
Jane. Le navire était toujours tranquillement à l'ancre
dans la baie, les hommes à bord ne pouvant pas soupçonner qu'un danger quelconque les menaçât. Combien
nous brûlâmes en ce moment d'être avec eux, soit pour
les aider à opérer leur fuite, soit pour périr ensemble
en essayant de nous défendre ! Nous n'apercevions
même aucun moyen de les avertir du péril sans attirer
immédiatement la mort sur nos têtes, et encore, dans ce
cas, n'avions-nous que peu d'espoir de leur être utiles.
Un coup de pistolet aurait suffi pour leur annoncer qu'il
était arrivé un malheur ; mais cet avis ne pouvait pas
leur faire comprendre que leur seule chance de salut
consistait à lever l'ancre immédiatement, — qu'aucun
principe d'honneur ne les contraignait à rester, puisque
leurs compagnons avaient disparu du rôle des vivants.
Pour avoir entendu la décharge, ils ne pouvaient pas

être mieux préparés qu'ils n'étaient et qu'ils n'avaient été jusqu'alors à recevoir un ennemi prêt à l'attaque. Aucun avantage ne pouvait résulter d'une alarme donnée par un coup de feu, et il en pouvait résulter un mal infini ; aussi, après mûre délibération, nous nous en abstînmes.

Nous eûmes ensuite l'idée de nous précipiter vers le navire, de nous emparer d'un des quatre canots amarrés à l'entrée de la baie, et d'essayer de nous frayer un passage jusqu'à la goëlette. Mais l'absolue impossibilité de réussir dans cette tentative désespérée devint bientôt évidente. Tout le pays, comme je l'ai dit, fourmillait littéralement de sauvages, qui se rasaient derrière les buissons et les replis des collines de manière à ne pas être aperçus de la goëlette. Particulièrement dans notre voisinage immédiat, et bloquant le seul passage par lequel nous pouvions espérer d'atteindre le rivage au bon endroit, était postée toute la bande des guerriers aux peaux noires, Too-wit à leur tête, qui semblait n'attendre que quelques renforts pour commencer l'abordage de la *Jane*. Les canots aussi, à l'entrée de la baie, étaient montés par des sauvages, non armés, il est vrai, mais ayant sans aucun doute des armes à leur portée. Nous fûmes donc forcés, malgré tout notre bon vouloir, de rester dans notre cachette, simples spectateurs de la bataille qui ne tarda pas à s'engager.

Au bout d'une demi-heure à peu près, nous vîmes soixante ou soixante-dix radeaux, ou bateaux plats, à balanciers de pirogue, se remplir de sauvages et doubler la pointe sud de la baie. Il ne paraissait pas qu'ils eussent d'autres armes que de courtes massues et des

pierres amassées au fond des bateaux. Aussitôt après,
un autre détachement, encore plus considérable, s'approcha par une direction opposée, avec des armes semblables. Les quatre canots se remplirent aussi très-rapi-
dement d'une foule de naturels qui sortaient des fourrés,
se dirigeant tous vers l'entrée du port, et qui poussèrent
vivement au large pour rejoindre les autres troupes.
Ainsi, en moins de temps qu'il ne m'en a fallu pour le
raconter, et comme par magie, la *Jane* se vit assiégée par
une multitude immense de forcenés évidemment résolus
à s'en emparer à tout prix.

Qu'ils dussent réussir dans cette entreprise, nous
n'osions pas en douter un seul instant. Les six hommes laissés sur le navire, quelque résolus qu'ils fussent à se bien défendre, étaient bien loin de suffire au
service convenable des pièces, et de toutes façons ils
étaient incapables de soutenir un combat aussi inégal.
Je pouvais à peine me figurer qu'ils fissent la moindre résistance ; mais en cela je me trompais ; car
je les vis bientôt s'embosser et amener le côté de
tribord de manière que toute la bordée portât sur les
canots qui se trouvaient alors à portée de pistolet,
les radeaux restant à peu près à un quart de mille au
vent. Par suite de quelque cause inconnue, probablement de l'agitation de nos pauvres amis se voyant
dans une position aussi désespérée, la décharge ne fut
qu'un four complet. Pas un canot ne fut atteint, pas un
sauvage blessé, le tir étant trop court, et la charge
faisant ricochet par-dessus leurs têtes. Le seul effet produit sur eux fut un grand étonnement à cette détonati

mattendue et à cette fumée; et cet étonnement fut si grand
que je crus pendant quelques instants qu'ils allaient abandonner leur dessein et regagner la côte. Et à coup sûr
il en eût été comme je le crus d'abord, si nos hommes
avaient soutenu leur bordée par une décharge de mous-
queterie; car, pour le coup, les canots étant si près
d'eux, ils n'auraient pas manqué de faire quelques
ravages qui eussent au moins suffi à empêcher cette
bande-là de s'approcher davantage, et qui leur eussent
permis de lâcher une autre bordée sur les radeaux. Mais,
au contraire, en courant à bâbord pour recevoir les radeaux, ils laissèrent aux hommes des canots le temps de
revenir de leur panique, et, en regardant autour d'eux,
de vérifier qu'ils n'avaient subi aucun dommage.

La bordée de bâbord produisit l'effet le plus terrible.
La mitraille et les boulets ramés des gros canons cou-
pèrent complétement sept ou huit des radeaux, et
tuèrent roide trente ou quarante sauvages peut-être,
pendant qu'une centaine au moins se trouvaient précipités dans l'eau, dont la plupart cruellement blessés.
Ceux qui restaient, perdant complétement la tête, com-
mencèrent tout de suite une retraite précipitée, ne se
donnant même pas le temps de repêcher leurs compagnons mutilés, qui nageaient çà et là de tous côtés,
criant et hurlant au secours. Ce grand succès, néanmoins,
arriva trop tard pour sauver nos énergiques camarades.
La bande des canots était déjà à bord de la goëlette au
nombre de plus de cent cinquante hommes, la plupart
d'entre eux ayant réussi à grimper aux porte-haubans et
par-dessus les filets de bastingage, même avant que les

mèches fussent appliquées aux canons de bâbord. Rien
ne pouvait plus arrêter la rage de ces brutes. Nos hommes
furent tout de suite culbutés, écrasés, foulés aux pieds
et complétement mis en lambeaux en un instant.

Voyant cela, les sauvages des radeaux revinrent de
leur frayeur et arrivèrent en foule pour le pillage. En
cinq minutes la *Jane* fut le théâtre déplorable d'une
dévastation et d'un désordre sans pareil. Le pont fut
fendu, arraché, entr'ouvert ; les cordages, les voiles et
toutes les manœuvres, démolis comme par magie ; cependant que, poussant à l'arrière, remorquant avec ses canots
et halant sur les côtés, cette multitude de misérables qui
nageait autour du navire parvint facilement à l'échouer
à la côte (le câble ayant été filé par le bout), et le remit aux
bons soins de Too-wit, qui, durant toute la bataille, comme
un général consommé, avait précieusement gardé son
poste d'observation au milieu des collines, mais qui,
maintenant que la victoire était aussi complète qu'il le
désirait, consentait à accourir avec son état-major velu
et à prendre sa part du butin.

La descente de Too-wit nous permit de quitter notre
cachette et de faire une reconnaissance dans la colline
aux environs du ravin. A cinquante yards à peu près de
l'entrée, nous vîmes une petite source où nous étan-
châmes la soif brûlante qui nous consumait. Non loin
de cette source nous découvrîmes quelques coudriers de
l'espèce dont j'ai déjà parlé. En goûtant aux noisettes,
nous les trouvâmes assez passables et ressemblant par leur
saveur à la noisette anglaise commune. Nous en remplîmes immédiatement nos chapeaux, nous les dépo-

14

sâmes dans la ravine et nous retournâmes à la cueil-
lette. Pendant que nous nous occupions activement à
les ramasser, un frémissement dans les buissons nous
causa une vive alarme, et nous étions au moment de
nous raser vers notre gîte, quand un gros oiseau noir
du genre butor s'éleva lentement et pesamment des
arbrisseaux. J'étais si surpris que je ne savais que faire ;
mais Peters eut assez de présence d'esprit pour courir
sus à l'oiseau, avant qu'il pût s'échapper, et pour l'empoigner par le cou. L'animal se débattait furieusement
et poussait de si effroyables cris que nous fûmes au
moment de le lâcher, craignant que le bruit ne donnât
l'alarme à quelques-uns des sauvages qui pouvaient encore être en embuscade aux environs. A la fin cependant,
un bon coup de *bowie-knife* le terrassa, et nous le traînâmes dans la ravine, en nous félicitant d'avoir, en tout
cas, mis la main sur une provision de nourriture qui
pouvait nous suffire pour une semaine.

Nous sortîmes de nouveau pour regarder autour de
nous, et nous nous aventurâmes à une distance considérable sur la pente sud de la montagne, mais nous ne découvrîmes rien de plus à ajouter à nos provisions. Nous
ramassâmes donc une bonne quantité de bois sec, et nous
nous en revînmes, voyant une ou deux grandes bandes
de naturels qui se dirigeaient vers leur village, tout chargés du butin du navire, et qui pouvaient, nous le craignions fort, nous apercevoir en passant au pied de la
colline.

Nous appliquâmes immédiatement nos soins à rendre
notre lieu de retraite aussi sûr que possible, et, dans ce

but, nous arrangeâmes quelques broussailles au-dessus de l'ouverture dont j'ai parlé, celle à travers laquelle nous avions aperçu un morceau de ciel bleu, quand, remontant du gouffre, nous avions atteint la plate-forme. Nous ne laissâmes qu'un très-petit orifice, juste assez large pour nous permettre de surveiller la baie, sans courir le risque d'être aperçus d'en bas. Quand nous eûmes fini, nous nous félicitâmes de la sûreté de notre position ; car aussi longtemps qu'il nous plairait de rester dans la ravine et de ne pas nous hasarder sur la colline, nous étions absolument à l'abri de toute observation. Nous n'apercevions aucune trace qui prouvât que les sauvages fussent jamais entrés dans ce trou ; mais quand nous en vînmes à réfléchir que la fissure à travers laquelle nous y étions parvenus avait été probablement opérée tout récemment par la chute du versant opposé, et que nous ne pouvions découvrir aucune autre voie pour y arriver, nous ne fûmes pas aussi portés à nous réjouir de la sécurité de notre abri qu'effrayés de l'idée qu'il nous serait absolument impossible de descendre. Nous résolûmes d'explorer entièrement le sommet de la colline, jusqu'à ce qu'une bonne occasion vînt s'offrir à nous. Cependant nous surveillions tous les mouvements des sauvages à travers notre lucarne.

Ils avaient déjà complétement dévasté le navire, et ils se préparaient maintenant à y mettre le feu. En peu de temps nous vîmes la fumée monter en lourds tourbillons à travers la grande écoutille, et bientôt une masse épaisse de flammes s'élança du gaillard d'avant. Le gréement, les mâts et ce qui pouvait rester des voiles prirent feu immédiatement, et l'incendie se propagea rapidement

tout le long du pont. Cependant une foule de sauvages
restaient toujours à leur poste sur le navire, attaquant,
avec de grosses pierres, des haches et des boulets de
canon, tous les boulons, toutes les ferrures et tous les cui-
vres. Sur la côte, dans les canots, sur les radeaux, tout
autour de la goélette, il y avait bien en tout dix mille
insulaires, sans compter les bandes de ceux qui s'en retournaient chargés de butin vers l'intérieur ou vers les
îles voisines. Nous comptâmes alors sur une catastrophe,
et nous ne fûmes pas déçus dans notre espoir. Comme
premier symptôme, il se produisit une vive secousse
(dont nous sentîmes parfaitement le contre-coup, comme
si nous avions éprouvé une légère décharge de pile vol-
taïque), mais qui ne fut pas suivie de signes visibles d'explosion. Les sauvages furent évidemment surpris, et ils
interrompirent pour un instant leur besogne et leurs cris.

Ils étaient au moment de se remettre à l'œuvre, quand
l'entre-pont vomit une masse soudaine de fumée qui ressemblait à un lourd et ténébreux nuage électrique, —
puis, comme jaillissant de ses entrailles, s'éleva une longue
colonne de flamme brillante à une hauteur apparente d'un
quart de mille, — puis il y eut une soudaine expansion
circulaire de la flamme, — toute l'atmosphère fut magi-
quement criblée, en un instant, d'un effroyable chaos de
bois, de métal et de membres humains, — et finalement
se produisit la secousse suprême dans toute sa furie, qui
nous renversa impétueusement, pendant que les collines
se renvoyaient les échos multipliés de ce tonnerre et
qu'une pluie de fragments imperceptibles s'abattait,
droite et drue, de tous les côtés, autour de nous.

Le ravage parmi les insulaires dépassa nos plus belles
espérances, et ils recueillirent les fruits mûrs et parfaits
de leur trahison. Un millier d'hommes peut-être périrent
par l'explosion, et mille autres au moins furent effroyablement mutilés. Toute la surface de la baie était littéralement jonchée de ces misérables se débattant et se
noyant, et sur la côte les choses étaient pires encore. Ils
semblaient entièrement terrifiés par la soudaineté et la
perfection de leur déconfiture, et ils ne faisaient aucun
effort pour se prêter secours les uns aux autres. A la fin
nous remarquâmes un changement total dans leur conduite. D'une stupeur absolue ils parurent tout d'un coup
passer au degré le plus élevé de l'excitation ; ils se précipitèrent çà et là d'une manière désordonnée, courant vers
un certain point de la baie et s'enfuyant aussitôt, avec les
plus étranges expressions de rage, de terreur et d'ardente
curiosité peintes sur leurs physionomies, et vociférant de
toute la force de leurs poumons : *Tekeli-li! Tekeli-li!*

Nous vîmes bientôt une grande troupe se retirer dans
les collines d'où ils sortirent au bout de peu de temps,
avec des pieux de bois. Ils les portèrent à l'endroit où
la presse était le plus compacte, et cette multitude
s'ouvrit comme pour nous révéler l'objet d'une si grande
agitation. Nous aperçûmes quelque chose de *blanc* qui
reposait sur le sol, mais nous ne pûmes pas distinguer
immédiatement ce que c'était. A la longue, nous vîmes
que c'était le corps de l'étrange animal aux dents et aux
griffes écarlates, que la goëlette avait pêché en mer, le
18 janvier. Le capitaine Guy avait fait conserver le corps
pour empailler la peau et la rapporter en Angleterre. Je

14.

me rappelle qu'il avait donné quelques ordres à ce sujet, juste avant de toucher à l'île, et qu'on avait porté dans la cabine et serré dans un des caissons ce précieux échantillon. Il venait d'être jeté sur la côte par l'explosion; mais pourquoi causait-il une si grande agitation parmi les sauvages, c'est ce qui dépassait notre intelligence. Bien que la foule se fût amassée autour de la bête, à une petite distance, aucun d'eux n'avait l'air de vouloir en approcher tout à fait. Bientôt, les hommes armés de pieux les plantèrent en cercle autour du cadavre, et à peine cet arrangement fut-il achevé, que toute cette immense multitude se précipita vers l'intérieur de l'île, en vociférant ses *Tekeli-li! Tekeli-li!*

XXIII

LE LABYRINTHE.

Pendant les six ou sept jours qui suivirent nous restâmes dans notre cachette sur la colline, ne sortant que de temps à autre, et toujours avec les plus grandes précautions, pour chercher de l'eau et des noisettes. Nous avions établi sur la plate-forme une espèce d'appentis ou de cabane, et nous l'avions meublée d'un lit de feuilles sèches et de trois grosses pierres plates, lesquelles nous servaient également de cheminée et de table. Nous allumâmes du feu sans peine en frottant l'un contre l'autre deux morceaux de bois, l'un tendre, l'autre dur. L'oiseau que nous avions pris si à propos nous procura une nourriture excellente, bien qu'un peu coriace. Ce n'était pas un oiseau océanique, mais une espèce de butor, avec un plumage d'un noir de jais parsemé de gris et des ailes fort petites relativement à sa grosseur. Nous en vîmes plus tard trois autres de même espèce dans les environs du ravin, qui avaient l'air de chercher celui que nous avions capturé ; mais, comme ils ne s'abattirent pas une seule fois, nous ne pûmes nous en emparer.

Tant que dura l'animal, nous n'eûmes pas à souffrir de notre situation ; mais il était maintenant entièrement consommé, et il y avait absolue nécessité d'aviser aux provisions. Les noisettes ne suffisaient pas à apaiser les angoisses de la faim ; de plus, elles nous causaient de cruelles coliques d'intestins, et même de violents maux de tête quand nous en mangions abondamment. Nous avions aperçu quelques grosses tortues près du rivage, à l'est de la colline, et nous avions vu qu'il nous serait facile de nous en emparer, pourvu que nous pussions arriver jusqu'à elles sans être découverts par les naturels. Nous résolûmes donc de tenter une descente.

Nous commençâmes par descendre le long de la pente sud, qui semblait nous présenter de moindres difficultés ; mais nous avions à peine fait cent yards que notre marche (comme nous l'avions prévu d'après l'inspection des lieux faite du sommet de la colline) fut complétement barrée par un embranchement de la gorge dans laquelle nos camarades avaient péri. Nous longeâmes le bord de cette ravine pendant un quart de mille à peu près ; mais nous fûmes arrêtés de nouveau par un précipice d'une immense profondeur, et, comme il nous était impossible de descendre le long de sa paroi, nous fûmes contraints de revenir sur nos pas en suivant la ravine principale.

Nous poussâmes alors vers l'est, mais nous n'eûmes pas meilleure chance, et le cas se trouva exactement semblable. Après une heure d'une gymnastique à nous casser le cou, nous découvrîmes que nous étions simplement descendus dans un vaste abîme de granit noir, dont le fond était recouvert d'une poussière fine, et d'où nous ne pouvions sortir que par la route raboteuse que nous avions suivie pour y descendre. Nous nous échinâmes donc de nouveau sur ce chemin périlleux, et puis nous tentâmes la crête nord de la montagne. Là, nous fûmes obligés de manœuvrer avec toutes les précautions imaginables, car la plus légère imprudence pouvait nous exposer en plein à la vue des sauvages du village. Nous nous mîmes donc à ramper sur nos mains et sur nos genoux, et de temps en temps il nous fallait nous jeter à plat-ventre, traînant alors notre corps en tirant sur les arbustes. Avec toutes ces précautions nous n'avions encore fait que fort peu de chemin, quand nous arrivâmes à un abîme encore plus profond qu'aucun que nous eussions vu jusque-là, et qui conduisait directement dans la gorge principale. Ainsi nous vîmes nos craintes parfaitement confirmées, et nous nous trouvâmes complétement isolés et sans accès possible vers la contrée située au-dessous de nous. Radicalement épuisés par tant d'efforts, nous regagnâmes de notre mieux la plate-forme, et, nous jetant sur notre lit de feuilles, nous dormîmes pendant quelques heures d'un sommeil profond et bienfaisant.

Après cette recherche infructueuse, nous nous occupâmes pendant quelques jours à explorer dans toutes ses parties le sommet de la montagne pour vérifier quelles ressources réelles il pouvait nous offrir. Nous vîmes qu'il était impossible d'y trouver aucune nourriture, à l'exception des pernicieuses noisettes et d'une espèce très-drue de cochléaria qui croissait sur une petite étendue de quatre verges carrées au plus, et que nous eûmes bientôt épuisée. Le 15 février, autant du moins que je puis me rappeler, il n'en restait plus un brin, et les noisettes devenaient rares ; aussi nous était-il difficile de concevoir une situation plus déplorable [1]. Le 16, nous recommençâmes à longer les remparts de notre prison dans l'espérance de trouver quelque échappée ; mais ce fut en vain. Nous redescendîmes aussi dans le trou dans lequel nous avions été engloutis, avec le faible espoir de découvrir, en suivant ce couloir, quelque ouverture aboutissant sur la ravine principale. Là encore nous fûmes désappointés ; mais nous trouvâmes et nous rapportâmes avec nous un fusil.

Le 17, nous sortîmes, résolus à examiner plus soigneusement l'abîme de granit noir dans lequel nous étions entrés lors de notre première exploration. Nous nous souvînmes de n'avoir regardé qu'imparfaitement à travers l'une des fissures qui sillonnait la paroi du gouffre, et nous nous sentîmes impatients de l'explorer, bien que

---

[1] Ce jour-là fut un jour notable, en ce que nous observâmes, du côté du sud, quelques-unes de ces immenses ondulations de vapeur grisâtre dont j'ai déjà parlé. — E. A. P.

nous n'eussions guère l'espoir de découvrir une issue.

Nous pûmes atteindre sans trop de peine le fond de cette cavité, comme nous avions déjà fait, et il nous fut alors possible de l'examiner tout à loisir. C'était positivement un des endroits les plus singuliers du monde, et il nous était difficile de nous persuader que ce fût là purement l'œuvre de la nature. L'abîme avait, de l'extrémité est à l'extrémité ouest, à peu près cinq cents yards de long, en supposant toutes les sinuosités alignées bout à bout ; la distance de l'est à l'ouest, en ligne droite, n'était guère de plus de quarante à cinquante yards, autant que je pus conjecturer, car je n'avais pas de moyens exacts de mesurage. Au commencement de notre descente, c'est-à-dire jusqu'à une centaine de pieds à partir du sommet de la colline, les parois de l'abîme ressemblaient fort peu l'une à l'autre et ne paraissaient pas avoir été jamais réunies, l'une des surfaces étant de pierre de savon, l'autre de marne, mais granulée de je ne sais quelle substance métallique. La largeur moyenne, ou intervalle entre les deux murailles, était quelquefois de soixante pieds environ ; mais ailleurs disparaissait toute régularité de formation. Toutefois, en descendant encore, au delà de la limite que j'ai indiquée, l'intervalle se rétrécissait rapidement, et les parois commençaient à courir parallèlement l'une à l'autre, quoiqu'elles fussent encore, jusqu'à une certaine étendue, différentes par la matière et par la physionomie de leur surface. En arrivant à cinquante pieds du fond commençait la régularité parfaite. Les murailles apparaissaient complétement uniformes quant à la substance, à la couleur et à la direction latérale, la matière étant un granit très-noir et très-brillant, et l'intervalle entre les deux côtés, qui se faisaient régulièrement face l'un à l'autre, restant exactement de vingt yards. La forme précise de ce gouffre sera plus facile à comprendre, grâce à un dessin pris sur les lieux; car j'avais heureusement sur moi un portefeuille et un crayon que j'ai très-soigneusement conservés à travers une longue série d'aventures subséquentes, et auxquels je dois une foule de notes de toute espèce qui autrement auraient disparu de ma mémoire.

Fig. 1

Cette figure (*figure* 1) donne le contour général de l'abîme, sauf les cavités moindres sur les parois, qui étaient assez fréquentes, chaque enfoncement correspondant à une saillie opposée. Le fond du gouffre était recouvert, jusqu'à 3 ou 4 pouces de profondeur, d'une poussière presque impalpable, sous laquelle nous trouvâmes un prolongement du granit noir. A

droite, à l'extrémité inférieure, on remarquera la fi-
guration d'une petite ouverture ; c'est la fissure dont
j'ai parlé ci-dessus, et dont un examen plus minutieux faisait l'objet de notre seconde visite. Nous nous
y poussâmes alors avec vigueur, élaguant une masse
de ronces qui obstruaient notre route, et écartant des
tas de cailloux aigus, dont la forme rappelait celle
des sagittaires. Toutefois, nous nous sentîmes encou-
ragés à persévérer, en apercevant une faible lumière
qui venait de l'autre extrémité. A la longue, nous
nous faufilâmes douloureusement pendant un espace
de 30 pieds environ, et nous découvrîmes que l'ouverture en question était une voûte basse et d'une forme
régulière, avec un fond de cette même poussière impalpable qui tapissait l'abîme principal. Une lumière
vigoureuse éclata alors sur nous, et, faisant un brusque coude, nous nous trouvâmes dans une autre ga-
lerie élevée, semblable à tous égards, sauf par sa
forme longitudinale, à celle que nous venions de quitter. J'en donne ici la figure générale :

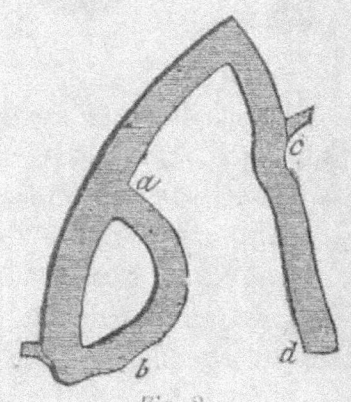

Fig. 2.

La longueur totale de cet abîme, en commençant par
l'ouverture *a*, et en tournant par la courbe *b* jusqu'à
l'extrémité *d*, est de 550 yards. A *c* nous découvrîmes
une petite fissure semblable à celle par laquelle nous
étions sortis de l'autre abîme, et celle-ci était pareille-
ment encombrée de ronces et d'une masse de cailloux
jaunâtres en têtes de flèches. Nous nous y frayâmes
notre chemin, et nous vîmes qu'à une distance de 40 pieds
environ elle aboutissait à un troisième abîme. Celui-là
aussi était exactement semblable au premier sauf par sa
forme longitudinale, que représente la figure 3.

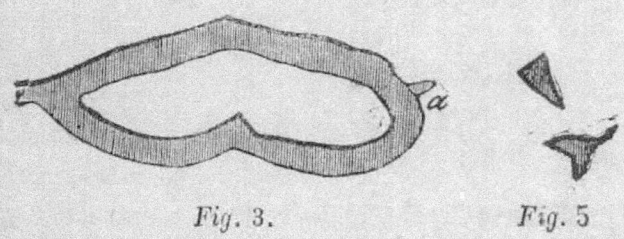

Fig. 3.   Fig. 5

La longueur totale du troisième abîme se trouva être
de 320 yards. Au point *a* était une ouverture large de
6 pieds environ, qui s'enfonçait à une profondeur de
15 pieds dans le roc, où elle se terminait par une couche
de marne ; au delà il n'y avait pas d'autre abîme, comme
d'ailleurs nous nous y attendions. Nous étions au moment de quitter cette fissure, dans laquelle la lumière
ne pénétrait qu'à peine, quand Peters appela mon attention sur une rangée d'entailles d'apparence bizarre
dont était décorée la surface de marne qui terminait le
cul-de-sac. Avec un très-léger effort d'imagination, on
aurait pu prendre l'entaille située à gauche, ou le plus

15

au nord, pour la représentation intentionnelle, quoique grossière, d'une figure humaine, se tenant debout avec un bras étendu. Quant aux autres, elles avaient quelque peu de ressemblance avec des caractères alphabétiques, et cette opinion en l'air, — que c'étaient réellement des caractères, — séduisit Peters, qui adopta cette conclusion à tout hasard. Je le convainquis finalement de son erreur en dirigeant son attention vers le sol de la crevasse, où, parmi la poussière, nous ramassâmes, morceau par morceau, quelques gros éclats de marne qui avaient évidemment jailli, par l'effet de quelque convulsion, de la surface où apparaissaient les entailles, et qui gardaient encore des points de saillie s'adaptant exactement aux creux de la muraille ; preuve que c'était bien l'ouvrage de la nature. La figure 4 représente une copie soignée de l'ensemble.

Fig. 4.

Après nous être bien convaincus que ces singulières cavités ne nous offraient aucun moyen de sortir de notre prison, nous reprîmes notre route, abattus et désespérés, vers le sommet de la colline. Pendant les vingt-quatre heures suivantes, il ne nous arriva rien valant la peine d'être rapporté, sauf qu'en examinant le terrain à

l'est du troisième abîme, nous découvrîmes deux trous
triangulaires d'une grande profondeur, dont les parois
étaient également de granit noir. Quant à descendre dans
ces trous, nous jugeâmes qu'ils n'en valaient pas la peine ;
car ils étaient sans issue et avaient l'apparence de simples
puits naturels. Ils avaient chacun vingt pieds environ de
circonférence, et leur forme, ainsi que leur position réla-
tivement au troisième gouffre, est indiquée plus haut
dans la figure 5.

XXIV

L'ÉVASION.

Le 20 du mois, voyant qu'il nous était absolument impossible de vivre plus longtemps sur les noisettes, dont
l'usage nous causait des tortures atroces, nous résolûmes
de faire une tentative désespérée pour descendre le versant méridional de la colline. De ce côté, la paroi du précipice était d'une espèce de pierre de savon extrêmement
tendre, mais presque perpendiculaire dans toute son
étendue (une profondeur de cent cinquante pieds au
moins), et même surplombant en plusieurs endroits.
Après un long examen, nous découvrîmes une étroite
saillie à vingt pieds à peu près au-dessous du bord du
précipice ; Peters réussit à sauter dessus ; encore lui
prêtai-je toute l'assistance possible avec nos mouchoirs
attachés ensemble. J'y descendis à mon tour avec un peu
plus de difficulté ; et nous vîmes alors qu'il y avait possibilité de descendre jusqu'au bas par le même procédé que

nous avions employé pour grimper du gouffre où nous
avait enseveli la colline écroulée, c'est-à-dire en taillant
avec nos couteaux des degrés sur la paroi de stéatite. On
peut à peine se figurer jusqu'à quel point l'entreprise
était hasardeuse ; mais, comme il n'y avait pas d'autre
ressource, nous nous décidâmes à tenter l'aventure.

Sur la saillie où nous étions placés s'élevaient quelques
méchants coudriers ; à l'un d'eux nous attachâmes par un
bout notre corde de mouchoirs. L'autre bout étant assujetti autour de la taille de Peters, je le descendis le long
du précipice jusqu'à ce que les mouchoirs fussent tendus
roides. Il se mit alors à creuser un trou profond (de huit
ou dix pouces environ) dans la pierre de savon, talutant
la roche à un pied au-dessus à peu près, de manière à
pouvoir planter, avec la crosse d'un pistolet, une cheville
suffisamment forte dans la surface nivelée. Je le hissai
alors de quatre pieds à peu près, et là il creusa un trou
semblable au trou inférieur, planta une nouvelle cheville de la même manière, et obtint ainsi un point d'appui
pour les deux pieds et les deux mains. Je détachai alors
les mouchoirs de l'arbrisseau, et je lui jetai le bout,
qu'il assujettit à la cheville du trou supérieur ; il se laissa
ensuite glisser doucement à trois pieds environ plus bas
qu'il n'avait encore été, c'est-à-dire de la longueur totale
des mouchoirs. Là il creusa un nouveau trou et planta
une nouvelle cheville. Alors il se hissa lui-même, de manière à poser ses pieds dans le trou qu'il venait de creuser,
empoignant avec ses mains la cheville dans le trou au-
dessus.

Il lui fallait alors détacher le bout du mouchoir de

cheville supérieure pour le fixer à la seconde, et ici il
s'aperçut qu'il avait commis une faute en creusant les
trous à une si grande distance l'un de l'autre. Néanmoins,
après une ou deux tentatives périlleuses pour atteindre
le nœud (ayant à se retenir avec sa main gauche pendant que la droite travaillait à défaire le nœud), il se dé-
cida enfin à couper la corde, laissant un lambeau de six
pouces fixé à la cheville. Attachant alors les mouchoirs
à la seconde cheville, il descendit d'un degré au-dessous
de la troisième, ayant bien soin cette fois de ne pas se
laisser aller trop bas. Grâce à ce procédé (que pour mon
compte je n'aurais jamais su inventer, et dont nous
fûmes absolument redevables à l'ingéniosité et au courage de Peters), mon camarade réussit enfin, en s'aidant
de temps à autre des saillies de la paroi, à atteindre le
bas de la colline sans accident.

Il me fallut un peu de temps pour rassembler l'énergie
nécessaire pour le suivre; mais enfin j'entrepris la chose.
Peters avait ôté sa chemise avant de descendre, et, en
y joignant la mienne, je fis la corde nécessaire pour l'o-
pération. Après avoir jeté le fusil trouvé dans l'abîme,
j'attachai cette corde aux buissons et je me laissai couler
rapidement, m'efforçant, par la vivacité de mes mouvements, de bannir l'effroi qu'autrement je n'aurais pas pu
dominer.

Ce moyen me réussit en effet pour les quatre ou cinq
premiers degrés; mais bientôt mon imagination se trouva
terriblement frappée en pensant à l'immense hauteur que
j'avais encore à descendre, à la fragilité et à l'insuffisance
des chevilles et des trous glissants qui faisaient mon

seul support. C'était en vain que je m'efforçais de chasser ces réflexions et de maintenir mes yeux fixés sur la muraille unie qui me faisait face. Plus je luttais vivement pour *ne pas penser*, plus mes pensées devenaient vives, intenses, affreusement distinctes.

A la longue, arriva la crise de l'imagination, si redoutable dans tous les cas de cette nature, la crise dans laquelle nous appelons à nous les impressions qui doivent infailliblement nous faire tomber, — nous figurant le mal de cœur, le vertige, la résistance suprême, le demi-évanouissement et enfin toute l'horreur d'une chute perpendiculaire et précipitée. Et je voyais alors que ces images se transformaient d'elles-mêmes en réalités, et que toutes les horreurs évoquées fondaient positivement sur moi. Je sentais mes genoux s'entre-choquer violemment tandis que mes doigts lâchaient graduellement mais très-certainement leur prise. Il y avait un bourdonnement dans mes oreilles, et je me disais : C'est le glas de ma mort ! — Et voilà que je fus pris d'un désir irrésistible de regarder au-dessous de moi. Je ne pouvais plus, je ne voulais plus condamner mes yeux à ne voir que la muraille, et avec une émotion étrange, indéfinissable, moitié d'horreur, moitié d'oppression soulagée, je plongeai mes regards dans l'abîme.

Pour un instant mes doigts s'accrochèrent convulsivement à leur prise, et, une fois encore, l'idée de mon salut possible flotta, ombre légère, à travers mon esprit ; un instant après, toute mon âme était pénétrée *d'un immense désir de tomber,* — un désir, une tendresse pour l'abîme ! une passion absolument immai-

trisable ! Je lâchai tout à coup la cheville, et, faisant un
demi-tour contre la muraille, je restai une seconde vacillant sur cette surface polie. Mais alors se produisit un
tournoiement dans mon cerveau ; une voix imaginaire et
stridente criait dans mes oreilles ; une figure noirâtre,
diabolique, nuageuse, se dressa juste au-dessous de moi ;
je soupirai, je sentis mon cœur prêt à se briser, et je me
laissai tomber dans les bras du fantôme.

Je m'étais évanoui, et Peters s'était emparé de moi
comme je tombais. De sa place, au bas de la colline, il
avait étudié mes mouvements, et, apercevant mon imminent danger, il avait essayé de m'inspirer du courage
par tous les moyens qui lui étaient venus à la pensée ;
mais le trouble de mon esprit était si grand que je n'a-
vais pu entendre ce qu'il me disait et que je n'avais
même pas soupçonné qu'il me parlât. A la fin, me voyant
chanceler, il s'était dépêché de venir à mon secours, et
enfin il était arrivé juste à temps pour me sauver. Si j'é-
tais tombé de tout mon poids, la corde de linge se serait
inévitablement rompue et j'aurais été précipité dans l'a-
bîme ; mais, grâce à Peters, qui amortit la secousse, je
pus tomber doucement, de manière à rester suspendu,
sans danger, jusqu'à ce que je revinsse à la vie. Cela eut
lieu au bout de quinze minutes. Quand je recouvrai mes
sens, ma terreur s'était entièrement évanouie • je sentais
en moi comme un être nouveau, et, en me faisant aider
encore un peu par mon camarade, j'atteignis le fond sain
et sauf.

Nous nous trouvâmes alors à peu de distance de la
ravine qui avait été le tombeau de nos amis et au sud de

l'endroit où la colline était tombée. Le lieu avait un
aspect de dévastation étrange, qui me rappelait les descriptions que font les voyageurs de ces lugubres régions
qui marquent l'emplacement de la Babylone ruinée.
Pour ne pas parler des décombres de la colline arrachée
qui formaient une barrière chaotique devant l'horizon du
nord, la surface du sol, de tous les autres côtés, était
parsemée de vastes tumuli qui semblaient les débris de
quelques gigantesques constructions artificielles. Cependant, en examinant les détails, il était impossible d'y découvrir un semblant d'art. Les scories étaient abondantes
et de gros blocs de granit noir se mêlaient à des blocs
de marne [1], les deux espèces étant grenaillées de
métal. Aussi loin que l'œil pouvait atteindre, il n'y
avait aucune trace de végétation quelconque dans toute
l'étendue de cette surface désolée. Nous vîmes quelques
énormes scorpions et divers reptiles qui ne se trouvent
pas ailleurs dans les hautes latitudes.

Comme la nourriture était notre but immédiat, nous
résolûmes de nous diriger vers la côte, qui n'était
située qu'à un demi-mille, dans l'idée de faire une chasse
aux tortues, car nous en avions remarqué quelques-unes
du haut de notre cachette sur la colline. Nous avions fait
quelque chose comme cent yards, filant avec précaution derrière les grosses roches et les tumuli, et nous
tournions un angle, quand cinq sauvages s'élancèrent sur
nous d'une petite caverne et terrassèrent Peters d'un
coup de massue. Comme il tombait, toute la bande se

[1] La marne aussi était noire. En somme, nous ne remarquâmes
dans l'île aucune substance qui fût d'une couleur claire. — E. A. P.

jeta sur lui pour s'assurer de sa victime, et me laissa du
temps pour revenir de ma surprise. J'avais encore le fusil,
mais le canon avait été si endommagé par sa chute du
haut de la montagne que je le jetai comme une arme de
rebut, préférant me fier à mes pistolets que j'avais
soigneusement conservés et qui étaient en bon état. Je
m'avançai avec mes armes sur les assaillants et je les
ajustai rapidement l'un après l'autre. Deux des sauvages
tombèrent, et un troisième, qui était au moment de percer
Peters de sa lance, sauta sur ses pieds sans accomplir
son dessein. Mon compagnon se trouvant ainsi dégagé,
nous n'éprouvâmes plus d'embarras. Il avait aussi ses
pistolets, mais il jugea prudent de n'en pas faire usage,
se fiant à son énorme force personnelle, qui était vraiment plus considérable que celle d'aucun homme que
j'aie jamais connu. S'emparant du bâton d'un des sauvages qui étaient tombés, il fit sauter instantanément la
cervelle des trois qui restaient, et tua chacun d'un seul
coup de son arme, ce qui nous rendit complétement
maîtres du champ de bataille.

Ces événements s'étaient passés si rapidement que
nous pouvions à peine croire à leur réalité, et nous nous
tenions debout auprès des cadavres dans une espèce de
contemplation stupide, quand nous fûmes rappelés à
nous-mêmes par des cris retentissant dans le lointain. Il
était évident que les coups de feu avaient donné l'alarme
aux sauvages, et que nous étions en grand danger d'être
découverts. Pour regagner la montagne il eût fallu nous
diriger dans la direction des cris; et quand même nous
aurions réussi à atteindre la base, nous n'aurions pas pu

15.

remonter sans être vus. Notre situation était des plus
périlleuses, et nous ne savions de quel côté diriger
notre fuite, quand un des sauvages sur lequel j'avais
fait feu, et que je croyais mort, sauta vivement sur ses
pieds et essaya de décamper. Cependant nous nous
emparâmes de lui avant qu'il eût fait quelques pas, et
nous allions le mettre à mort quand Peters eut l'idée
qu'il y aurait peut-être quelque avantage pour nous à le
contraindre à nous accompagner dans notre tentative de
fuite. Nous le traînâmes donc avec nous, lui faisant bien
comprendre que nous étions décidés à le tuer s'il faisait
la moindre résistance. Au bout de quelques minutes il
devint parfaitement docile, et se faufila à nos côtés pendant que nous nous poussions à travers les roches, toujours dans la direction du rivage.

Jusque-là les inégalités du terrain que nous avions
parcouru avaient caché la mer à nos regards, excepté
par intervalles, et quand enfin nous l'aperçûmes pleinement devant nous, elle était peut-être à une distance de
deux cents yards. Comme nous surgissions à découvert
dans la baie, nous vîmes, à notre grand effroi, une foule
immense de naturels qui se précipitaient du village et
de tous les points visibles de l'île, se dirigeant vers nous
avec une gesticulation pleine de fureur, et hurlant
comme des bêtes sauvages. Nous étions au moment de
retourner sur nos pas et d'essayer de faire une retraite
dans les abris que pouvaient nous offrir les irrégularités
du terrain, quand nous découvrîmes l'avant de deux canots se projetant de derrière une grosse roche qui se
continuait dans l'eau. Nous y courûmes de toute notre vi-

tesse, et, les ayant atteints, nous les trouvâmes non occupés, chargés seulement de trois grosses tortues galapagos
et pourvus des pagaies nécessaires pour soixante rameurs.
Nous prîmes immédiatement possession d'un de ces
canots, et, jetant notre captif à bord, nous poussâmes au
large avec toute la vigueur dont nous pouvions disposer.

Mais nous ne nous étions pas éloignés du rivage de
cinquante yards que, nous trouvant un peu plus de
sang-froid, nous comprîmes quelle énorme bévue nous
avions commise en laissant l'autre canot au pouvoir
des sauvages, qui pendant ce temps s'étaient rappro-
chés de la baie, ne se trouvant plus qu'à une distance
double de celle qui nous en séparait, et avançaient rapidement dans leur course. Il n'y avait pas de temps à
perdre. Notre espoir était un espoir chétif; mais enfin
nous n'en avions point d'autre. Il était douteux que,
même en faisant les plus grands efforts, nous puissions
arriver à temps pour nous emparer du canot avant eux ;
mais, cependant, il y avait chance. Si nous réussissions,
nous pouvions nous sauver ; mais, si nous ne faisions pas
la tentative, nous n'avions qu'à nous résigner à une boucherie inévitable.

Notre canot était construit de telle façon que l'avant
et l'arrière se trouvaient semblables, et au lieu de virer,
nous changeâmes simplement de mouvement pour ramer.
Aussitôt que les sauvages s'en aperçurent, ils redoublèrent de cris et de vitesse et se rapprochèrent avec une
inconcevable rapidité. Cependant nous nagions avec
toute l'énergie du désespoir, et, quand nous atteignîmes
le point disputé, un seul des sauvages y était arrivé. Cet

homme paya cher son agilité supérieure ; Peters lui déchargea un coup de pistolet dans la tête comme il touchait au rivage. Les plus avancés parmi les autres étaient peut-être à une distance de vingt ou trente pas quand nous nous emparâmes du canot. Nous nous efforçâmes d'abord de le tirer pour le mettre à flot; mais, voyant qu'il était trop solidement échoué, et n'ayant pas de temps à perdre, Peters, d'un ou deux vigoureux coups avec la crosse du fusil, réussit à briser un bon morceau de l'avant et d'un des côtés. Alors nous poussâmes au large. Pendant ce temps, deux des naturels avaient empoigné notre bateau et refusaient obstinément de le lâcher, si bien que nous fûmes obligés de les expédier avec nos couteaux.

Pour le coup, nous étions tirés d'affaire et nous filâmes rondement sur la mer. Le gros des sauvages, en arrivant au canot brisé, poussa les plus épouvantables cris de rage et de désappointement qu'on puisse imaginer. En vérité, d'après tout ce que j'ai pu connaître de ces misérables, ils m'ont apparu comme la race la plus méchante, la plus hypocrite, la plus vindicative, la plus sanguinaire, la plus positivement diabolique qui ait jamais habité la face du globe. Il était clair que nous n'avions pas de miséricorde à espérer si nous étions tombés dans leurs mains. Ils firent une tentative insensée pour nous poursuivre avec le canot fracassé ; mais, voyant qu'il ne pouvait plus servir, ils exhalèrent de nouveau leur rage dans une série de vociférations horribles, et puis ils se précipitèrent vers leurs collines.

Nous étions donc délivrés de tout danger immédiat,

mais notre situation était toujours passablement sinistre.
Nous savions que quatre canots de la même espèce que
le nôtre avaient été, à un certain moment, en la possession des sauvages, et nous ignorions (fait qui nous fut
plus tard affirmé par notre prisonnier) que deux de ces
bateaux avaient été mis en pièces par l'explosion de la
Jane Guy. Nous calculâmes donc que nous serions pour-
suivis aussitôt que nos ennemis auraient fait le tour et
seraient arrivés à la baie (distante de trois milles environ) où les canots étaient ordinairement amarrés. Dans
cette crainte, nous fîmes tous nos efforts pour laisser
l'île derrière nous, et nous nous avançâmes rapidement
en mer, forçant notre prisonnier de prendre une pagaie.
Au bout d'une demi-heure à peu près, comme nous avions
probablement fait cinq ou six milles vers le sud, nous
vîmes une vaste flotte de radeaux et de bateaux à fond
plat surgir de la baie, évidemment dans le but de nous
poursuivre. Mais bientôt ils s'en retournèrent, désespérant de nous attraper.

XXV

LE GÉANT BLANC.

Nous nous trouvâmes alors sur l'Océan Antarctique,
immense et désolé, à une latitude de plus de 84 degrés,
dans un canot fragile, sans autres provisions que les trois
tortues. De plus, nous devions considérer que le long
hiver polaire n'était pas très-éloigné, et il était indispen-

sable de réfléchir mûrement sur la route à suivre. Nous avions six ou sept îles en vue, appartenant au même groupe, à une distance de cinq ou six lieues l'une de l'autre; mais nous n'étions pas tentés de nous aventurer sur aucune d'elles. En arrivant par le nord sur la *Jane Guy*, nous avions graduellement laissé derrière nous les régions les plus rigoureuses de glace, — et, bien que cela puisse paraître un absolu démenti aux notions généralement acceptées sur l'Océan Antarctique, c'était là un fait que l'expérience ne nous permettait pas de nier. Aussi, essayer de retourner vers le nord eût été folie, — particulièrement à une période si avancée de la saison. Une seule route semblait encore ouverte à l'espérance. Nous nous décidâmes à gouverner hardiment vers le sud, où il y avait pour nous quelque chance de découvrir d'autres îles, et où il était plus que probable que nous trouverions un climat de plus en plus doux.

Jusqu'ici nous avions trouvé l'Océan Antarctique, comme l'Arctique, exempt de violentes tempêtes ou de lames trop rudes ; mais notre canot était, pour ne pas dire pis, d'une construction fragile, quoique grand ; et nous nous mîmes vivement à l'œuvre pour le rendre aussi sûr que le permettaient les moyens très-limités dont nous pouvions disposer. La matière qui composait le fond du bateau était tout simplement de l'écorce, — écorce de quelque arbre inconnu. Les membrures étaient faites d'un osier vigoureux dont la nature s'appropriait parfaitement à l'usage en question. De l'avant à l'arrière nous avions un espace de cinquante pieds, de quatre à

six en largeur, avec une profondeur générale de quatre
pieds et demi ; — ces bateaux, comme on le voit, diffè-
rent singulièrement par leur forme de ceux de tous les
habitants de l'Océan du Sud avec lesquels les nations ci-
vilisées ont pu entretenir des relations. Nous n'avions
jamais cru qu'ils pussent être l'œuvre des ignorants insulaires qui les possédaient ; et, quelques jours après, nous
découvrîmes, en questionnant notre prisonnier, qu'en
réalité ils avaient été construits par les naturels habitant
un groupe d'îles au sud-ouest de la contrée où nous les
avions trouvés, et qu'ils étaient tombés accidentellement
dans les mains de nos affreux barbares.

Ce que nous pouvions faire pour la sûreté de notre
bateau était vraiment bien peu de chose. Nous découvrîmes quelques larges fentes auprès des deux bouts, et
nous nous ingéniâmes à les raccommoder de notre mieux
avec des morceaux de nos chemises de laine. A l'aide
des pagaies superflues, qui se trouvaient en grande
quantité, nous dressâmes une espèce de charpente autour de l'avant, de manière à amortir la force des lames
qui pouvaient menacer d'embarquer par ce côté. Nous
installâmes aussi deux avirons en guise de mâts, les plaçant à l'opposite l'un de l'autre, chacun sur un des plats-
bords, nous épargnant ainsi la nécessité d'une vergue. A
ces mâts nous attachâmes une voile faite avec nos chemises ; — ce qui nous donna passablement de mal, car
en cela il nous fut impossible de nous faire aider par notre prisonnier, bien qu'il ne se fût pas refusé à travailler à
toutes les autres opérations. La vue de la toile parut
l'affecter d'une façon très-singulière. Nous ne pûmes ja-

mais le décider à y toucher ou même à en approcher ; il
se mit à trembler quand nous voulûmes l'y contraindre,
criant de toute sa force : *Tekeli-li !*

Quand nous eûmes terminé tous nos arrangements
relativement à la sûreté du canot, nous naviguâmes vers
le sud-sud-est, de manière à doubler l'île du groupe située le plus au sud. Cela fait, nous tournâmes l'avant
droit au plein sud. Nous ne pouvions en aucune façon
trouver le temps désagréable. Nous avions une brise très-
douce qui soufflait constamment du nord, une mer unie,
et un jour permanent. Nous n'apercevions aucune glace,
et même nous n'en avions pas vu un morceau depuis que
nous avions franchi le parallèle de l'îlot Bennet. La température de l'eau était alors vraiment trop chaude pour
laisser subsister la moindre glace. Nous tuâmes la plus
grosse de nos tortues, d'où nous tirâmes non-seulement
notre nourriture, mais encore une abondante provision
d'eau, et nous continuâmes notre route, sans aucun incident important, pendant sept ou huit jours peut-être ; et
durant cette période nous dûmes avancer vers le sud
d'une distance énorme, car le vent fut toujours pour
nous, et un très-fort courant nous poussa continuellement dans la direction que nous voulions suivre.

1ᵉʳ *mars* [1]. — Plusieurs phénomènes insolites nous
indiquèrent alors que nous entrions dans une région de
nouveauté et d'étonnement. Une haute barrière de va-

----

[1] Pour des raisons qui sautent aux yeux, je n'affirme en aucune
façon l'exactitude précise de ces dates. Je ne les donne que pour
éclaircir le récit, et je les transcris telles que je les trouve dans mes
notes au crayon. — E. A. P.

peur grise et légère apparaissait constamment à l'horizon
sud, s'empanachant quelquefois de longues raies lumineuses, courant tantôt de l'est à l'ouest, tantôt de l'ouest
à l'est, et puis se rassemblant de nouveau de manière à
offrir un sommet d'une seule ligne, — bref, se produi-
sant avec toutes les étonnantes variations de l'aurore bo-
réale. La hauteur moyenne de cette vapeur, telle qu'elle
nous apparaissait du point où nous étions situés, était à
peu près de vingt-cinq degrés. La température de la mer
semblait s'accroître à chaque instant, et il y avait dans
sa couleur une très-sensible altération.

2 *mars*. — Ce jour-là, à force de questionner notre
prisonnier, nous avons appris quelques détails relativement à l'île, théâtre du massacre, à ses habitants et à leurs
usages; — mais ces choses pourraient-elles *maintenant*
arrêter l'attention du lecteur? Je puis dire cependant
que nous apprîmes que le groupe comprenait huit îles;
— qu'elles étaient gouvernées par un seul roi, nommé
Tsalemon ou *Psalemoun*, qui résidait dans la plus petite
de toutes; — que les peaux noires composant le costume des guerriers provenaient d'un animal énorme qui
ne se trouvait que dans une vallée près de la résidence
du roi; — que les habitants du groupe ne construisaient
pas d'autres embarcations que les radeaux à fond plat;
les quatre canots étant tout ce qu'ils possédaient dans
l'autre genre et leur étant venus, par pur accident, d'une
grande île située vers le sud-ouest; — que son nom,
à lui, était Nu-Nu; — qu'il n'avait aucune connaissance
de l'îlot *Bennet*, — et que le nom de l'île que nous venions de quitter était *Tsalal*. Le commencement des

mots *Tsalemon* et *Tsalal* s'accusait avec un sifflement prolongé qu'il nous fut impossible d'imiter, même après des efforts répétés, et qui rappelait précisément l'accent du butor noir que nous avions mangé sur le sommet de la colline.

3 mars. — La chaleur de l'eau était alors vraiment remarquable, et sa couleur, subissant une altération rapide, perdit bientôt sa transparence et prit une nuance opaque et laiteuse. A proximité de nous, la mer était habituellement unie, jamais assez rude pour mettre le canot en danger, — mais nous étions souvent étonnés d'apercevoir, à notre droite et à notre gauche, à différentes distances, de soudaines et vastes agitations à la surface, lesquelles, nous le remarquâmes à la longue, étaient toujours précédées par d'étranges vacillations dans la région de vapeur au sud.

4 mars. — Le 4, dans le but d'agrandir notre voile, comme la brise du nord tombait sensiblement, je tirai de la poche de mon paletot un mouchoir blanc. Nu-Nu était assis tout contre moi, et, le linge lui ayant par hasard effleuré le visage, il fut pris de violentes convulsions. Cette crise fut suivie de prostration, de stupeur et de ses éternels : *Tekeli-li ! Tekeli-li !* soupirés d'une voix sourde.

5 mars. — Le vent était entièrement tombé, mais il était évident que nous nous précipitions toujours vers le sud, sous l'influence d'un puissant courant. En vérité, il eût été tout naturel d'éprouver quelque frayeur au tour singulier que prenait l'aventure ; — mais non, nous n'en éprouvions aucune ! La physionomie de Peters ne

trahissait rien de semblable, bien que de temps à autre
elle revêtit une expression mystérieuse dont je ne pouvais pénétrer le sens. L'hiver polaire approchait évidemment, — mais il approchait sans son cortége de terreurs.
Je sentais un engourdissement de corps et d'esprit, —
une propension étonnante à la rêverie, — mais c'était
tout.

6 *mars*. — La vapeur s'était alors élevée de plusieurs
degrés au-dessus de l'horizon, et elle perdait graduellement sa nuance grisâtre. La chaleur de l'eau était excessive, et sa nuance laiteuse plus évidente que jamais.
Ce jour-là une violente agitation dans l'eau se produisit
très-près du canot. Elle fut, comme d'ordinaire, accompagnée d'un étrange flamboiement de la vapeur à son
sommet et d'une séparation momentanée à sa base. Une
poussière blanche très-fine, ressemblant à de la cendre,
— mais ce n'en était certainement pas, — tomba sur
le canot et sur une vaste étendue de mer, pendant que
la palpitation lumineuse de la vapeur s'évanouissait et
que la commotion de l'eau s'apaisait. Nu-Nu se jeta alors
sur le visage au fond du canot, et il fut impossible de
lui persuader de se relever.

7 *mars*. — Nous questionnâmes Nu-Nu sur les motifs qui avaient pu pousser ses compatriotes à détruire
nos camarades ; mais il semblait dominé par une terreur
qui l'empêchait de nous faire aucune réponse raisonnable. Il se tenait toujours obstinément couché au fond
du bateau ; et comme nous recommencions sans cesse
nos questions relativement au motif du massacre, il ne
répondait que par des gestes idiots, comme, par exem-

ple, de soulever avec son index sa lèvre supérieure et de montrer les dents qu'elle recouvrait. Elles étaient noires. Jusqu'alors nous n'avions jamais vu les dents d'un habitant de Tsalal.

8 *mars*. — Ce jour-là, passa à côté de nous un de ces animaux blancs dont l'apparition sur la baie de Tsalal avait causé un si grand émoi parmi les sauvages. J'eus envie de l'accrocher au passage ; mais un oubli, une indolence soudaine s'abattirent sur moi, et je n'y pensai plus. La chaleur de l'eau augmentait toujours, et la main ne pouvait plus la supporter. Peters parla peu, et je ne savais que penser de son apathie. Nu-Nu soupirait, et rien de plus.

9 *mars*. — La substance cendreuse pleuvait alors incessamment autour de nous et en énorme quantité. La barrière de vapeur au sud s'était élevée à une hauteur prodigieuse au-dessus de l'horizon, et elle commençait à prendre une grande netteté de formes. Je ne puis la comparer qu'à une cataracte sans limites, roulant silencieusement dans la mer du haut de quelque immense rempart perdu dans le ciel. Le gigantesque rideau occupait toute l'étendue de l'horizon sud. Il n'émettait aucun bruit.

21 *mars*. — De funestes ténèbres planaient alors sur nous ; — mais des profondeurs laiteuses de l'océan jaillissait un éclat lumineux qui glissait sur les flancs du canot. Nous étions presque accablés par cette averse cendreuse et blanche qui s'amassait sur nous et sur le bateau, mais qui fondait en tombant dans l'eau. Le haut de la cataracte se perdait entièrement dans l'obscurité

et dans l'espace. Cependant, il était évident que nous en approchions avec une horrible vélocité. Par intervalles, on pouvait apercevoir sur cette nappe de vastes fentes béantes; mais elles n'étaient que momentanées, et à travers ces fentes, derrière lesquelles s'agitait un chaos d'images flottantes et indistinctes, se précipitaient des courants d'air puissants, mais silencieux, qui labouraient dans leur vol l'océan enflammé.

22 *mars.* — Les ténèbres s'étaient sensiblement épaissies et n'étaient plus tempérées que par la clarté des eaux, réfléchissant le rideau blanc tendu devant nous. Une foule d'oiseaux gigantesques, d'un blanc livide, s'envolaient incessamment de derrière le singulier voile, et leur cri était le sempiternel *Tekeli-li!* qu'ils poussaient en s'enfuyant devant nous. Sur ces entrefaites, Nu-Nu remua un peu dans le fond du bateau; mais, comme nous le touchions, nous nous aperçûmes que son âme s'était envolée. Et alors nous nous précipitâmes dans les étreintes de la cataracte, où un gouffre s'entr'ouvrit, comme pour nous recevoir. Mais voilà qu'en travers de notre route se dressa une figure humaine voilée, de proportions beaucoup plus vastes que celles d'aucun habitant de la terre. Et la couleur de la peau de l'homme était la blancheur parfaite de la neige. . . . . . .

. . . .

XXVI

CONJECTURES.

Les circonstances relatives à la mort récente de
M. Pym, si soudaine et si déplorable, sont déjà bien
connues du public, grâce aux communications de la
presse quotidienne. Il est à craindre que les chapitres
restants qui devaient compléter sa relation, et qu'il avait
gardés, pour les revoir, pendant que les précédents
étaient sous presse, ne soient irrévocablement perdus
par suite de la catastrophe dans laquelle il a péri lui-
même. Cependant il se pourrait que tel ne fût pas le cas,
et le manuscrit, si finalement on le retrouve, sera livré
au public.

On a tenté tous les moyens pour remédier à ce défaut.
Le gentleman dont le nom est cité dans la préface, et
qu'on aurait supposé capable, d'après ce qui est dit de
lui, de combler la lacune, a décliné cette tâche, — et
cela, pour des raisons suffisantes tirées de l'inexactitude
générale des détails à lui communiqués et de sa défiance
relativement à l'absolue vérité des dernières parties du
récit. Peters, de qui on pourrait espérer quelques renseignements, est encore vivant et réside dans l'Illinois;
mais on ne peut pas le trouver pour le moment. Plus
tard, on pourra le voir, et sans aucun doute il fournira
des documents pour compléter le compte-rendu de
M. Pym.

La perte des deux ou trois derniers chapitres (car il n'y en avait que deux ou trois) est une perte d'autant plus déplorable qu'ils contenaient indubitablement la matière relative au pôle même, ou du moins aux régions situées dans la proximité immédiate du pôle, et que les affirmations de l'auteur relativement à ces régions pourraient être bientôt vérifiées ou contredites par l'expédition dans l'Océan Antarctique que le gouvernement prépare en ce moment même.

Il y a un point de la relation sur lequel il est bon de présenter quelques observations ; et ce sera pour l'auteur de cet appendice un plaisir très-vif, si ses réflexions ont pour résultat de donner un certain crédit aux très-singulières pages récemment publiées. Nous voulons parler des gouffres découverts dans l'île de Tsalal et de l'ensemble des figures comprises dans le chapitre XXIII.

M. Pym a donné les dessins des abîmes sans commentaire, et il décide résolûment que les entailles trouvées à l'extrémité du gouffre situé le plus à l'est n'ont qu'une ressemblance fantastique avec des caractères alphabétiques, — enfin, et d'une manière positive, qu'elles ne sont pas des caractères. Cette assertion est faite d'une manière si simple et soutenue par une sorte de démonstration si concluante (c'est-à-dire l'adaptation des fragments trouvés dans la poussière dont les saillies remplissaient exactement les entailles du mur), que nous sommes forcés de croire l'écrivain de bonne foi ; et aucun lecteur raisonnable ne supposera qu'il en soit autrement. Mais comme les faits relatifs à *toutes* les figures sont des plus singuliers (particulièrement quand on les rapproche de

certains détails dans le corps du récit), nous ferons peut-
être bien de toucher quelques mots de l'ensemble de ces
faits, et cela nous paraît d'autant plus à propos que les
faits en question ont, sans aucun doute, échappé à l'attention de M. Poe.

Ainsi, les figures 1, 2, 3, 4 et 5, quand on les joint
l'une à l'autre dans l'ordre précis suivant lequel se pré-
sentent les gouffres eux-mêmes, et quand on les débar-
rasse des petits embranchements latéraux ou galeries
voûtées (qui, on se le rappelle, servaient simplement de
moyens de communication entre les galeries principales
et étaient d'un caractère totalement différent), consti-
tuent un mot-racine éthiopien, — la racine $\wedge \curvearrowright \frown$,
ou *être ténébreux*, — d'où viennent tous les dérivés ayant
trait à l'ombre et aux ténèbres.

Quant à l'entaille placée *à gauche et le plus au nord*,
dans la figure 4, il est plus que probable que l'opinion
de Peters était bonne, et que son apparence hiérogly-
phique était véritablement l'ouvrage de l'art et une représentation intentionnelle de la forme humaine. Le
lecteur a le dessin sous les yeux ; il saisira ou ne saisira
pas la ressemblance indiquée ; mais la suite des entailles
fournit une forte confirmation de l'idée de Peters. La
rangée supérieure est évidemment le mot-racine arabe
$\frown \sqsupset L \diagdown$, ou *être blanc*, d'où tous les dérivés ayant
trait à l'éclat et à la blancheur. La rangée inférieure
n'est pas aussi nette ni aussi facile à saisir. Les caractères sont quelque peu cassés et disjoints ; néanmoins il n'y
a pas à douter que, dans leur état parfait, ils ne formas-

sent complétement le mot égyptien ΠⲀϨⲨⲢⲎⲤ, ou *la région du sud.* On remarquera que ces interprétations confirment l'opinion de Peters relativement à la figure *située le plus au nord.* Le bras est étendu vers le sud.

De telles conclusions ouvrent un vaste champ aux rêveries et aux conjectures les plus excitantes. Peut-être doit-on les rapprocher de quelques-uns des incidents du récit qui sont le plus faiblement indiqués ; quoique la chaîne des rapports ne saute pas aux yeux, elle est bien complète. *Tekeli-li!* était le cri des naturels de Tsalal épouvantés à la vue du cadavre de l'animal *blanc* ramassé en mer. *Tekeli-li!* était aussi l'exclamation de terreur du captif tsalalien au contact des objets *blancs* appartenant à M. Pym. C'était aussi le cri des gigantesques oiseaux *blancs* au vol rapide qui sortaient du rideau *blanc* de vapeur au sud. On n'a rien trouvé de *blanc* à Tsalal, et rien au contraire qui ne fût tel dans le voyage subséquent vers la région ultérieure. Il ne serait pas impossible que *Tsalal,* le nom de l'île aux abîmes, soumis à une minutieuse analyse philologique, ne trahît quelque parenté avec les gouffres alphabétiques ou quelque rapport avec les caractères éthiopiens si mystérieusement façonnés par leurs sinuosités.

J'ai gravé cela dans la montagne, et ma vengeance est écrite dans la poussière du rocher.

FIN

TABLE DES MATIÈRES.

Poissy — Typ. S. Lejay et Cie.